Frau Univ. Prof.
Dr. Maria Hornung
in respektvoller Ergebenheit!

Friedrich [illegible]
1982.

Friedrich Sacher – »*1946*« oder DAS PUMPENHAUS

FRIEDRICH SACHER

»1946«

oder

DAS PUMPENHAUS

Nachkriegs-Roman

VERLAG WILHELM ENNSTHALER, STEYR

Geschrieben in den Jahren 1948 und 1949

ISBN 3 85068 104 1

Druck und Verlag Wilhelm Ennsthaler, Steyr

Von der nahen Stadt her läuteten die Mittagsglocken. Die Luft, der Wind belud sich mit minutenlangem Jubel. Große und kleine Glocken, dunkle und helle Stimmen einten sich zum Chor. Von verschiedenen Türmen stammten sie und aus allen Zeiten. Niemand hatte sie so zusammengestimmt, und sie stimmten doch zusammen, die vielen Glocken, hohe und tiefe, alte und junge, ohne jeden Mißklang.

Verworrene Menschenwelt!

Die Märzsonne warf ihre Lichtgarben herein auf die Waldblöße, erwärmte den aufgeweichten Boden, und da schwangen denn auch die ersten Blumenglocken mit, einträchtig untereinander und einverstanden mit dem Frühlingswind. Die einen hatten schon weit offene Becher, die anderen waren erst im Aufknospen. Es gab da welche, die waren weiß wie Elfenbein, und andere, gelbliche. Solche mit hohem und andere mit noch niedrigem Schaft. Sie waren unterschiedlich und doch alle auf geheimnisvolle Art eins und einig.

Verworrene Menschenwelt!

Jene, die hörbaren, die Turmglocken – und vor dem Krieg mochten es noch viel mehr gewesen sein – hatten erst einzeln begonnen. Da und dort hatte eine, hatten zwei, drei eingesetzt und die anderen herbeigerufen. Die waren willig dazugekommen, und nun brausten sie alle zusammen und erfüllten noch diese abgelegene Stille mit ihrem Lied. Der Wind, der sich soeben aufgemacht, trug es her.

Diese, die sichtbaren, die Blumenglocken, waren erst unbewegt gestanden in der kühlen, unbewegt stehenden Luft. Nun hatte dort und da eine zu schwingen begonnen, wie sie der erste, wärmere Windstoß erreichte, und jetzt baumelten sie alle leicht hin und her, auf und ab, und ...

Und der Bursche, der da vor ihnen auf dem Baumstrunk hockte, sah ihnen wie einem Wunder zu.

Der Wind spielte in seinem Haarschopf. Die Mütze hatte er abgenommen, dieses Unikum, dieses schmierige, das einmal eine Feldmütze gewesen war; aber nun waren Hoheitszeichen und Kokarde längst schon von ihr entfernt. Seither, in der Kriegsgefangenschaft, hatte sie ihm zu vielem gedient. Er hatte – wie oft! – Wasser aus ihr getrunken. Einmal hatte er sie sogar beim Essenfassen rasch dem Küchenunteroffizier als Gefäß hingehalten, da es extra gab, zu Weihnachten, und das Kochgeschirr und sein Deckel nicht ausreichten und nichts anderes bei der Hand war, und der hatte ihm die Erdäpfel, die ungeschälten, hineingetan. Jetzt lag sie auf seinen Knien.

Und die Glocken jubelten. Frei – frei! jubelten sie. Immer noch ein ganzer Chor. Ab und zu fiel schon eine aus oder machte sich abschwellend etwas dünner, vor dem Abschied. Frei – frei! jubelten die anderen weiter. Ja, Schluß war es mit Kommiß und Stacheldraht!

Seinen Militärmantel trug der Bursche weit aufgeknöpft. Daß der ihm heute, gegen alle Erwartung, verblieben war beim Entlassungstango, jetzt noch, um diese Jahreszeit, Mitte März – da hatte er verdammt viel Glück gehabt. Eine Woche später, und der Mantel wäre ihm nicht mehr belassen worden. Überhaupt hatte er Glück gehabt. Die ganzen zweieinhalb Jahre hatte er Glück gehabt. Er säße sonst nicht hier.

Eine Andeutung von Erdhügel irgendwo und ein windschiefes Birkenkreuz daran täten es auch: »Gefreiter Michel Halblehner« und so.

Sein Mantel. Jetzt erst gehörte er ihm wirklich. Aber das machten diese Tage, die oft noch so scharf, so bissig wie im Winter begannen, wenn es zu Mittag dann auch schon ein wenig taute. Darum hatte sich wohl der Kommandant dort im Waldlager ihrer im letzten Augenblick erbarmt. Und so hatte er ihn durchgebracht, den Mantel, durch die neunundneunzig Schleusen, ihn nicht abgeben müssen, hier und heute, und überhaupt her und her. Er strich dankbar an ihm hinunter. Nun kämen fürs erste Zivilknöpfe hinauf. Demnächst. Und wenn er dann einmal gereinigt, gefärbt sein wird, der Mantel, und vom Schneider ein wenig ausgebessert und umgebaut – aber das waren Luftschlösser! Woher und womit denn auch! Sein Mantel, ja. Ein wenig ausgefranst und mit dem Durchschußloch unten, immer noch, und da und dort beim Zigarettenrauchen angesengt. Sein alles. Auf den Wiesen, im Zelt, in den Ställen, auf dem Strohlager in den Baracken oft seine Unterdecke; und im strengsten Winter seine zweite Zudecke obendrauf; und zusammengerollt auch einmal das Kopfkissen, wenn es hoch und nobel herging; und vieles noch; und einmal hatten sie, zu zweit, mit ihm beim Furier das Brot für die ganze Stube gefaßt wie in einer Schwinge, weil sie das Brett vergessen hatten.

Wie jetzt das Glockenlied langsam hinschwand, verebbte, nahm der Bursche endlich auch die Vogelstimmen wahr. Er hob lauschend den Kopf in die Sonne. Ringsum lockte und sang es, frohlockte und klang es: Frage und Antwort, lauter Lust und Liebe – zur schönen, schönen Welt. Hatte der Glockenjubel die Sänger aufgescheucht? Als sei früher Morgen, jubilierten sie mit aus allen ihren Kehlen. Es waren dutzenderlei Stimmen, bunt und mannigfaltig, und ergaben doch eine einzige Harmonie. Das trillerte, flötete, schäkerte, zwitscherte, tschilpte, gurrte – und fügte sich doch alles in eins.

Verworrene Menschenwelt!

Und plötzlich brachte sich diese furchtbar aufdringlich und widerlich mißtönig in Erinnerung. Als die Glocken verklungen waren, die frommen Boten der Ewigkeit, heulte eine Sirene los, wie sie während des so »rühmlichen« Zweiten Weltkrieges dem Luftschutz gedient hatte. Heute, zum Wochenende, wurde sie wohl aus irgendeinem anderen Grunde, vielleicht für Feuerwehrzwecke, überprüft. Da sie nun einmal da war. Und man konnte sowieso nicht wissen, was uns noch alles bevorstand. Erst heulte sie ein paarmal auf und ab, hinauf, hinunter, wie noch vor knapp einem Jahr bei Fliegergefahr. Dann hielt sie in der Höhe schrill und lang an, wie einstens zur Entwarnung. Und endlich fiel sie die Tonleiter hinab, winselte sich zu Tode und vergrunzte abscheulich. Aber ja, das war sie: die Zeit. Die innere Finsternis. Das war ihre höllische Stimme: dieses zwischen Himmel und Erde verstiegene Heulen; während an uns das Zähneknirschen war. Die Vögel verstummten auf der Stelle. Der Wind hielt erschrocken den Atem an. Die Blumenstengel standen starr.

Nun aber hatte die Sirene ausgegrölt, war der lärmende Spuk vorbei. Tiefe, satte Ruhe senkte sich zunächst doppelt wohltuend und wie ein Glassturz über die Lichtung. Dann setzte das gewohnte Leben des Waldes wieder ein. Leise summten ein paar Fliegen. Vögel, Wind und Blumen kamen allmählich zu sich. Der Bursche auch. Er gab sich einen Ruck und fuhr jetzt endlich in seiner Tätigkeit fort, die er zuvor unterbrochen hatte, als die Mittagsglocken zu läuten begannen. Auf einen trockenen Wiesenfleck hatte er seine Zeltplane hingebreitet. Sie war einfärbig, fast neu, und er hatte sie noch im Entlassungslager gegen seine alte, eingerissene, tarnfarbene umtauschen können. Er war froh darüber, daß sie ihm verblieben war. So hatte er einen Regenüberhang, und wenn es not tat, ließen sich Arbeitskleider daraus schneidern.

Auf diese Zeltplane hatte er nun seinen Rucksack ausgeleert mit allem, was ihm bei der letzten Gepäckskontrolle belassen worden war. Er machte Bestandsaufnahme; in Ruhe endlich, nach dem Lagertrubel. Viel war es ja nicht, was er besaß: seine Marschdecke, ein verhältnismäßig gutes Stück aus einem Lazarett, zwei Garnituren Leibwäsche insgesamt, ein Nachthemd, zwei Paar fast neue Socken außer den Stiefelfetzen, die er anhatte, drei Taschentücher, einen Pullover, ein Paar Handschuhe, den Kopfschützer, ausnahmsweise, versteht sich, da es schon März war, die Badehose, ein Paar Ledersohlen im Vorrat, einige Riemen, die Schuh- und die Kleiderbürste, zwei Kragenbinden, die sinnlos geworden waren ohne dazugehörigen Waffenrock, zwei Handtücher, die Feldflasche mit dem Trinkbecher, das Kochgeschirr und Eßbesteck, die Fettdose, den Brotbeutel mit dem Tragband und mit etwas Mundvorrat für zwei, drei Tage. Zudem hatte er noch ein bißchen privaten Kram: vor allem sein Paradestück, einen guten Zivilrock, aus Marineblau gearbeitet, den er in einem Gefangenenlager gegen Zigaretten eingehandelt hatte, ein Paar Hausschuhe mit Gummisohle, von der Mutter handgestickt, sein Wasch- und Rasierzeug, Nagelfeile, Schere, Taschenmesser, etwas Papier und Schreibgerät, seine Dünndruckbibel, je ein Auswahlbändchen Stifter und Storm, einige dutzendmal gelesen, die letzten Briefe seiner Eltern mit ihrem gemeinsamen Lichtbild, als wenn sie geahnt hätten, was ihnen bevorstand, die amtliche Benachrichtigung von ihrem Tode, vom totalen Bombenschaden daheim, so gründlich, daß man ihm – in den letzten Kriegsmonaten – nicht einmal mehr einen Urlaub gewährt hatte, weil dieser so ohne jedes Zuhause sinnlos geworden sei und er andere Angehörige nicht habe. Das Häuflein Elend vor ihm war also jetzt sein ganzes Hab und Gut, und was er auf dem Leibe trug: die dunkelbraune Kriegsgefangenenkluft, in die er hier neu eingekleidet worden war, die festen, guten Stiefel, die er gegen seine schon schadhaften Schuhe hatte eintauschen dürfen, als der verhörende Offizier von seinem Schicksal erfahren hatte, ein wenig Handgeld, etwas Lebensmittelmarken, vor allem aber den eigentlichen Kronschatz, das Kostbarste und Wichtigste: in der Brieftasche tief innen und wohlverwahrt den Entlassungsschein.

Und dann hatte er noch seine neunzehneinhalb Jahre, die geraden Glieder, seine Gesundheit. Der Oberschenkelsteckschuß, ohnehin ein Glückstreffer, war längst ausgeheilt. Auch war es ihm, bevor er für die paar Tage hieher ins Entlassungslager gekommen war, gelungen, etliche Wochen in die Küche zur Arbeit kommandiert zu werden. Diese hübsche Zeit hatte er natürlich genützt und sich umgesehen. Da hatte es für ihn doch nicht nur Wassersuppe gegeben, ein Viertel Brot, ein Klümpchen Fett; sondern ab und zu mehr, und zur Abwechslung auch einmal etwas anderes für die Rippen und Nieren. Ja, er war beinahe ein wenig behäbig, ein wenig rundlich geworden, fand er.

Zwar, die Zukunft lag ja reichlich nebelhaft vor ihm, und es war dafür gesorgt, daß er die schlanke Linie ehestens wiedergewinne. Der schwankende Boden unter seinen Füßen war fragwürdig wie Moorland oder Flugsand. Doch mochte hinter den Nebelschwaden und den Wolkenbänken sein guter Stern weiterglimmen, der ihn bisher geleitet und dem er vertraute. Er hatte bei den Soldaten gelernt, gleichsam in kleinen Portionen, in vierundzwanzig Stunden zu denken. Es war immer sinnlos gewesen, sich um Morgen oder Übermorgen abzukümmern; es kam ja doch inzwischen alles immer zweimal anders. Kurzum, vorderhand lebte er. Und wie sonn- und feiertäglich! Wie meinte es das Leben heute mit ihm gut!

Bloß – er ordnete rasch die paar Habseligkeiten. Flink und geschickt packte er seinen Rucksack. Das ging ihm nach wie vor von der Hand. Du packst immer noch halb militärisch, mußte er denken. Er lächelte über sich selber. Das lag ihm also noch im Griff. War einem das wirklich so in Fleisch und Blut übergegangen? War einem der Drill nicht nur bis an die Haut oder ein Stück darunter gedrungen, sondern doch tiefer hinab und hinein, vielleicht gar in Schichten des Wesens? Doch wäre es das auch, er wollte es dann trotzdem nicht bedauern. Manches am Drill war auch sinnvoll und praktisch gewesen, und also blieb es wohl haften. Das meiste aber war ja doch nur Schwemmgut, eine Weile angetriftet, aber längst schon wieder, während der langen Monate der Kriegsgefangenschaft vom Zeitstrom weggespült und fortgetrieben: null und nichtig. Jawohl, es war aus damit und vorbei, und er sah dem Gerümpel gar nicht mehr nach. Wenn er auch durchaus nicht zu denen gehörte, die für das Gestern in Bausch und Bogen nur einen Fußtritt und eine Zote übrig hatten.

Michel Halblehner, nun nicht mehr Gefreiter und Kriegsgefangener, nein, seit etwa fünfundzwanzig Minuten Zivilist und Rückkehrer, wenn er auch nicht wußte oder auch nur ahnte, wohin zurück, packte seinen Rucksack fertig, stellte den annähernd militärisch gepackten neben sich, neben den Baumstrunk, auf den er sich jetzt noch einmal setzte, nachdenklich setzte. Er schnallte eben die linke Außentasche zu, als ihn plötzlich eine Gewissensfrage heftig überfiel. Sie betraf seine innere Unruhe, die er immer intensiver fühlte, und das sollte bei seinem nicht geringen Phlegma immerhin einiges bedeuten.

Hängst du eigentlich, fragte er sich, an diesen Dingen als Dingen und bürgerlich, obwohl gerade hiezu alle äußeren Voraussetzungen fehlen? Stammt deine innere Unsicherheit also daher, daß du deine Zukunft materiell so völlig ungesichert weißt, ohne Dach über dem Kopf, ohne Boden unter den Füßen? Schüler, war in seinem Soldbuch, das er nun auch nicht mehr besaß, als sein Beruf eingetragen und zu lesen gestanden, und auch das war längst zum aufgelegten Unsinn geworden.

Oder rührte die Unruhe von etwas ganz anderem, von diesem so viel Wilderen, Größeren her: nach den Jahren der Unterbrechung, des animalischen Dämmerns wieder hellwach als Mensch und Einzelner sein Dasein fortsetzen und weiterleben zu müssen? Wieder jener Mensch zu sein, dem man an dem Tage Valet gesagt, da sie einem die Haare kurz geschnitten und auf der Kammer Stahlhelm und Schaftstiefel verpaßt hatten, da man neu eingekleidet und mehr als das: um- und umgeformt worden war? Man, und nicht mehr dieser eine, der er jetzt wieder selbstverantwortlich war? Ein Gefühl der Bangnis vor dieser ungeheuren Aufgabe wollte ihn beschleichen. Nun ohne Gängelband mußte er feststellen, daß er ganz von vorn wieder beginnen, daß er erst wieder das Gehen werde lernen müssen. Noch kroch er auf allen Vieren.

Dieses, sein erstes Wiedersehen mit sich selber, trug ihm natürlich ein wenig Herzklopfen ein. Er begann zu staunen, sich wieder zu wundern. Auch Auge und Ohr, fühlte er, wachten auf wie aus jahrelangem Schlaf. Die Mittagsglocken von der Stadt her überhaupt zu hören, war gestern und vorgestern noch unmöglich gewesen mitten im Lagerpferch, in dieser Lärmwildnis, in diesem Durcheinander von Trillerpfeifen, Namensaufruf, Befehlsansage aus allen Lautsprechern, in das sich rumsend und stampfend aus den Baracken der Besatzung um diese Zeit pausenlos turbulente Tanzmusik ergoß; mitten in der Stimmenwirrnis der Essensausgabe an die vielhundertköpfigen Menschenschlangen der Gefangenen. Wie hätte sich je irgendein Vogelruf aus dem nahen Wald, eine Blume mit ihrem Duft zur Geltung bringen können in den aus Kohlenklein gestampften Lagerstraßen, vor deren grellem Scheinwerferlicht in den Nächten selbst die hellsten Sterne verblaßten und verglommen! Und nun war er plötzlich aus jahrelangem Menschenpferch hinein entlassen in die Zelle seiner Einsamkeit. Er beugte sich tief hinunter zum kleinen Wiesenfleck, pflückte zwei, drei Märzenbecher ab und steckte sie sich mit leicht zitternder Hand an seine alte Soldatenmütze; so, als suchte er ein schüchternes äußeres Zeichen für den aufkeimenden inneren Zustand: allmählich wieder er selbst zu sein, der unverwechselbare Eine.

Mitten in diesen Gedankengängen fiel ihm plötzlich Stephan ein und damit ein Stein aufs Herz. Er legte den Kopf etwas schief vor Betroffenheit. Was hatte er da, ein unverbesserlicher Tropf und Tor, wieder einmal angerichtet! Manchmal war er ein rechter Tolpatsch. Ganz wie ein junger Kater in den ersten Lebenstagen, wenn ihm noch die Augen verklebt sind und er verzweifelt ungeschickt in aller Luft herum nach der Brust der Mutter tatzelt.

Ja, und so stürzte jetzt über ihn, denn er hatte ein durchaus dankbares Herz, diese neuerliche Verwirrung herein. Er wußte nämlich zu gut, daß er allein und ohne Führung noch gar nicht so weit mit sich selber vorangekommen wäre, hätte er nicht die letzte Zeit im Gefangenenlager und auch hier noch den Kameraden zur Seite gehabt, dem er seine Erweckung verdankte. Verdankte, gewiß. Aber auch dankte?

Das ist es ja: nein; denn soeben war er ihm unbewußt, wie im Traum und Taumel davongelaufen, jawohl, so gut wie davongelaufen. Und nun ist alles vertan und verdorben! Wie, wo sollte er ihn wiederfinden? Ins Lager ließen sie ihn nicht mehr hinein. Auch war Stephan inzwischen wohl selber durch die Mühle durch und hatte sich, natürlich auf der Straße und nicht auf diesem Träumer- und Säumerweg, auf und davon gemacht. Und mußte er nicht an Absicht denken? So, als habe er sich von ihm auf holländisch empfehlen wollen? Und eben damit war alles aus!

Er hätte sich ohrfeigen können. Aber die jähe Freude über die Entlassung, über die endlich wiedergewonnene Freiheit hatte ihn offenbar ganz benommen gemacht. Er hatte nicht nach links, nicht nach rechts, nicht zurück geschaut, nachdem er auch noch die letzte Prozedur glücklich überstanden hatte. In der vordersten kleinen Baracke hatten ihn bereits die ersten Beamten der Heimat in Empfang genommen, hatten ihm etwas Handgeld und Lebensmittelmarken für die ersten Tage ausgefolgt; denn es war Samstag, und morgen waren alle Ämter zu. Sie hatten ihm die nötigen Weisungen gegeben, was er als nächstes zu tun, die Stellen angegeben, wo er zu diesem und jenem Zweck vorzusprechen habe. Er hatte sie gerade noch halb und halb angehört, und dann war er einfach Hals über Kopf zur Torwache vorne hin, dem Ausgang zu, an den mehrfachen Drahtverhau heran, immer seine Entlassungspapiere schwenkend, immer voran und weg und wie berauscht durch die Sperre hindurch und hinaus in die Freiheit gestolpert.

Und nun saß Michel Halblehner da, nach diesem Rausch, mit seinem Katzenjammer. Es entschuldigte ihn freilich, daß sie sich durch keine ausdrückliche Vereinbarung, aufeinander zu warten, gebunden hatten. Stephan war heute morgen, bevor der Rummel begann, wie immer zuvorkommend und freundlich gewesen, zu ihm wie zu anderen auch und soviel seine zurückhaltende und schweigsame Art dies eben zuließ; aber auch nicht mehr. Im Ringelspiel der Entlassungsformalitäten waren sie wohl ab und zu einander in der Entfernung wieder begegnet, doch nur, um einander alsbald wieder zu verlieren. Der verwirrende Vorgang hatte ihn übrigens lebhaft an einen Juxpalast und Narrenturm im Wiener Prater erinnert, aus dessen hundert Kammern, Zellen, Zerrspiegeln und anderen Schrecknissen, war man einmal um sein eigenes gutes Geld da hineingeraten, man so gerne wieder herausverlangte; aber man findet den Ausgang nicht im Gewühl, und jeder Versuch, dem Labyrinth zu entkommen, bleibt vergeblich, verstrickt einen unweigerlich nur um so mehr in das Wirrsal der verrückten Gänge, bis einen irgendwo fremde Hilfe mit einem jähen Ruck befreit. Das Vergnügen hier war wenigstens vollkommen kostenlos gewesen, und zum Glück hatten alle Beteiligten den gleichen Sinn für Humor gehabt, hüben wie drüben, der Feind von gestern und sie selbst.

Die Sonne schien ihm nun so aufmerksam ins Gesicht, daß er blinzeln mußte. Auf seinem Scheitel spürte er sie fast warm. Ob sie ihn trösten wollte? Ihn mahnen wollte? Der Mittag war vorbei und die Schatten wuchsen schon wieder ein wenig.

Langsam, ganz langsam begann er jetzt ein leichtes Hungergefühl zu verspüren. Solange die Nerven erregt, die Sinne angespannt beschäftigt gewesen waren, den ganzen Vormittag lang, hatte er überhaupt nicht an Essen und Trinken gedacht. Ja, obschon er spät genug, knapp vor der Mittagsstunde erst freigekommen war, hatte er sich um seinen Mittag nicht einen Augenblick bekümmert. Auch bisher nicht. Was aber nun? Er hatte soeben alles sehr sorglich verpackt. Sollte er deswegen wieder alles durcheinanderwürfeln?

Seinen Eßvorrat hervorkramen? Er verzichtete darauf. Er zog es vor, gegen die Stadt hin aufzubrechen. Er erhob sich, schwang sich den Rucksack um und trabte den schmalen Waldweg, den er gekommen war, weiter fort.

Und nun erfüllte ihn dieses Gehen in Freiheit, wohin einer will, mit unsäglichem Jubel. Die Last auf dem Rücken wurde davon wunderleicht. Der Tritt seiner Stiefel federte, auch wo der Boden keineswegs von der Sonne erweicht worden war. Die kühnen Wolkenschiffe über ihm, das frische Blau, die hinstürmenden Vögel rissen das träge gewordene Blut ungestüm und heftig in sein Herz hinein, und dieses gab das verwandelte Blut ungestüm und heftig zurück, Haupt und Gliedern zurück. Es klopfte hoch, den Baumwipfeln zu und immer höher hinan, es stürmte die Himmel.

Das Allein-in-der-Welt, eben jetzt war es höchstes Glück, empfand er es als Glück ohnegleichen. Welche Wohltat, welche Seligkeit, einmal fünf Minuten lang, eine viertel, eine halbe Stunde lang von niemandem angesprochen zu werden, niemandem antworten zu müssen!

In der Einschicht lag ein Försterhaus. Er ging daran nicht nur vorbei, er machte einen weiten Bogen herum. Nur jetzt niemanden sehen, hören, sprechen!

Obschon sein Magen leicht zu grollen begann, diesen Weg lang mußte der sich noch gedulden. Früh genug mußte er zu den Menschen zurück. Der Bursche wußte das. Eben darum gehörte dieser Gang jetzt ihm allein. Nicht einmal mit einer Zigarette wollte er ihn teilen. Er atmete voll. Er sog diese herrliche Luft, frei von Staub und Gestank, frei von Lüge und Lästerung, tief in sich. Wie ein Getränk schüttete er sie durstig in sich hinein. Und er atmete sie gleich heftig aus, ja hustete sie aus mit allen Resten der alten, verjauchten, mit allen Schlacken, die sich jahrelang in seinen Lungen festgenistet hatten.

Wo ein Grün war, ein erstes davon schüchtern sich zeigte, schickte er seine Augen auf die Weide. So vorwitzig, daß sie ihm beinahe übergingen im vollen Licht.

Er trug nicht nur den Mantel weit offen; er knöpfte auch die Joppe unter dem Halsansatz auf, um Licht und Luft, dieses Licht, diese Luft an seine verwelkte Haut heranzulassen.

Die Hände vergrub er längst nicht mehr in den Manteltaschen. Er badete sie andächtig in dem reinen Element; sie, in deren feineren Hautfalten sich der Schmutz so hartnäckig eingekrustet hatte, daß dieser wohl erst allmählich und nur im heißen Wasser werde weichen wollen.

Mit Abscheu stellte er den faden, üblen Häftlingsgeruch fest, der aus seiner Gefangenenwäsche aufstieg, aus seinen Kleidern. Hier erst, in dieser Luft kam ihm das zum erstenmal voll zum Bewußtsein. Aber es freute ihn, daß er das nicht gleichgültig hinnahm. Nein, so abgebrüht war er nicht. Er empfand die Demütigung, die darin lag, er verbiß sie wohl, aber immerhin, sie rührte ihn an, sein Inneres. Und da stand es bei ihm fest, daß er zu allererst das Städtische Bad aufsuchen werde, wenn es so etwas schon wieder gab. Bis dahin werde er mit Vergnügen hungern. Wonach ihn wirklich hungerte (darüber hätte Stephan sich gefreut), waren überhaupt Dinge, so ungemein, daß sie schwerlich mit klobigen Worten zu benennen gewesen wären.

*

Unterdessen war innen im Lager ein junger Mann heraus auf den Vorplatz an der letzten kleinen Baracke getreten, auch er entlassen, und stellte sich wartend auf.

Daß er jetzt die scharf geschliffenen, in der Sonne einmal hell aufblitzenden Brillengläser abnahm und sehr sorgsam, beinahe umständlich säuberte, entsprang wohl der Absicht, durch dieses verständige und notwendige Unternehmen, durch dieses klare und einfache Tun seine Erregung zu bemeistern, die ihn, auch ihn ergriffen hatte, die er aber bemüht war, nach Möglichkeit zu beherrschen, mehr: zu unterdrücken. Nicht um sie vor anderen zu verbergen freilich, nicht aus dem Verlangen nach irgendwelcher Maske also, nein, sondern weil er den Umständen nicht zu viel Macht über sich einräumen wollte.

Die Entscheidung, vor der er stand und die er zu fällen hatte, ja bereits gefällt hatte, innerlich, vertrug wenig Gefühlsanteil; schon gar nicht aber die unerwünschte Mitsprache irritierter Nerven. Sie stammte aus dem Geist. Und damit mußte es sein Bewenden haben.

Die Freiheit, die eigentliche, zu der er berufen war, und nur sie wog, war eine bitterernste Sache. Dieser gefühlsbetonte Augenblick aber, hinströmend über alle Ufer, barg in sich die Gefahr der Ekstase, aller möglichen Ekstasen. Er wollte ihn, durfte ihn und dessen Geschenk: die andere, die äußere Freiheit, nicht überschätzen, seinen Standort nicht von ihm überschwemmen lassen.

Es war viel geschehen, unleugbar, wenn man den Vorgang von außen besah. Und es war zugleich nichts geschehen. Auf die Blickrichtung kam es an.

Ein Riegel war gefallen, ein Tor hatte sich geöffnet, Menschen gaben einen Menschen frei, sein Adam konnte von ihnen aus gehen, wohin er wollte oder wohin es ihn trieb.

Sein Inerstes, sein Selbst bedurfte keiner sichtbaren Befreiung. Es war niemals gefangen gewesen. Und zuvor niemandem auf Erden, im Letzten, untertan. Außer, wenn es sündigte. Dann freilich, leider, dem Bösen.

Seine Hände, die nach unten hingen, verlangten jetzt offenbar nach einem Halt. Er verschränkte daher die Finger so ineinander, daß sie beinahe die Gebetsstellung annahmen, und hob die Hände für eine Zeitlang in Brusthöhe herauf. Dann fuhr er sich mit seiner Rechten über Stirne und Scheitel, als gelte es, irgendeine Spinnwebe fortzuwischen.

In diesem Augenblick ereignete sich etwas, das unmöglcih vorauszusehen gewesen war. Einer der gegnerischen Offiziere, welche die politische Vergangenheit der zu entlassenden Kriegsgefangenen zu überprüfen hatten, trat mit allen Anzeichen großer innerer Anteilnahme an den jungen Mann heran. Die Art, wie er ihm, dem nunmehr Freien, von Mann zu Mann eine Zigarette anbot (anbieten wollte, da dieser mit einer leichten Verbeugung dankend ablehnte: er sei Nichtraucher), ließ durchblicken, daß er lediglich als Mensch zum Menschen zu sprechen vorhatte.

»Sie sind also Theologe, Herr Schmidt«, sagte er, halb fragend, halb feststellend, da er sich die Frage zugleich selbst beantworten konnte nach allem, was er bereits im Verhör amtlich erfahren hatte.

»Ich war, bevor ich zur Wehrmacht einberufen wurde, Theologe«, verbesserte korrekt der junge Mann.

»Der Militärdienst muß für Sie doppelt schwer gewesen sein«, meinte der Offizier – in einem so gewandten Deutsch, daß man ihm kaum den Ausländer anmerkte.

»Allerdings«, gab der junge Mann zu. »Schon an und für sich. Dann aber auch als ständiger latenter Gewissenskonflikt. Und als dieser in einem besonderen Fall einmal offenbar wurde, es werden mußte, landete ich in einer Strafkompanie, und als deren Angehöriger wurde ich zuletzt gefangengenommen.«

»Ich habe es mir gedacht, daß diese Zugehörigkeit bei Ihnen nur einen solchen Grund gehabt haben konnte. Wir halten nämlich, unter uns gesagt, sonst nicht sehr viel von solchen Einheiten. Ihre Geradlinigkeit aber ...«, der

Offizier unterbrach sich eine Weile, »... ist imponierend für einen Soldaten, auch der anderen Seite. Aber war es die andere Seite?« ging nun auch er geradewegs auf sein Ziel los.

»Wir wollen nichts durcheinandermengen«, brach der junge Mann diese verfänglich gewordene Gesprächsranke ab, beinahe schroff.

»Es war klar«, beharrte der Partner, »daß Sie zum Nationalsozialismus in Gegensatz kommen mußten.«

»Gewiß«, bekannte der junge Mann. »Doch ist zu unterscheiden. Mit einem so vagen Sammelbegriff, nicht einmal: mit einer so billigen und abgenützten Begriffsattrappe ist, außerhalb der Tagespolitik, wenig anzufangen; denn es gab fast jedes zweite Jahr einen anderen. Manches an ihm war gut. Das können Sie heute noch nicht begreifen. Anderes wieder war und ist des Teufels. Und wird des Teufels sein, wo immer er etwa noch auftreten sollte; auf der – anderen Seite«, schloß er unverhohlen.

Der Offizier schwieg eine Weile, betroffen. Er überlegte. Dann entspannten sich seine Züge. Und nun antwortete einfach der wahrhaftige Mensch: »Sie haben recht. Man nimmt rasch an von dem, was man bekämpft. Wir haben auch von dem tollen Kraut genascht.«

»Es ist also die eine wie die andere Seite in uns«, folgerte der junge Mann. »Sehen wir daher zu! Hüten wir uns vor Selbstgerechtigkeit!«

»Ja, sehen wir zu!« pflichtete der andere bei und bekräftigte scherzend: »Sehr gut! Oder wie es Ihr Goethe sagt – so oder ähnlich, da ich vielleicht ungenau zitiere –: Und wer steht, daß er nicht falle!« Er hob die Hand leicht zum Gruß an den Rand seiner Mütze, als bedanke er sich launig für diese Lektion, und wandte sich zum Gehen. Dabei drehte er sich noch einmal um: »Was ich aber eigentlich sagen wollte:

Gedulden Sie sich noch ein wenig! Ich glaube, unser Kommandant will den Befehl geben, daß ihr Entlassenen noch ein warmes Mittagessen heranbekommt.«

Der junge Mann nickte zu dieser Nachricht mit einem dankbaren Lächeln: »Ich werde gerne warten. Ich habe auch sonst noch auf jemanden zu warten.«

Er hatte seinen Pack, vogelleicht und klein, an die Barackenwand gelehnt und ging davor ein paar Schritte auf und ab, die Hände auf dem Rücken. Die meisten Gegenstände, auf die er Anspruch gehabt hätte und die ihm gewiß auch verblieben wären, hatte er gleichwohl gestern noch an Lagerkameraden verschenkt, verteilt, denen das eine oder andere Stück fehlte. Er bedürfe ihrer nicht, fort damit, und wir wollen von etwas anderem reden.

Hinter der Umzäunung einwärts gegen das Lager, bei den Männern, die erst in den nächsten Tagen, in der folgenden Woche zur Entlassung kommen sollten, war eben die Essensausgabe in Gang. Ein paar Neugierige traten an den Zaun heran, der die Entlassenen von den erst zu Entlassenden trennte. Sie gaben Zeichen. Und da niemand von der Wache in der Nähe war, riefen sie herüber: »Na, wie war's im Zirkus?«

»Wie in jedem«, gab Stephan zurück (wir können nunmehr auch seinen Vornamen nennen), »bunt und abwechslungsreich, und man kommt durchaus auf seine Kosten. Seid aber ohne Sorge! Die Schale ist rauh. Der Kern ist eher Wohlwollen. Wenn ich raten soll, versteckt nichts und bleibt immer bei der Wahrheit! Andere sagen anders. Ich aber sage euch das. Wer mir glaubte, ist auch heute gut gefahren. Mit dem Ringelspiel«, schloß er scherzend.

Die drüben trollten sich lachend davon: »Du bist uns der rechte Pfarrer. Man wird ja sehen. Alles Gute auch!« Sie empfahlen sich.

Die da gingen und die er niemals mehr wiedersah, mußte jetzt Stephan denken, waren ein Stück von mir, und um so viel bist du ab heute ärmer.

Solange sie in den überfüllten Stuben beisammenknotzten und knasterten, wünschte oft einer den anderen und sich selber ins Pfefferland. Wenn es dann Ernst wurde mit der Entlassung, und eines Tages war es eben so weit, überraschend und unverhofft, wenn sie auseinandergingen, lag aber doch in jedem Händedruck das Eingeständnis eines Heimwehs. Denn es war eine Heimat gewesen, gerade in der Fremde, was man nun miteinander verlor, und so wurde es ein Abschied wie von einem Sarge, der ein sehr Teures birgt, das wir im Leben nicht verstanden.

Was für ein Bündel ungenützter Möglichkeiten ist doch der Mensch! Er hat die Sprache und ist so dumm und stumm. Hintennach fällt ihm dies und das ein. Aber der Zug ist schon aus der Halle gefahren.

Da humpelte der Erwartete aus der Tür. Bleich und hergenommen schob er sich in hastigen Sätzen mit seiner Krükke näher. Die Nasenflügel bebten ihm noch. Sein Seesack baumelte unwillig auf dem Rücken.

»Bist du denn wirklich der Allerletzte?« bedauerte ihn Stephan.

»Nicht ganz. Einige kommen nach. Das heißt, wenn sie Glück haben. Möglicherweise nämlich auch nicht. Vielleicht bleiben sie in den Maschen hängen.«

»Und du bist durch? Endgültig durch?« fragte Stephan.

»Ich bin durch«, bestätigte der Einbeinige. Aber sein schon etwas schütteres, an den Schläfen leicht ergrautes Haar sträubte sich hoch. Die Fäuste hatte er geballt. Die Zähne biß er aufeinander.

»Es war arg?«

»Es war arg. Sie wollten mir weder das einfache Parteimitgleid noch den gewesenen kleinen Rechnungsbeamten glauben. Zu verargen ist es ihnen nicht. Wer unsere modernen Heroen so in Mengen lügen hörte, sich immer wieder auf nüchternen Magen anhören muß, wie sie sich herauszulügen versuchen, dreist und dumm, der wird mißtrauisch und glaubt am Ende keinem mehr. Hältst du mich der Feigheit fähig?« fragte er zornig den Freund.

Stephan ging beruhigend auf ihn zu und drückte ihm die Hand: »Albert, rege dich nicht auf! Das darfst du noch nicht. Denk an dein Herz! Du bist ein Fanatiker der Wahrheit. Und das haben auch die anderen gemerkt. Das schätzen sie; denn das ist überall eine aussterbende Rasse. Hörst du, das schätzen sie. Darum gingst du auch ohne weiteres frei. Ja, ja, ich weiß, brause nicht gleich auf, also zugegeben: nicht so ganz ohne weiteres. Sie ließen dich eben ein wenig braten auf dem Rost. Um dich mürbe zu machen. Das ist aber auch alles. Sie glaubten dir. Von Anfang an. Sie wollten dich bloß ein bißchen zappeln lassen.«

»Sie lassen mich schon elf Monate zappeln. Die anderen Krüppel entließen sie gleich aus den Lazaretten. Bei ein paar Politschen von uns gab es aber immer einen neuen Aufschub, einen kleinen Haken, ein bedauerndes Aber, ein vertröstendes Das-nächstemal. So wurde ich von Lager zu Lager hin und her geschubst, und also landete ich Hüpferling zuletzt als Landsmann bei eurem Haufen.«

»Nimm es als Ausnahmefall, und du bestätigst die Regel!« scherzte Stephan.

»Ist das auch eine Aufgabe?« ging Albert darauf ein und mußte nun selber lächeln.

»Vielleicht. Zuletzt bekommt alles seinen Sinn. Auch der Unsinn. Es kommt immer darauf an, was wir aus ihm machen. Nimm jetzt deinen Seesack ab und stelle ihn dort hin! Wir sollen noch warme Verpflegung erhalten. Als

Draufgabe. Unser Kochgeschirr bekommt noch einmal zusätzlich Arbeit, habe ich läuten gehört.«

»Was soll ich tun, ich bin in deiner Hand«, knurrte zum Spaß der Einbeinige und damit, durfte Stephan hoffen, war das cholerische Intermezzo wieder einmal überstanden. »Darum also«, setzte Albert fort, »trudeln sich überall noch entlassene Ex-Landser in Gruppen herum. Ich habe es mir nicht erklären können. Aber natürlich, so was Leckeres spricht sich doch immer noch am leichtesten durch. Mit so einem Köder kannst du alle Mäuse fangen.«

»Hoffentlich ist Michel Halblehner dabei«, warf der andere ein. »Hast du den Jungen wo gesehen? Ich habe ihn aus dem Auge verloren. Da aber du nun da bist, kann ich ihn suchen gehen.«

»Was hast du eigentlich mit ihm vor, mit dem Wirrkopf?« fragte Albert.

»Etwas sehr Konkretes«, entgegnete Stephan. »Und er ist kein Wirrkopf. Der Bub ist im Gegenteil ein sehr wertvoller Mensch. Er denkt nach über sich selbst. Wie viele wagen das noch!«

»Willst du den Grünschnabel etwa auch, wie mich altes Wrack und Strandgut, in deine barmherzigen Dienste nehmen?«

»Das habe ich mir wohl zu lange überlegt. Das Zaudern ist nicht immer die beste Taktik, im Kampfe mit uns selbst. Noch heute früh war ich mit mir darüber nicht ganz einig. Wenn er mir jetzt in die Binsen lief, bin ich selber schuld.«

Stephan ging nun tatsächlich den Vermißten suchen. Mit wachsender Unruhe. Das von ihm Verabsäumte fiel mit dem Gewicht einer Schuld steinschwer in das streng gefaßte Becken seines Gewissens.

Hier hättest du einem ehrlich ringenden, noch jugendlich schwankenden, schweifenden Menschenleben zu Ordnung,

Richtung, Haltung, Bindung verhelfen können. Doch du schwanktest selber. Du warst zu feig. Schade! Aber deine Zunge war eben wie gebannt, war noch nicht entbunden. Du hattest das Verwunschene, Versponnene dieser Knabenseele noch nicht so ganz entschlüsselt, daß du wirklich alles gewagt hättest; und hier ging es um alles: ihm Freund und Vater und Mutter zu sein. Oder – daß du es hättest wagen dürfen? dachte er. Wer nämlich diesen Ton kneten und formen wollte, dem sah der höchste Meister ernst und prüfend zu. Wer hier versagte, war verworfen. Er verstand sich, daß er bisher diesen äußersten Mut noch nicht aufgebracht hatte. Er verstand sich. Aber das rechtfertigte ihn nicht.

Zwischen den einzelnen Baracken und in der Nähe des Ausganges standen die Entlassenen in kleinen Gruppen herum. Sie besprachen erregt, entzündet, das an diesem entscheidenden Vormittag Erlebte des langen und breiten. Staunend betrachtete Stephan allerlei sonderbare Verwandlungen. Der verbissene Schweiger entpuppte sich auf einmal als – harmlos – redselig und verwirkte so sein Lagergold, sein mühsam gewahrtes, gespartes Ansehen als tiefgründiger Philosoph, in der ersten Stunde nach seiner Entlassung um das Silber der allgemeinen Zustimmung zu ein paar allgemeinen Plattheiten. Der Duckmäuser, sieh mal an, führte nun, hintennach, das große, heldische Wort. Ja, alle die Vorsichtigen, die Überschlauen, die Angsthasen, die angestrengten Biedermänner lupften jetzt im Nervenschwips ihre schlecht sitzenden Masken. (Hie und da stand, gelangweilt oder angewidert, ein Einsamer herum, den Blick ernst und versunken irgendwo hinaus in die Freiheit, in die Zukunft gerichtet. Gerade sie wollte er nicht stören.) Die in den Lagern an der Not ihrer Kameraden relativ reich gewordenen Schleichhändler rühmten ihr Köpfchen und priesen voreinander – flüsternd – die Listen, wie sie ihr Geld und diesen und jenen wertvollen Brocken durch alle Kontrollen hindurchgebracht. Die Projektenmacher entwarfen, entrollten großartige Zukunftspläne. Schmunzelnd und ein wenig ratlos ging Stephan durch diesen Jahrmarkt der Menschlichkeiten. Es war für ihn gar nicht einfach, in einen solchen Wortschwall hinein seine einfache Frage anzubringen: »Habt ihr den Michel Halblehner irgendwo gesehen?« Der jeweils so unsanft unterbrochene Dauerredner sah den Störenfried indigniert an. Aber dann antwortete doch einer der Umstehenden, wie er es gerade wußte und mußte, mit »Nein« oder »Den kenne ich nicht« oder »Was weiß ich« oder »Laß uns mit dem in Ruhe«, bis Stephan endlich an einen geriet, der den Burschen sich entfernen gesehen hatte. »Der ist längst auf und davon, Pfarrer. Den bringst du nicht mehr in deinen Schafstall. Der ist wie geistesabwesend davongerannt. Der hat heute wieder seinen inwendigen Raketenantrieb. Von dem Mittagessen hat er noch nichts gewußt. Aber wenn man ihm es auch schon hätte sagen können, er hätte einen kaum angehört oder doch nicht verstanden. Er hatte wieder den Glanz in den Augen.«

»Ja, den kenne ich«, sagte Stephan, bedankte sich kurz für die Auskunft und wandte sich um. Er liebte diesen Glanz. Er liebte diesen Glanz!

Und da fielen Stephan die Kriegsgefangenen-Weihnachten ein, bei denen er ihn, vor drei Monaten, kennengelernt hatte: den Burschen und den Glanz in seinen Augen.

Sie waren damals noch fern der Heimat in der Nähe der norddeutschen Küste gelegen. Erst in einem großen Sammellager. Das ging an. Dann aber wurde dieses aufgelöst, und sie wurden kleinweise in Bauerndörfer verlegt. Aber nun nicht mehr in Ställe; denn das Vieh war im Winter daheim. Auch nicht mehr in Scheunen, die ja zu speichern hatten. Sie hausten nun in Erdbunkern und Wellblechbuden. Die einen waren eher Wasserlöcher zu nennen, die anderen Mäuse- und Läusefallen, in denen man an der Nässe, Kälte, dem Sturm, Schmutz und Hunger – ohne Speck – zugrundegehen konnte. Kurzum, ihre Not war auf das äußerste gestiegen. Da – gerade vor Weihnachten mehrmals hin und her verschoben, waren sie zu einer straff und sauber gelenkten Resteinheit gestoßen, die ein angegrauter Reserveleutnant vortrefflich führte; ein evangelischer Wehrmachtgeistlicher war halb freiwillig auch dabei. Beide Idealisten, die inmitten des Unterganges und Zerfalles schon wieder eifrig an neuer Ordnung zu bauen begannen.

Nun schliefen sie also wieder in kleinen Holzbaracken, und das war schon an und für sich das Himmelreich; trotz dem knappen Raum. Hier konnten sie sich wieder mir Aussicht auf Erfolg einheizen: selbstgerodete Wurzelstöcke; das steigerte noch die Seligkeit. Am Heiligen Abend aber hoben die beiden weihnachtlich beseelten Hirten, die die hohe Flamme in sich und anderen zu hüten wußten, nach einem zwar immer noch sehr bescheidenen, aber ausgiebigen und nach Möglichkeit aufgebesserten Essen und um einen Lichterbaum ihre Leute auf Stunden christfestlich hinweg aus aller äußeren Armut, hinein in den Reichtum geläuterter, gesteigerter Innerlichkeit. Sie verstanden sich auf die zeitgemäße Kunst, aus wenig viel zu machen; weil sie ein Herz in die Waagschale zu werfen hatten, weil sie zur rechten Zeit die rechten Worte fanden und die rechten Taten setzten, Taten der Liebe und Gerechtigkeit.

Am frühen Morgen dieses Tages erst war mit ein paar Neuen auch Michel Halblehner zu ihnen gestoßen. Aber das hatte genügt – und sein Schicksal, das rasch bekanntgewordene, und sein Wesen, das für ihn einnahm –: und er war abends schon Liebkind dieser unvergleichlichen, leider nur zu bald wieder aufgelösten Kriegsgefangenen-Kompanie und sogleich ihr am reichlichsten Beschenkter. Die ungewohnte Aufnahme, der allseitige Zuspruch, wohl auch die Fülle wachgewordener Erinnerungen, die herbe Schönheit der Stunde mochten dem völlig Verwaisten erst den Freude- und Fieberglanz in die Augen getrieben haben, mitten im sanften Schein der Kerzen. Dann aber war es für ihn zuviel. Er – weinte. Und merkwürdig, die anderen alle schwiegen dazu und ließen ihn weinen, so unvorstellbar das an sich war, im Kreise von Soldaten. Und halb im Schlafe schon, im Traume noch fuhr er einmal mit einem halblauten »Mutter! Mutter!« hoch. Aber es war keiner da, der darüber gelacht hätte. An diesem Abend hatte Stephan den Burschen kennengelernt, und von da an und wieder in einem Lager und zuletzt schon hier auf dem Boden der Heimat war er ihm wohl nahe geblieben, äußerlich und innerlich, aber doch nicht nahe genug, stellte er jetzt bitter fest. Und so war Stephan nun wirklich traurig, ihn heute, gerade heute verloren zu haben. Das Leben war hart. Allein, er hatte das Recht verwirkt, das Leben – und nicht sich selber – anzuklagen. Sein Herz war also immer noch viel zu träge!

Einsilbig, bedrückt kehrte er zu Albert zurück. Auch dieser schwieg. Zu fragen gab es da nichts mehr. Es war zu offenkundig, daß Stephan den Gesuchten nicht gefunden hatte.

Sie nahmen ihr Kochgeschirr hervor. Der Lagerkommandant hatte sein Versprechen erfüllt und tatsächlich den Befehl zur Essensausgabe auch an die bereits Entlassenen gegeben. Ein ungewöhnlicher Vorgang, wie ihnen die zu diesem Dienst Befohlenen versicherten. Da die Entlassenen jedoch auf keinen Fall, unter gar keinen Umständen mehr in den eigentlichen Kamp zurückkehren durften, was ein ausdrückliches Verbot klar und streng untersagte, war eine fahrbare Feldküche herangeschafft und in der Nähe des Ausganges aufgestellt worden. Die Entlassenen traten, soweit sie noch hatten verständigt werden können und gewartet hatten, zum letztenmal und nunmehr in freiwilliger Ordnung an. Sie erhielten eines der sehr kräftigen, schmackhaften Mischgerichte, die in diesem ausschließlich für Entlassungen vorgesehenen Durchgangslager üblich waren, als Zivilisten bereits und gleichsam zum Abschied.

Es gab manchen, der sich in diesem Augenblick erst darüber klar wurde, was es mit allen Konsequenzen bedeutete, von jetzt an die ganze Bürde aller seiner Unterhaltssorgen wieder allein und selber tragen zu müssen. Er war jahrelang gewohnt gewesen, sie der Küche und der Kammer zu überlassen, die er freilich jederzeit auf das heftigste kritisiert hatte. Viele Löffel klapperten heute denn auch um eine Spur befangener als sonst; denn durch die annehmliche Gegenwart gerade dieses Essens kam manchem die Not, die ihn in der Zukunft erwartete, und die Not, die er in der Vergangenheit zu bestehen gehabt hatte, um so nachdrücklicher zum Bewußtsein.

Albert hatte es sich auf seinem Seesack einigermaßen bequem gemacht. Stephan nahm das Essen stehend ein. Auch jetzt sprachen die beiden kein Wort miteinander. Und doch fühlten beide gerade so, wie sehr sie von jetzt an zusammengehörten.

Dann machten sie sich auf.

»Um auf besagten Hammel zurückzukommen«, unterbrach Albert das Schweigen, »so schlimm war das von mir vorhin nicht gemeint.«

Stephan, der für ihn den Seesack trug, beruhigte ihn: »Ich weiß. Du hattest übrigens nicht ganz unrecht. Es ist beides in ihm, das Wurstige und das Beflissene, das Materialistische und das Idealistische, er kann noch ein Fresser werden oder ein Asket, ein Spießbürger oder einer feiner, weltoffener

Geist. Die Wasser sind noch nicht geschieden. Aber sind es die unseren?«

»Mir scheint, du bist wirklich ein Christ«, entgegnete Albert. »Daß es das noch gibt, leibhaftig gibt, diese überraschende Erkenntnis muß ich erst verdauen. Laß mir Zeit!«

Damit durchschritten sie die Sperre.

*

Der Marktflecken L. war längst zur Ruhe gegangen. Groß und schweigend drehte sich der Sternenhimmel über die Landschaft hin, ohne Mond, dunkler als sonst. Aber die Erde atmete vorfrühlingshaft, Mutterbeet und -garten einer Unzahl junger Keime und Knospen.

Nur aus einem Anwesen am Rande des Marktes, aus einem Fenster im ersten Stock, fiel noch nach Mitternacht wie klagend ein schwacher Lichtschein, und ein anderer wanderte unruhig hin und her wie von jemand, der, suchend oder von Angst getrieben, eilig durch diesen Raum und durch das Zimmer daneben ging.

Vor dem wuchtigen Tor begehrte jetzt jemand Einlaß, hob den uralten Türklopfer (einen sich in sich selbst verringelnden metallenen Schlangenleib) und schlug damit mehrmals kräftig an. Der Lichtschein zitterte hastig nach unten. Doch noch bevor sich der schwere Schlüssel knarrend im Schloß herumdrehte, hatte sich ein zweiter Schatten zu dem einen, wartenden, hinzugestellt. Fast wären sie im Dunkel zusammengestoßen. Die beiden Männer reichten einander stumm die Hände. Da sie wieder einmal zugleich und gemeinsam gerufen worden waren, begriffen sie die Lage sofort.

Das Tor öffnete sich. Das schlanke, schmale, schwarz gekleidete Fräulein, das sie einließ, hob die Laterne etwas an, um besser zu sehen. Die beiden Männer blickten in ein sehr edles, blasses und trauriges, fast trostloses Gesicht, in einen Abgrund von Kummer. »Ich danke Ihnen schon jetzt und hier, meine Herren«, sagte sie mit bebender Stimme, im Flur, und schloß das Tor wieder ab. »Sie werden sich ja selbst überzeugen und dann verstehen, warum ich Sie zu dieser Stunde noch bemühen muß.« Die beiden Männer verbeugten sich wortlos. Zu dritt stiegen sie die Treppe hinan.

Oben auf der Schwelle zum Korridor empfing die drei zunächst, geduldig und abwartend, der große, graue, getreue Schäferhund mit dem klugen, einsichtigen Blick eines leiderfahrenen Menschen. Er hatte auf einen Wink vorhin nicht angeschlagen und gab auch jetzt, auf diese Stelle verwiesen, keinen Laut von sich, als verstehe er vollkommen, daß hier die äußerste Ruhe geboten sei. Er schloß sich behutsam den beiden Männern und seiner jungen Herrin an, durfte auch mit in das Krankenzimmer eintreten, zog sich aber sofort respektvoll in die hinterste Ecke zurück und legte sich; den Kopf jedoch mit gespitzten Ohren hoch aufgerichtet, und mit den aufmerksamsten Augen, denen nichts entging.

Der Arzt trat unverzüglich – und der Blick des Hundes wanderte dabei voll Verständnis zwischen ihm und der alten Herrin hin und her – an deren Schmerzenslager heran. Er griff nach ihrem Puls, zog zur Kontrolle die Uhr, betrachtete unterdessen mit großem Ernst die verfallenen Züge der Stöhnenden, schob sodann den aufgelegten Eisbeutel und den Herzkühler zur Seite und beugte sich abhorchend über die Leidende. Auf seinen Anruf hatte sie nicht geantwortet.

Am Lagerende stand die Tochter, und der Pfarrer war an ihre Seite getreten. Sie sah diesem prüfend und fragend ins Gesicht. »Ich bin allein gekommen«, flüsterte er ihr ablenkend zu, »und habe den Mesner erst gar nicht geweckt. Auch ist er todmüde von der gestrigen Feldarbeit.« Doch nach einer Weile setzte er fort: »Sie haben, sehe ich, alles vorbereitet. Ich werde mich zunächst auf die – Ölung beschränken müssen.« (Das »Letzte« und »für den schlimmsten Fall« sprach er nicht aus.) »Sie sind sehr gefaßt?« Das Fräulein nickte ergeben.

Unterdessen hatte der Arzt seiner Besuchstasche eine Ampulle und eine Spritze entnommen, diese gefüllt und der Schwerkranken eine Injektion verabreicht. Die alte Frau hatte darauf kaum reagiert. Der Arzt wandte sich sodann nach dem Priester um und trat zurück. Seine Miene war besorgt, schloß aber nicht jede Hoffnung aus. Den Hund entließ man in das Vorhaus.

Das Fräulein entzündete weinend die beiden Kerzen. Der Priester kleidete sich ein, trat an den kleinen Tisch mit dem Kreuz heran, legte Geräte und Behältnisse hin, kniete anbetend vor dem Allerheiligsten nieder, besprengte hierauf die Kranke, die Knienden und den Raum, segnete die Kranke, sprach die Gebete über sie, wobei er der Bewußtlosen die Hand auflegte, salbte sie, betete abermals und segnete sie zum Ende wieder.

Daraufhin zogen sich die drei nebenan in die Kammer des Fräuleins zurück. Dieses brachte auch hier herein eine kleine Stehlampe und machte Licht. Dabei meinte, überleitend, der Arzt: »Zu allem Unglück und zur Vermehrung unserer Nachkriegskalamitäten ist also heute nacht unser Markt wieder einmal vom Strom abgeschaltet, außerdem und obendrein. Aber«, fragte er dann leise und vertraulich, »wie ist das eigentlich diesmal mit Ihrer Frau Mutter gekommen, Elisabeth?« Er hatte die Tür zum Krankenzimmer offen gelassen und sich so gesetzt, daß er das Bett ständig im Auge behalten konnte. »Hat es neue Aufregungen gegeben?«

»Es gibt fast nur mehr Aufregungen, Doktor. An die Sorgen wären wir ja längst gewöhnt, die sind uns eher willkommen und lieb; wir möchten sie gar nicht missen; wir kommen mit ihrer Hilfe leichter über das Vergangene hinweg. Fernhalten aber muß ich von meiner armen Mutter allen plötzlichen Schreck. Ich bin daran auch bereits sehr geübt. Das Schlimmste lasse ich ohnehin kaum an sie heran, und wenn sie es von mir erfährt, erfahren muß, ist es meistens schon mehrmals entschärft und gefiltert. Doch immer gelingt das nicht. Und diesmal warf es sie um.«

»Für zwei schwache Frauen ist das eben alles zuviel«, meinte der Pfarrer. »Die Zeit ist zu sehr aus den Fugen.«

»Oh, es ginge doch!« versicherte Elisabeth. »Auch scheuen wir vor keiner Anstrengung zurück. Wären wir nur nicht so von Mißgunst und Verrat umgeben!« Sie schwieg eine Weile, als ob sie überlegte, wie weit sie nun gehen dürfe. »Es hilft nichts«, fuhr sie fort, »ich muß Ihnen, und Sie werden ja gewiß verschwiegen sein, unsere Lage ganz ohne jeden Rückhalt und Umschweif klarmachen. Ich muß es vor allem Ihnen gegenüber, Doktor, der Sie jahrzehntelang Freund unseres Hauses sind und meinem unglücklichen Vater nahestanden. Sie haben als Arzt und Mensch ein Anrecht auf die unverstellte Wahrheit; denn möglicherweise benötige ich Ihre Hilfe auch in anderer Hinsicht noch einmal. Da wir uns also, die Mutter und ich, heute am späten Abend noch zu unserer geschäftlichen Korrespondenz setzten, zu dem Briefwechsel mit den Behörden und Kunden, zu den Steuer- und Lieferaufträgen, den Mahnungen, Verrechnungen, kamen wir unserem Verwalter, ohnedies vorgewarnt durch eine Reihe bisheriger Unzulässigkeiten, auf einen neuen Schlich darauf. Dieser aber könnte nicht gut ausgehen. Ihnen darf ich und muß ich das ganz offen sagen, meine Herren. Es kam daher auch noch zu einem heftigen Auftritt zwischen uns und ihm. Er leugnete übrigens nicht. Das kann er nicht gut. Auch gibt er sich den Anschein, als bereue er seine Eigenmächtigkeiten. So umschreibt er nämlich beschönigend seine Verfehlungen. Er erbat sich zum Schlusse eine gewisse Frist und erhielt sie auch. Er verspricht, die Sache bis dahin noch auszubügeln, wie er das nennt. Aber wer weiß, über kurz oder lang habe ich doch einmal die Wirtschaftspolizei im Hause. Und das in unserem Hause, Doktor! Sie verstehen wohl: diese Aufregungen und Aussichten warfen meine schwer leidende Mutter einfach hin. Ich tat, was ich konnte. Da sie aber immer mehr verfiel und ich mir allein keinen Rat mehr wußte, rief ich Sie gleich beide an.«

»Ja, und es steht nun wirklich bedenklich, Elisabeth. Auch ich darf Ihnen gegenüber nicht Verstecken spielen«, sagte der Arzt und erteilte ihr die erforderlichen Weisungen für den Rest der Nacht und, wenn alles noch einmal gut ablief, für die folgenden Tage. Er entnahm seiner Tasche das nötige Medikament und leitete sie an. Dabei sah er mit Spannung nach dem Lager der Kranken hin. Plötzlich regte diese die Hand und –

»Mir scheint«, sagte der Arzt, »sie ist unterwegs zu uns zurück.« Er erhob sich. »Kommen Sie mit mir, Elisabeth! Aber Sie, Herr Pfarrer, warten noch ein wenig!« Damit ging er in das andere Zimmer hinüber.

Die Kranke hatte die Augen geöffnet. Sie waren vorerst noch starr zur Decke gerichtet. Allmählich jedoch begannen sich ihre Blicke mit Bedeutung zu füllen, herumzutasten, suchend zu wandern. Im vertrauten Antlitz der Tochter machten sie halt, fanden sie sich zurecht: »Was ist, Elisabeth!« waren ihre ersten Worte. »Mutter!« schluchzte diese erlöst auf und küßte ihr bewegt die Hand. »Sie – Doktor?« sagte sie jetzt. Da schob dieser rasch einen Stuhl unter sich heran, setzte sich, beugte sich ihr entgegen und fing an, ihr in so gelassenem, überlegen gleichgültigem Tonfall das Geschehene und ihren Zustand klarzumachen, daß er seine

Gelassenheit, seinen Gleichmut über die Brücke der sanft und sicher hinschwingenden Worte auf die Leidende übertrug. Die Hände über dem kranken, schmerzenden Herzen gefaltet, hörte sie ihm zu, ihre Erinnerung half mit, hakte ein, klöppelte die abgerissenen Gedankenmaschen wieder zusammen, und so nahm sie bereits gefaßt die Verordnung des Arztes auf, sie dürfe sich möglichst wenig bewegen, müsse absolut stilliegen, müsse mindestens drei Tage lang strengste Bettruhe einhalten. Der Arzt wollte nun gleich selbst aus dem Fläschchen die erste Dosis Tropfen des mitgebrachten Mittels herzählen. Doch da bat sie ihn um geringen Aufschub. Sie wünsche vorerst mit dem Priester allein zu sein und das Versäumte nachzuholen. Dieser kam denn auch herbei, legte sich die Stola um und setzte sich an das Krankenlager. Der Arzt und das Fräulein zogen sich in den Nebenraum zurück.

»Werden Sie in diesen Tagen doch irgendeine verläßliche Hilfe haben, Elisabeth?« fragte der Arzt und fuhr, ohne ihre Antwort abzuwarten, fort: »Wenn nicht, helfe ich Ihnen mit meinem Mädchen aus. Jedenfalls müssen Sie für die kommende Nacht abgelöst sein und einmal selbst wieder zur Ruhe kommen. Wie steht es also damit?«

»Ja, Doktor, das ist eine heikle Frage. Seit unsere gute alte Sepha tot ist, die Sie noch kannten, haben wir einen ziemlichen Dienstbotenverschleiß. Ich danke Ihnen für Ihr Anbot. Ich habe selbst ein Mädchen; wenigstens derzeit noch. Doch werde ich bald wiederum eine Änderung vornehmen müssen; denn auf sie verlassen, sehen Sie, das kann ich mich nun wirklich nicht. Zusätzlich belasten aber darf ich sie schon gar nicht. Die meisten der jungen Dinger haben heute nur sich, ihren Vorteil, ihr Vergnügen im Sinn, irgendwelche Bindung an das Haus, die Familie empfinden sie nicht, wünschen sie auch nicht, ein Opfer zu bringen sind sie, selbst wenn sie es halb und halb wollten, gar nicht mehr imstande, und Pflicht ist ihnen ein spanisches Dorf geworden«, grollte Elisabeth.

Der Arzt empfand nicht ohne Bestürzung, wie sehr die Zeit sie verbittert hatte. Er verstand diese Verdrossenheit durchaus; nach allem, was der Familie an Unglück und Niedertracht widerfahren war. Zugleich aber fühlte er sich verpflichtet, diesem Pessimismus in die Zügel zu greifen. Er wendete daher entschieden ein: »Und wo so viel Schatten ist, Elisabeth, sollte nicht auch ein wenig Licht sein?«

»Sie haben recht, Doktor. Sie haben immer recht. Ich komme auch noch darauf zu sprechen. Auf das Licht. Vorerst aber muß ich zu Ihrer Enttäuschung leider doch noch bei dem Schatten verweilen. Sie wissen, man hat uns das ganze Haus hier, vom Keller bis zum Boden, mit Wohnparteien vollgestopft, der Mutter und mir – unten die Küche und Dienstbotenkammer, hier oben die beiden kleinen Zimmer belassen. Und ich höre immer wieder, daß man uns selbst diese nicht gönnt. Daß manche meinen, wir beiden Frauen hätten auch mit einem Raum vollauf genug. So sehr sind wir von Schlangen und Spinnen umgeben!«

Arme Elisabeth! mußte der Arzt denken. Und wie durchsichtig ihr Gesichtchen geworden ist!

»Wenn Sie nun glaubten«, fuhr sie fort, »daß mir von allen diesen neuen Hausgenossen irgendjemand beistände, mit einem Handgriff nur, dann irrten Sie sehr. Mir verbietet mein Stolz, mehr darüber zu sagen.« Sie zog ihr Schultertuch enger an sich, als friere es sie. »Ein Glück, daß wenigstens das Telefon heute nach intakt war. Ich hätte zu so später Stunde nicht einmal einen Boten an Sie aufgetrieben, und das Mädchen ist bis jetzt immer noch nicht von ihrer Tanzerei im Nachbarort zurückgekehrt. Wenn sie in der Frühe wieder auftaucht, wird es auch da noch sein, als teilte sie mir damit eine Gnade aus. Wirklich, ich müßte manchmal annehmen, wir zwei verlassenen Frauen trieben einsam im feindlichen Weltmeer auf einer unbarmherzigen Eisscholle hin, die sich außerdem stündlich verringert – wenn mir nicht in letzter Zeit tatsächlich manche liebe kleine Hilfe zuteil geworden wäre, und zwar, wie das so geht, gerade von den Ärmsten der Armen, von zwei jungen Volksdeutschen hier aus dem Flüchtlingslager. Und eben an die siebzehnjährige Monika werde ich mich in Ihrem Sinne wenden.«

»Tun Sie das!« ermunterte sie hierzu der Arzt. »Denn ich glaube sie zu kennen. Jedenfalls ist mir der Name vom Lager her, seit einer der letzten Impfungen dort, im Ohre haften geblieben. Da meldete sich aus der langen Reihe der Wartenden an Stelle einer Krankenschwester, die an jenem Tag ausfiel, für einen kleinen, aber nötigen Hilfsdienst ein junges Mädchen dieses Namens, mit einigen Vorkenntnissen, recht anstellig und willig, und wir wären ohne sie sehr aufgehalten gewesen; die älteste oder zweitälteste Tochter eines Bauernehepaares, auch das fällt mir jetzt ein, mit, glaube ich, acht Kindern, wie? Sehen Sie, es stimmt schon! Ihr Zuname (heißt sie nicht Wiegele, gelt, die kleine Schwäbin, nicht wahr, ja?) tauchte nämlich so prompt und regelmäßig immer wieder auf, erst bei den Männern, den Frauen, dann bei den Burschen und Knaben, bei den älteren und jüngeren Mädchen, bei den Kleinen und Allerkleinsten, daß wir sie sogar ein bißchen aufzogen über so viel Familienfruchtbarkeit. Sie wurde auch knallrot dabei, lachte aber mit, breit und fröhlich, über das ganze, liebe, gesunde Gesicht, daß die Zähne blitzten. Das seien ja doch bloß die Lebenden, meinte sie. Ein munteres Ding, das alle überstandene Not nur kernfester machte! Natürlich kenne ich sie, Elisabeth, und gewiß wird es die nämliche sein, unsere Einzige. Von der Sorte gibt es schwerlich ein Duplikat.«

»Freilich ist sie es, Doktor! Ich lernte sie zunächst flüchtig im vergangenen Sommer kennen, während der ersten Monate nach Kriegsende, jener für uns zwei Frauen so besonders harten Monate der äußersten Drangsal und Not. Monika und ihr jüngerer Bruder, ein vierzehnjähriger Knabe, gingen damals mit Beeren und Schwämmen in die Häuser, einer hochwillkommenen zusätzlichen Gabe, gegen altes Schuhwerk, Kleider oder überschüssige Haushaltsgegenstände, die sie selbst und ihre Leute noch dringender benötigten. Auch sammelten sie im Herbst, hörte ich, Klaub- und Knüppelholz, zerschnitten es und gaben es in handlichen Bunden ab, verkauften es auch, um kleinweise wieder zu Geld zu kommen. Sie waren wegen des Waldscheines bei mir gewesen. Im Winter dann zog ich Monika mehrmals zum Waschtag bei, auch nahm sie mir Flickwäsche ab, zum Ausbessern mit, und Dominik leistete mir allerlei Boten- und Trägerdienste. Wüßte er, wie es heute bei mir steht, er ginge mir nicht von der Seite; denn, Doktor, ich glaube«, sagte Elisabeth zögernd, »der aufgeweckte, leidenschaftliche Knabe mit den abgründig schwarzen Augen hat sich in mich verliebt. Wäre das möglich, Doktor, sagen Sie, ein eben erst der Schulbank entwachsener Bub in ein so viel älteres Mädchen? Manchmal ängstigt es mich.«

»Und ob das möglich ist, Elisabeth! Da seien Sie nur ja auf der Hut!« scherzte er. »Doch ist Ihnen und Ihrem Takt damit auch eine schöne Gewalt in die Hand gegeben; die schönste. Nützen Sie sie mit Vorsicht und Maß! Ich bin nunmehr beruhigt. Es wird Ihnen also nicht an Hilfe fehlen. Und Ihre pessimistische Eisscholle – was sagen Sie jetzt? – ist gar in eitel Nichts zergangen.«

Da öffnete der Pfarrer leise und einlademd die Tür. Elisabeth und der Arzt betraten wieder das Krankenzimmer. »Ich bin sehr müde«, flüsterte die alte Frau, »als wäre ich weit, sehr weit gegangen.« Das bist du auch, dachte sich der Arzt. »Recht so«, beruhigte er sie. »Sie werden jetzt friedlich schlafen.« Auch flößte er ihr nun behutsam von dem Mittel ein und richtete ihr zusammen mit Elisabeth das Lager bequem zurecht. »Ich komme am Vormittag wieder vorbei. Sie werden sich dann schon kräftiger fühlen. Was Sie da spät abends so sehr bedrückte, werden Sie im Abstand bereits ungewichtiger nehmen, ja ich möchte sagen, gerechter ansehen.« Und nach einer Weile fuhr er fort, auf die sanfteste Weise zwar, aber in allem, w a s er sagte, fest und entschieden: »In einer so grundstürzenden Zeit gibt es in einem jeden von uns ein paar geheime Falltüren, von denen wir nichts ahnen. Wir gehen Tag und Nacht darüber hin und unterscheiden sie nicht. Wir wähnen uns sicher; denn wir glauben uns zu kennen. Wir sehen wohl andere straucheln und in ihrem Abgrund versinken. Doch wir meinen, das ginge uns nichts an. Inzwischen aber hat der Versucher auch in uns eine seiner Fanggruben aufgetan, und schon beim nächsten Schritt – vielleicht haben wir unsere Nase zu hoch getragen – stürzen wir selbst in die Finsternis ab. Wir müssen alle miteinander barmherzig sein! Und gerade wem übel mitgespielt wird, der tut gut daran, seine Geige ganz rein zu stimmen.« Elisabeth hörte heraus, was davon an ihre Adresse gerichtet war.

Der Arzt verabschiedete sich von der Kranken und trat an den Pfarrer heran, der ihn etwas verwundert betrachtete. »Können wir nun gehen?« fragte der Arzt, und da der Pfarrer zustimmend nickte, nahm das Fräulein die Handlaterne auf und ging voran. Draußen im Flur erwartete sie, wach und wie fragend, der Hund. Der Arzt beklopfte ihm begütigend das Fell, und da schmiegte sich das Tier, als bedanke es sich, ganz eng an ihn an. Doch blieb es wie zuerst auf einen Wink der Herrin hin oben beim Treppenansatz zurück, während der Pfarrer, der Arzt und das Fräulein sich hinunter zum Ausgang wandten.

»Elisabeth«, sagte der Arzt unterm Tor, »die Lage ist nach wie vor ernst. Das Gefäßsystem ist alt, verbraucht, verkalkt, der Blutkreislauf gehemmt, gestört; hier sind von mir keine Wunder mehr zu wirken und Sie dürfen auch keine mehr von mir erwarten. Aber wenn wir Ihre Frau Mutter zunächst vor aller anstrengenden Bewegung hüten sowie vor jeder heftigen Gemütserregung, ist vielleicht für diesmal noch das Äußerste abgewehrt. Und daß im übrigen bei den meisten Krankheiten, an denen wir naturfernen Menschen leiden, ein Gran eigener Schuld mitspricht, das will und wollte man zwar in Ihrem Hause nie gerne hören, doch ist die Einsicht gerade in diesem Zusammenhang, wenn wir uns ihr beugen, oft von großem Nutzen, gerade für die Genesung. Erkennen und Heilen gehören nun einmal zusammen. Wie auch Leid und Schuld zusammengehören. Pessimismus, Menschenhaß, Rechthaberei nagen so gut an unserem Herzen wie Sorge, Gram und Kummer. Nur sind wir für jene verantwortlich. Denken Sie einmal auch darüber nach! Ich bin ein alter Mann, und so muß ich freilich alte Lieder singen. Leben Sie wohl! Ich komme am Vormittag wieder.«

Elisabeth nickte, verwirrt, beschämt. Trotz und Ergebung stritten in ihrem Angesicht um Vorrang und Sieg. Doch da nahm ihr der Arzt plötzlich die Laterne ab und hob diese vor dem Tore hoch. »Einen Augenblick, bitte!« sagte er. »Ich muß mir Ihren Türklopfer bei Licht besehen. Wer weiß, hätten wir heute Strom gehabt, ich hätte wiederum brav nur Ihren Klingelknopf gedrückt und wäre abermals nicht auf ihn verfallen. Sehen Sie doch, Herr Pfarrer, was für ein edles Stück! Und wie alt und weise mag der Meister gewesen sein, der es so wohl geschaffen! Die Schlangen sind nämlich gute Hausgeister, wissen Sie das, Elisabeth? Wie denn auch die

Spinnen sehr nützliche Tiere sind. Und just eine Äskulapnatter hat unser Kunstschmied sich da zum Vorbild genommen, das Haus vor Krankheit zu bewahren. Und das sollte kein gutes Zeichen sein, Elisabeth?«

Nun mußte sie lächeln. »Daran erkenne ich Sie wieder, mein lieber Freund und Kupferstecher! Was sagen übrigens Sie, Hochwürden, zu so viel Konkurrenz? Er nimmt Ihnen unverschämt viel Wind aus den Segeln. Er predigt, und Sie stehen arbeitslos dabei.«

»Das darf uns beide nicht wundern«, meinte der Pfarrer. »Ich bin knappe zwei Monate im Ort, und er kennt schon, was ich noch nicht kenne.«

»Ja, er kennt schon. Ich kenne schon«, beteuerte der Arzt. »Dieses Fräulein da zum Beispiel ist vorzeiten als Kriechling auf meinen Knien geritten und hat mich naß gemacht. Und das sollte keinen Unterschied ergeben?« scherzte er.

So trennten sie sich in entspannter Stimmung voneinander. Das Fräulein bedankte sich herzlich und wandte sich sogleich ins Haus zurück.

Der Arzt und der Pfarrer wanderten gemeinsam heim in den Markt. Nun war spät auch noch der Mond aufgegangen und das weitläufige Anwesen samt den Nebengebäuden in seinem Licht besser zu übersehen. Die beiden Männer blieben auf der erhöhten Straße stehen und blickten sich um.

»Ich weiß, was Sie mich jetzt fragen wollen«, begann der Arzt, »und Sie müssen ja wirklich einmal etwas über die Geschichte und die Geschicke dieses Hauses erfahren, das immer noch sehr viel bedeutet.«

»Ja, und zwar von jemandem erfahren, der es kennt und daran teilhat. Von Ihnen also, Herr Doktor«, bestätigte der Pfarrer. »Etwas Gültiges, abseits von Gerücht und Nachrede.«

»Dieses Haus ...«, fuhr der Arzt fort, »natürlich gab es und gibt es weitum kein korrekteres; keinen Betrieb, der je streng rechtlicher geführt worden wäre; bis zum Vorjahr; bis zum gewaltsamen Tod seines letzten Chefs, in den Tagen des Zusammenbruches. Natürlich geht es um hoch achtbare Menschen mit großen Verdiensten auch um das öffentliche Wohl. Die Familie Schmidt hat – wie oft! – und in vielen Generationen hier den Bürgermeister gestellt. Ihre Landwirtschaft, ihr Waldbesitz, ihre Sägerei, das Kaufmannsgeschäft im Ort, ihr Frucht- und Viehhandel und der mit bäuerlichen Maschinen, die Reparaturwerkstätte, alles zuletzt in einer Hand vereinigt, das ergab für die ganze Gegend so etwas wie den ökonomischen Mittelpunkt, gab allein so vielen Menschen das Brot, daß sie schon darum ganz von selber gleichsam zu Gaufürsten aufrücken mußten. Aber, Herr Pfarrer, von der Rechtlichkeit zur Härte ist es eben nur ein Schritt, und vom Ehrgeiz zum Hochmut auch. Und die Frau, von der wir kommen, ist ihn gegangen. Das liebe, holde Äpflein aber fiel leider nicht allzu weit vom Stamm.

Sie hätten sie vor dreißig Jahren sehen sollen, diese Frau. Bildschön und hoch gewachsen, mit ihrer Haarkrone wie die Kaiserin, einfach, zu einfach fast gekleidet und doch sehr kostbar, wenn sie – jeder Zoll, gewiß, makellos und ehrbar – am Sonntag die Kirche betrat und mit leicht verkniffenem Mund vorging zu ihrem angestammten Chorstuhl: imponierend, mit einem Wort; doch brachte sie auch einen ganzen Wagen voll Kälte mit herein.«

»Nun ist es aber beinahe genug, Herr Doktor«, wendete der Pfarrer ein.

»Ja? Bin ich zu bitter geworden? Zu weit gegangen?« fragte der Arzt. »Dann haben Sie recht. Damit Sie mich aber trotzdem verstehen: diese Frau ist am Tode ihres Gatten schuld, der mein Freund war. Er ist gewissermaßen für sie gestorben. Stellvertretend. Der Schuß, der ihn tragischerweise fällte, hatte eigentlich sie gemeint.«

»Wenn ich nicht falsch berichtet bin, hat ihn ein Fremdarbeiter in den letzten Tagen des Krieges erschossen«, sagte der Pfarrer.

»Jawohl. Die Front war schon nahe gerückt. Jener Arbeiter war dienstverpflichtet in seinem Betrieb. Doch war mein Freund ein viel zu umgänglicher und warmherziger Mensch, als daß er persönlich irgendeinen Todfeind gehabt hätte. Er behandelte seine Dienstleute durchwegs gut und jovial; sowohl die eigenen, von früher her, als auch die fremden, ihm während der Kriegszeit zugewiesenen. Der feurige Balkanjüngling grollte auch gar nicht ihm, sondern ihr, ausschließlich ihr, die ihn einmal heftig und vor anderen abgekanzelt, ihn so bloßgestellt hatte, daß er glaubte, den Schimpf nicht verwinden zu können. Mehr war ihm überhaupt nicht geschehen. Als nun die ihm verhaßte Ordnung zerfiel und überdies die Insassen des Straflagers hier bewaffnet ausbrachen, kurzerhand an dem Nächstbesten Rache nehmend, da drang er, um abzurechnen, in das Wohnhaus ein. Doch suchte er nur sie, sie allein. Natürlich waren die Frauen geflohen und längst in Sicherheit gebracht worden. Er fand also bloß ihn vor, den Herrn, und so streckte er in seiner blinden Wut ihn nieder, um dadurch sie zu strafen. Der Tote war mein Freund, Herr Pfarrer, vergessen Sie das nicht! Ich bin hier Partei.«

»Nein, nein, ich verstehe schon«, sagte der Pfarrer. »Ich verstehe Sie durchaus. Aber um zum Dringlichsten zu kommen: Gibt es denn gar niemanden, vor allem keinen Mann in der Familie, der der armen Elisabeth zur Seite stehen könnte?«

»Leider nicht mehr«, bedauerte der Arzt. »Ihre beiden Brüder sind gefallen. Der eine gleich in Polen, der andere als Fallschirmjäger über Kreta. Der eine sollte den landwirtschaftlichen Teil des väterlichen Besitzes übernehmen, der andere den Handel. Sie ist nun die Letzte. Ein einziger Vetter wäre da. Irgendwo. Der ist aber noch kriegsgefangen und obendrein Theologe.«

»Theologe?« wiederholte nachdenklich der Pfarrer.

»Ja.« Und damit verabschiedete sich der Arzt. »Schade, in diesem Fall. Das wäre nämlich auch eine Art Gottesdienst gewesen.«

*

Stephan und Albert wanderten im vollen Sonnenschein des Mittags auf der Straße gegen die Stadt.

Albert pfiff sich eins. Ein wenig zu schrill, dachte sich Stephan; aber vielleicht hilft ihm das, über seine Unruhe männlich hinwegzukommen. Vor den ersten Baumknospen außerhalb des Lagers, in der wiedergeschenkten Freiheit war Albert sinnend stehengeblieben, wie sie so feucht und klebrig glänzten. »Daß es das immer wieder gibt!« hatte er gemeint und dazu den Kopf geschüttelt. »Fast ein Anlaß, um sentimental zu werden. Zu anderen Zeiten war es auch ein Anlaß. ‚Sieht wie ein Gruß aus!' hättest du und hätte ich vor hundert Jahren gesagt. Na schön! Inzwischen hat sich freilich allerhand begeben.«

Nun bogen sie in den kleinen Vorort ein, von dem aus man einmal bequem mit dem Autobus hatte in die Stadt fahren können.

Hie und da stand ein Fenster offen, um frische Luft, vor allem aber Sonne einzulassen. Die Oberlichten waren ja fast sämtliche noch mit Pappe oder durchscheinendem Papier oder Blech oder Sperrholz vermacht, auch sonst viele Fensterflügel zur Hälfte oder sogar nur bis auf ein kleines Guckloch und aus Not und zur Not verbrettelt, von den letzten Luftangriffen her: ein scheckiges Bild. Jetzt noch blitzte es manchmal in den Straßenrunsen, zwischen den

Pflastersteinen auf vom zermalmten Glas, glitzerten die Spuren wie Glimmer.

»Ja, ja, der Zahn der Zeit!« lachte Albert bitter und deutete auf ein Trümmerhaus. »Hier hat sie geknabbert, und hier fletscht sie noch jetzt, die alte Vettel, mit allen ihren hohlen Zähnen. Auge um Auge, Zahn um Zahn! Drüben schütteten w i r den Hagel hinunter und hüben die andern; denn Ordnung muß sein. Und so haben wir alle miteinander unser eingeborenes Gesicht verloren. Und ich dazu das Bein. Ja, ja, die Säge, die Säge! Eine Säge hat viele Zähne. Manchmal spüre ich sie alle noch. Mich hat es den Knochen gekostet.«

Stephan horchte auf. Aber er äußerte sich dazu nicht. Er wußte, dem andern waren diese kurzen, etwas verworrenen, nicht ganz verständlichen Monologe und ihre sonderbaren Bocksprünge ein Bedürfnis, Akte der Selbstbefreiung. Eines Echos hingegen bedurfte der andere nicht. Vorderhand nicht. Auch eine Zustimmung hätte ihn bloß gestört. Vielleicht sogar gereizt.

Doch vor einem Kind, das über die Straße lief, blieb Stephan jetzt wie zum Protest eine kurze Weile stehen, als rühre alle ihre Not noch immer nicht an diese Not: Stubenblässe, Winterblässe, Hungerblässe, Lasterblässe hatten hier ein Bild des Elends gezeichnet, so niederschmetternd, so anklagend, so voll stummen Vorwurfs wider die ganze Welt der Großen in seiner dünnbeinigen, hohlwangigen Wehrlosigkeit, daß ihn Albert auch ohne Worte sofort verstand. Er nahm sich daraufhin sichtlich zusammen.

Als ihnen aber am Ortsende ein älterer Mann begegnete, ein Arbeiter vielleicht oder Handwerker, etwas krummrückig schon, sein Körper auch sonst von einem mühevollen Leben stark verzogen, mit abgewerkten Fäusten, und sie musterte, da konnte Albert nicht umhin, den Mann halb im Scherz, halb im Ernst zu befragen: »Na, Alter, was denkt euer einer so! Die Wanderheuschrecken fallen ins Land. Nicht? Was ihr schon auf uns neugierig seid! Oder habt ihr gar auf uns Heimkehrer gewartet? Seid einmal ehrlich: wir haben euch gerade noch gefehlt!«

»Wieso«, meinte der Mann gutmütig. »Arbeit gibt es genug. Nur zu essen gibt es noch wenig. Ihr kommt aus dem Lager?« fragte er.

»Ja«, antwortete Stephan, »und wir wollen in die Stadt.«

»Wenn ihr vorn an der Straßenkreuzung zehn Minuten wartet, kommt –« – »Nun sag bloß, dann kommt der Autobus vorbei«, unterbrach ihn Albert.

»Das nicht«, gab der Alte zu. »Den gibt's noch nicht. Das möchte dir so passen, du Hallodri! Lederpolster, Benzinantrieb – und beim Aussteigen eine goldene Uhr zum Andenken. Nein. Du hast eine Ahnung, wie wir leben! Aber der Notverkehr kommt vorbei. Ein alter Lastwagen. Mit Querbrettern darauf.«

»Aha, und mit Holzgas, wie? Schön. Auch ganz schön. Nun gut, so werden wir vorne warten, Vater. Ich hab' leider noch nicht mein Holzbein. Sonst könnt' ich ihm aushelfen unterwegs.«

»O du Sakra!« sagte der Alte, lachte und ging ins Haus. »Um dich ist mir nicht bang. Du bringst dich durch. Du bist nicht aufs Maul gefallen.«

Die beiden Heimkehrer wanderten schweigsam weiter. Stephan merkte bald: in Albert arbeitete es heftig. Allzu düster und verbissen schob er sich fort.

Vorne an der Hauptstraße stellten sie sich auf. Bald aber nahm Stephan den Seesack ab und nötigte Albert mit sanftem Druck, sich daraufzusetzen. Da lief ein stoßweises Zittern durch dessen Körper, und dann brach es aus seiner nächtig umwölkten Seele aus, immer am Rand der Tränen, was Stephan besonders erschütterte: »Der hat eine Ahnung! Ich bring' mich durch. Wie denn? Womit denn? Ein Rettungsring wurde mir zugeworfen! Vor dem Untergehen. Das ist es. Abgesoffen wäre ich ohne dich, Stephan. Abgesoffen. Oder schau' ich wie ein möglicher Schleichhändler aus? Sollte ich mich auf den Markt hinstellen, vor einen Bahnhof, mit ausländischen Zigaretten: das Stück zu irgendeinem, täglich schwankenden, Flüsterpreis? Maskiert durch eine schwarze Sonnenbrille, damit man mich nicht gleich erkennt, und auf einem Aug' immer nach der nächsten Straßenecke schielen, ob ein Wachmann vorüberkommt? Und wenn der einen guten Tag hat, vielleicht sogar geduldet? Wie mir der – Dingsda ins Lager geschrieben?«

»Wie wer?« fragte Stephan.

»Ach nichts, der Schlurf, mein ... Ich komme noch einmal darauf zurück. Eine Schande ist es, eine Affenschande! Mit zwei gesunden Beinen! Eintänzer, Eintänzer, das ginge noch!« Es schüttelte ihn. »Das wurden nach dem Ersten Weltkrieg viele Offiziere.« Stephan setzte sich nun besorgt an seine Seite. Entschlossen, dem Freund ein neues Wertgefühl zu geben. Jetzt war es Zeit, ihm zuzusprechen.

»Albert, was ist das schon wieder für ein Komplex!« wies er ihn zurecht. »Rettungsring! Ich brauche – dich, verstehst du, deinen Kopf, deine Sachkenntnis, deinen Charakter. Als mir vorhin der Ex-Gefreite Michel Halblehner in die Binsen ging, als ich den Burschen rundherum vergeblich gesucht hatte, da hatte ich, auf unseren Warteplatz zurückkehrend, eine Anwandlung, böse genug, leider, und ich muß sie dir offenbaren. Ich befürchtete eine Weile ernstlich, auch du könntest mir inzwischen ausgerissen sein. Wenn ich dort ankomme, dachte ich einen unkontrollierten Augenblick lang – vergib mir! –, wer weiß, vielleicht ist unterdessen auch der Oberfeldwebel a. D. Albert Föderer um die Ecke verschwunden.«

»Schließlich bist du auch nur ein einfacher, degradierter Soldat«, warf Albert gespielt-geringschätzig dazwischen, »du schwarze Seele.«

»Jawohl. So stehen nämlich meine Aktien wirklich! Froh sein muß ich, dich für das, was ich vorhabe, gewonnen zu haben. Und mit meinem Altruismus ist es darum so weit nicht her, wie du denkst. Was kann heute schon, im Materiellen, einer dem andern helfen! Die Hand reichen etwa, für den Moment, über den dicksten Morast. Gerade so viel, daß der sich dann beim nächsten Schritt gleich wieder selber hilft. Der Habewenig dem Habenichts, bestenfalls; ein Lahmer dem Blinden.«

»Es geht aber dabei nicht um das Materielle allein«, knurrte Albert.

»Ach – so? Ja, dann sind wir uns bald einig, Albert, das weißt du.«

»Nein, nein, überhaupt – mach dich nicht kleiner, Stephan! Darauf falle ich dir nicht hinein. Ich, und dir ausreißen! Ich sagte es dir heute schon einmal: Was soll ich tun, ich bin in deiner Hand. Du kennst doch meine Lage.«

»So im groben Umriß, ja; so ungefähr«, bestätigte ihm Stephan.

»Das genügt dann nicht mehr. Heute nicht mehr. Also höre! Du weißt, welche Anstrengungen wir während der ersten Monate unserer Kriegsgefangenschaft in den Lagern machten, um mit der Heimat und mit unseren Angehörigen wieder in briefliche Verbindung zu kommen; eine Verbindung, die für viele schon in der letzten Zeit des Krieges und dann für alle infolge des Zusammenbruches so heillos abgerissen war. Du erinnerst dich der amtlichen und nichtamtlichen Versuche solcher Wiederanknüpfung, all der ernst zu nehmenden, aber auch der schwindelhaften Unternehmungen, die zu diesem Zweck – die einen wie die anderen vergeblich – eingeleitet wurden; all der gut gemeinten Roten-Kreuz-Karten, die wir dort oben nutzlos verschrieben, und was wir an Porto- und Mittlergeldern dem Moloch der verschiedenen Delegationen und merkwürdigen Gliederschaften und Körperschaften in den Rachen warfen. Du erinnerst dich aber vielleicht auch noch, wie uns im Spätherbst dann ein schon Entlassener die x-ten Briefe, die dennoch die ersten blieben, die unsere Heimat erreichten, in seiner Armprothese und seinen Stiefeln mit nach Hause schmuggelte, und wie er uns ein paar Wochen danach, weil er aus privaten Gründen noch einmal zurück mußte, die Antwortschreiben überbrachte; und was für ein Hallo es damals auf unserer Bude gab, und wie es dann stiller und still wurde, und wie jeder sein Schreiben immer wieder las, in irgendeinem Winkel, die einen furchtbar bedrückt, die anderen merklich erleichtert; wie alle zusammen aber diejenigen bedauerten, die nichts, wieder nichts erhalten hatten und die der Überbringer weiter im Ungewissen belassen mußte oder vielleicht auch wollte, weil er niemanden hatte antreffen, nichts hatte erfahren können oder so Grauenhaftes, daß er darüber wohl absichtlich schwieg. Damals also erhielt ich von meinem einzigen, jüngeren Bruder diese Nachrichten; sie besagten kurz, daß ich mittlerweile und in absentia zum – entehrten – Bettler geworden sei.« Albert drehte sich hastig eine Zigarette. Die Hände zitterten ihm dabei.

Stephan ließ geduldig ihn das alles noch einmal vorbringen, obwohl er längst im Bilde war. Er fühlte es Albert nach, wie es diesen trotz allem erleichterte, sich auszusprechen. Stephan hatte seine Hände ineinander vergittert und hielt mit ihnen die Knie umfaßt, als wollte er sich so äußerlich wie innerlich zusammennehmen, damit er sich des anderen Not gebührend öffne. Was es in dieser Zeit für Schicksale gab, und wie wenig helle waren darunter!

»Da ist also einmal mein Posten dahin, Stephan, und das heißt: damit ziemlich alles. Ich kleiner Mann hatte ja erst einige wenige Dienstjahre; rückte ich doch gleich zu Beginn des Krieges mit achtundzwanzig Jahren ein, Lebensjahren, wenn man das ein Leben nennen wollte, und nun bin ich glücklich fünfunddreißig und ein Krüppel. Stelle dir bloß vor, ich wäre schon verheiratet gewesen! Dann wäre das graue Elend und meine Glatze voll.«

»Du bist es aber nicht, Albert, und somit verbleibt dir die angenehmste Hoffnung. Der Schreibtisch für dich wird freilich anderswo stehen. Das ist alles; und Abwechslung, sagte dein Bismarck, die Seele des Lebens. Du fängst eben von vorne wieder an. Darin liegt der Reiz der Neuheit. Du hast bitteres Lehrgeld gezahlt, gewiß. Aber gelernt ist gelernt. Und Haare mußten wir alle lassen.«

»Natürlich. Und je höher eine Glocke hängt, desto heller klingt sie ... Und so fort. Und so weiter. Das meinst du wohl. Wie?«

»Wortwörtlich so.« – »Sprichwortwörtlich, ja. Du hast gut Sprüche machen. Du hast leicht reden.«

»Habe ich das wirklich, Albert?« fragte nun Stephan entschieden.

»Nein. Verzeih, Stephan! Was sagte ich da! Daß ich immer nur an mich denke!«

»Das stört mich weiter nicht. Fahre fort!«

»Und die Wohnung haben sie mir auch genommen. Was hatte ich denn schon! Eine Kleinstwohnung, versteht sich. In einem Gemeindebau. Ein Zimmer und einen winzigen Vorraum mit Kochnische. Aber ich hatte mir alles nach und nach kreuzerweise eingerichtet, und irgendwie hängt man eben an jedem Möbelstück, an seinen Kleidern, an der Wäsche, an seinen Büchern und Bildern. Das ist nun reichlich kahlgeplündert. Ja, ja, es war das meiste sogleich weg und fort, als sie in der Schreibtischlade obendrin meine Mitgliedskarte gefunden hatten. Zum Glück freilich. Weiß Gott, was sie mir sonst noch angelastet hätten! So haben sie es wenigstens schwarz auf weiß und brauchen nicht erst wild zu phantasieren. Jetzt sitzt ein anderer darin. Zwar nicht Rechtens, aber billig. Ich hätte ja, hieß es fürsorglich, die Möglichkeit, wieder zu meiner Mutter zu ziehen, wenn ich heimkomme. Wenn ich überhaupt heimkomme. Damals mochte das stimmen. Daß aber meine arme Mutter bald darauf selber und dadurch auch mein jüngerer Bruder ihr Obdach verloren, und mehr: daß meine arme Mutter infolge der Aufregungen und Schrecknisse der letzten Kriegswochen, verleumdet und vernadert, zu den niedrigsten, schimpflichsten Arbeiten verdonnert, schwer mißhandelt, oftmals geschändet, den Verstand verlor, sodaß man sie geistesgestört in eine öffentliche Heilanstalt bringen mußte, das stand nicht zugleich auf demselben unfreundlichen Kalenderblatt. Ja, Stephan, und wenn ich sie nun einmal besuchen werde, die Mutter, nämlich das, was sie mir von ihr übrigließen, es eilt mir wirklich nicht, so wird sie mich – wie den Bruder – nicht mehr erkennen.«

Er schwieg, und auch Stephan nahm dazu nicht sogleich das Wort. Nach einer Weile erst begann er: »Albert, es ist schlimm, was dir von – diesen da widerfuhr. Aber es war auch schlimm, was anderen früher von – jenen widerfahren war. Beides ist gleich weit entfernt von den beiden Polen, um welche die Achse des menschlichen Lebens sich im Kleinen und im Großen, im Besonderen und im Allgemeinen, im Privaten und im Öffentlichen drehen müßte: von der Liebe und von der Gerechtigkeit. Nur ist jeder neuerliche Terror freilich um einen Grad dümmer als der vorangegangene, weil ihm die größere Erfahrung zur Verfügung stände. Die Erfahrung, wohin Rachelust, Vergeltungssucht, Beutegier den einzelnen letzten Endes immer wieder führen müssen: neuerdings in den Engpaß, abermals in die Sackgasse des bloßen Masse- und Puppenmenschen; denn anders ertrüge er ja nicht die Stimme des Gewissens, die ihn sonst, bliebe er Persönlichkeit, zerreißen müßte. Die Stimme des Gewissens, die ihm, vor seinem eigenen Spiegelbild, stündlich sagen müßte: ‚Wenn du tötest, zerstörst du auch dich selber. Wenn du stiehlst, beraubst du auch dich selbst. Warte es ab! Eines Tages mußt du ja doch, schon hier, für das eine wie für das andere mit der barsten Münze, mit dem eigenen Selbst, mit deiner Seele bezahlen.' Und er muß es auch. Das Wegschauen nützt ihm nichts. So will es das immanente Gesetz. Es wohnt der Untat inne, wie die Schnellfeder dem Springteufel. Eines Tages drückt die Hand des Schicksals auf den geheimen Knopf, und aller Selbstbetrug ist aus. Albert, es ist Schlimmes geschehen; aber weil zuvor Schlimmes geschah. Wir müssen darüber hinwegkommen, hinauswachsen, wir, die wir aus den Lagern stammen, wo nur der Mensch dem Menschen etwas bedeuten konnte. Haben wir beide uns nicht auch auf dieser Linie gefunden?«

»Das danke ich dir ja auch ganz besonders, Stephan. Nicht nur den Arbeitsplatz, und daß ich jetzt im Verein mit dir wieder beginnen kann, trotz allem. Nicht das allein ist es. Aber du hast in mir innen einen neuen Raum eröffnet, von dessen Vorhandensein ich bisher keine Kenntnis hatte, weil die Tür zu ihm verstellt gewesen war. Ich will ja auch vergessen und vergeben, aber manchmal treibt es mich noch dazu, die Fäuste zu ballen.«

»Ja, leider, ich merke es. Aber wir, wir Wissenden, dürfen das nicht: die Fäuste ballen. Wir wenigstens müssen die – Hände falten. Und dann allerdings die Hände gebrauchen. Aber *für* den Menschen, für den andern, und gerade darum und nur so gebrauchen wir sie für uns selbst.«

»Und was du also für mich tust, Stephan, das tust du für dich selbst?« fragte Albert launig.

»Es ist nicht anders«, antwortete Stephan lächelnd. »Für mein höheres Selbst. Mit meinem Altruismus, ich sagte es dir schon, ist es so weit nicht her, wie du denkst.«

»Ja, wenn du es so nimmst ... Ich habe dich da vorher nicht ganz verstanden. Dann will ich es halten, wie du es hältst. Gleiches Recht für alle. Ich werde also – dir helfen, um mir selbst zu helfen.«

»Das wirst du auch. Nämlich deine Selbstachtung zurückgewinnen«, versicherte ihm Stephan in vollem Ernst.

Aus der Ferne knatterte das Lastauto, das auch Personen mitnahm und auf das sie warteten, immer vernehmlicher heran. Die beiden erhoben sich, erleichtert, ausgerastet, wie ihnen vorkam, und winkten ihm entgegen. Der Wagen hielt, nicht einmal unwillig, da um diese Tageszeit stadtwärts nicht allzu viele Menschen unterwegs waren, sondern eher in der Gegenrichtung. Er hielt, und der Fahrer wußte sofort Bescheid.

»Zum Bahnhof«, sagte er. »So ungefähr«, erwiderte Stephan und wollte Albert auf das recht plumpe und primitive Fahrzeug hinaufhelfen. Der aber war schon mit einem kühnen Satz gelandet und wandte sich von oben herab scherzend um: »Hilf dir nur selbst, Kamerad!« Und das tat Stephan auch; solche Späße ließ er sich gern gefallen. Waren sie doch der Pegel, an dem Stephan jeweils ablesen konnte, daß Albert sich und inwieweit er sich überwunden hatte.

Es gab nun viel Ungewohntes, lang Entwöhntes für die Rückkehrer zu sehen im Vaterland, das sie jetzt erst allmählich für sich, für ihre Sinne zurückgewannen, und so versanken sie sogleich in Schweigen, um nur mehr Auge und Ohr zu sein.

Ein Fabrikviertel freilich, durch das sie in die Grenzstadt einfuhren, bot einen ihnen auch von anderswo her sehr wohlvertrauten Anblick. Es sah traurig genug aus; stark zerbombt, zerklüftet gleich einer Mondkraterlandschaft, schartig; seine Konturen so wild und phantastisch gezackt, daß diese einem Schattenriß oder dem Scherenschnitt eines Halbverrückten ähnelten, wie sie sich in der nun doch raschen Fahrt fast flächig vorüberschoben. Noch lag viel Schutt in den menschenleeren Straßen.

Je weiter und tiefer sie aber in den Stadtkern hineinkamen, desto beruhigter wurden sie. Es war hier nicht allzu viel beschädigt worden; bedeutend weniger, als sie befürchtet und als die aufbauschenden Lagergerüchte es ihnen vermeldet hatten. Zum Teil wurde bereits am Wiederaufbau gearbeitet, was man aus den frisch geschlossenen Häuserlücken ersah. Die Baustellen selbst lagen um diese Zeit, zum Wochenende, bereits verlassen da.

Auch der Grünmarkt, an dem sie vorbeifuhren, lag einsam und verödet da; die Buden waren geschlossen. Gemüse, Obst, Fische, Eier, Wildbret, Geflügel, das wußten sie längst, mochte es alle heiligen Zeiten einmal auf Karten geben. Um diese Jahres- und Tageszeit aber schon gar nicht. Den meisten Hütten merkte man es an, daß sie seit Kriegsende überhaupt noch nicht wiedereröffnet worden waren. Was hätten sie auch schon verkaufen sollen!

Doch über dem unverletzten Schornstein des Städtischen Bades wehte tröstlich eine dünne Rauchfahne im Wind, sosehr das Gebäude selbst noch schwer mitgenommen aussah, und die zertrampelten, zerstampften Gartenbeete davor gewannen hie und da schon ihre Form zurück, einige waren frisch umgegraben, gerecht und für die Aufnahme neuen Rasensamens und erster Blumenpflanzen zugerüstet. Sogar eine Andeutung niedriger Umzäunung war bereits zum

Schutze wieder da. Der Frühling brauchte nur zu kommen und seine Schuldigkeit zu tun. Für seinen Empfang war manches vorgekehrt.

Das Auto bog nun in das Bahnhofsviertel ab. Jetzt häuften sich merklich die Bombenschäden. Halbe Straßenzüge lagen in Schutt und Trümmern. Hier waren massierte Großangriffe auf Rampen, Frachtenmagazine, Lagerhäuser, Lokomotivschuppen, Stellwerke, Weichen und Geleisanlagen am Werk gewesen, hatten planmäßig ihre Teppiche gelegt und dabei freilich die Umgebung streckenweise mit getroffen. Doch waren die ganzen Straßenbreiten und Gehsteige frei gesäubert, die verwendbaren Altziegel geordnet aufgeschichtet und in die Lücken gestaut, stehengebliebene Haushälften bewohnt, hie und da Notdächer eingezogen und kleingewerbliche Betriebe wenigstens in den Tief- und Erdgeschoßen, sah man, wieder in Tätigkeit. Einige Schutthügel in geschützten Mauerwinkeln trugen einen Schimmer von erstem Grün.

Da hielt der Wagen vor dem Bahnhof. Die wenigen Passagiere verliefen sich sogleich. Als die beiden Heimkehrer den Wagenlenker bezahlen wollten, stellte sich heraus, daß das schon geschehen war. Eine ältere Frau hatte, von ihnen unbemerkt, dem Fahrer ein Zeichen gegeben und ihm das Geld stillschweigend in die Rocktasche geschoben. Nun war sie weg und davon. Weder Albert noch Stephan konnten sie im nachhinein sich vorstellen, so wenig hatten sie auf die Mitfahrer geachtet. Sie waren bemüht, sich wenigstens an ihr Gesicht zu erinnern. Es gelang ihnen nicht. Das Palaver hinterdrein nützte auch nichts mehr. Sie bedankten sich.

»Na, und wo seid ihr zu Hause? Wohin geht die Reise?« fragte der Fahrer. »Ja, wenn das so einfach wäre!« antwortete Stephan; denn das Land war ja von den Besatzungsmächten geviertelt, und in die Zone zu kommen, in der sie daheim waren, daheim, wenn man so sagen konnte, dazu bedurfte es noch einiger Wege und Anstalten, das ging nicht im Handumdrehen. »Ach so«, meinte der Fahrer, »dann viel Glück, und Geduld vor allem! Wo wohnt ihr denn hier?« Aber da deutete Stephan schon quer hinüber nach dem kleinen Auffanglager vom Roten Kreuz, nach den paar Baracken, die dort für eben entlassene Soldaten und für Flüchtlinge aller Art vorgesehen waren. »Dort! Wenn alles gut geht und wenn sie Platz für uns haben«, sagte Stephan. »Damit wir nicht aus der Übung kommen«, beendete Albert die Fragerei. Was kommt schon dabei heraus, dachte er. Sie empfahlen sich.

Nach etlichen hundert Schritten standen die beiden drüben in der Aufnahmekanzlei und wiesen ihre Papiere vor. Ob sich etwa schon ein Michel Halblehner gemeldet habe, zufällig, wollte Stephan wissen; war er zu Fuß gegangen, dann reichte die Zeit freilich kaum aus. Der Schreiber, der erst kurz zuvor den Dienst übernommen hatte, sah nach und verneinte; doch seien sie heute noch auf allerlei Zugvögel gefaßt, vertröstete er den Fragenden.

Schön, und sie selber könnten also bleiben? Ja. Der Schreiber übergab ihnen die Platzmarken. Wenn sie hier auch verköstigt werden wollten (natürlich, nickten Albert und Stephan zugleich), dann bekomme er von ihnen die und die Lebensmittelmarken. Die beiden gaben die verlangten Abschnitte hin. Sie hätten auch sonst Glück, versicherte ihnen der Schreiber; denn Anfang nächster Woche gehe ein Flüchtlingszug nach ihrer Heimatzone ab. Nur müßten sie sich Montag früh hiefür einschreiben lassen, und das im Amt so und so, dort und dort. Gut, gut, bedankten sich die beiden. Eine Schwester nahm nun die zwei Heimkehrer in Empfang, zeigte ihnen den Eß-, den Tages-, den Waschraum, die Gepäcksaufbewahrung und führte sie in die benachbarte Wohnbaracke hinüber. Sie schloß eine kleine Stube auf.

Diese enthielt nichts als eine langgestreckte, einstöckige Holzpritsche, die für je fünf Mann oben und unten berechnet war. Hier müßten sie sich eben mit Hilfe ihrer eigenen Decken oder solcher, die sie zusätzlich bei ihr borgen könnten, ein halbwegs erträgliches Lager zurechtmachen. Die nur zur Schonung aufgelegten Matten seien natürlich sehr dünn, die zählten nicht, sie wisse das. Aber es gebe findige Köpfe, die hier trotzdem schon schliefen wie in einem Himmelbett, vorausgesetzt, daß sie noch ihren Mantel besaßen. Vier Plätze oben seien frei, klärte die Schwester sie auf, sie hätten also immerhin die Qual der Wahl. Und wenn der zuvor Gefragte auftauche, so werde sie Stephan sogleich verständigen. Ach, das sei nur eine sehr vage Vermutung von ihm, bemerkte dieser, eine ganz ungefähre Möglichkeit; aber er bedanke sich. Die Schwester ging, und die beiden machten es sich, soweit das die Umstände zuließen, bequem.

»Das gibt ein hartes Straflager«, stellte Albert sachlich fest. »Zwei oder drei Tage Bau. Wie beim Vater Kommiß.«

»Immer richtig«, entgegnete Stephan. »Nämlich rein vor allem. Mit Federbetten kommen sie da nicht durch. Sie könnten sich des Ungeziefers kaum erwehren.«

»Ja, ja, nur schön sachte! Bloß kein schroffer Übergang!« scherzte Albert. »Darum fängt es eben beiläufig so an, wie es aufhörte.«

»Das ist auch gut so. Man muß wenn möglich überhaupt erst vom Regen in die Traufe kommen, damit man endlich das Trockene schätze; denn so ist der Mensch«, gab Stephan zurück. Sie richteten sich ein.

»Und nun vor allem andern rasch, rasch unter die Brause!« empfahl Stephan dann. »Gut, daß heute Samstag ist. Wir haben ja doch wirklich überall Glück.«

Schon griff auch Albert nach seinem Waschbeutel. Er begann im voraus übermütig zu prusten, als stünde er bereits im begehrten Tropfenfall. »O wir zwei Erdäpfelbauern!« rief er. »So komm schon! Dumm hat doch wirklich das meiste Schwein! Und –«

»,Es ist das wahre Glück an keinen Stand gebunden', zitiert nach weiland Hagedorn«, ging Stephan gern auf Alberts gute Laune ein. Sie – liefen fast zum Waschraum hinüber. Eine Sturzwelle von Freude über ihre zurückgewonnene Freiheit schwemmte sie jetzt beide fort. Sie planschten, schnaubten, spaßten um die Wette.

Als sie aber nach diesem Duschbad wieder nüchtern beim Abtrocknen waren, begann Stephan sogleich mit allem Ernst: »Und was ist übrigens aus deinem Bruder geworden? Wo hält er sich auf?«

Albert kam die Frage sehr unvermittelt und höchst ungelegen. Er hätte sie am liebsten überhört. »Ich muß befürchten, ein Lotter.«

»Ach so, das ist dann der Schlurf, mit dem du zuvor nicht recht herausrücken wolltest?«

»Ja. Er ist, in der Heimat unterkunftslos geworden und ohne Arbeit, weil er nämlich nicht arbeiten wollte, hierher in den Goldenen Westen gegangen, wie sie neuestens diese Zone heißen, hierher in diese Stadt, um sich, hier an der Grenze, zu – betätigen, wollen wir sagen.«

»Hieher in diese Stadt. Albert, und das hast du mir bis heute verschwiegen! Wie ein Trappistenmönch.«

»Ich schämte mich. Kannst du das nicht verstehen? Ein Schwarzhändler! Eintänzer, ja, damit hätte ich mich vielleicht noch abgefunden.«

»Du hast Talent zum Spießer, Albert. Und wie alt?«

»Fünfundzwanzig.«

»Ein relativ leichter Fall. Und sonst?«

»Sehr intelligent. Und hübsch. Zu hübsch sogar. Nämlich wegen der Weiber.«

»Und was war er vor dem Krieg, ich meine: von Beruf?«

»Mechaniker.«

»Menschenskind, und das sagst du mir erst jetzt! Albert, es ist unverzeihlich von dir, daß du mir das alles bisher unterschlagen hast. Das machst du heute noch gut, verstehst du! Du suchst sofort deinen Bruder auf! Hast du seine Adresse?«

»Ja, und eine feine sogar, eine nach Rosenöl duftende. Aber was hat das mit uns beiden zu tun?«

»Du bist schwerfällig. Begreifst du denn nicht, wie –«, Stephan, dem heute Michel Halblehner entgangen war, überlegte nun nicht lange, »wie notwendig ich ihn brauche?«

»Du würdest ihn ...«

»Ich muß doch.«

»Trotz allem? Das kann ich nicht verantworten.«

»Du bist ein Moralist. Wie meine Cousine. Aber die ist immerhin eine Jungfer und als zimperlich bekannt. Vielleicht überlegt er sich die Sache doch. Die Sache, weißt du. Du kennst den Umfang unserer Unternehmen. Es ginge für ihn um eine wohlfundierte Existenz. So etwas Dauerhaftes bietet sich ihm nicht alle Tage. Und wir beide zusammen zähmen uns den lockeren Vogel schon. Davor ist mir nicht bang.« Stephan kannte sich selbst nicht mehr, wie tollkühn er ins Zeug ging.

»Na, diese Zuversicht ist mir zu himmelblau«, meinte Albert bedächtig. »Du bist mir ein allzu optimistischer Menschenfischer. Aber ich will's versuchen. Auf deine Rechnung also und Gefahr! Ich werde ihn nun doch besuchen.«

»Was heißt: nun doch! Selbstverständlich, Albert. Wo gäbe es hier noch den geringsten Zweifel oder Aufschub! Du sagst mir abends Bescheid. Ich selber habe bis dahin einen wichtigen Brief zu schreiben und vorher ein Ferngespräch abzuwickeln, das für mich einiges entscheidet. Hoffentlich gelingt mir die Verbindung. Mit . . .«, nun zögerte Stephan, war e r es, der nicht recht aus sich herausgehen wollte.

»Mit?« mußte Albert fragen.

»Mit meinen geistlichen Obern.«

»Ich verstehe, Stephan. Das wird für uns beide ein fulminanter Nachmittag. Einer mit Funkenflug, mit allerhand Knalleffekt zum Teil und genügend Feuerwerk. Jedenfalls, einschläfern wird uns der nicht.«

»Nein. Aber er brennt mir schon jetzt auf den Nägeln. Los, Albert! Es ist, das hat mich der heutige Tag gelehrt, keine Zeit zu verlieren, wenn man ein Leben gewinnen will.«

*

Als Albert die Straße betrat, um mit der Kleinbahn zu seinem Bruder zu fahren, war das Wetter noch strahlender geworden, ja fast warm, und es war weiter nicht verwunderlich, daß die Städter in hellen Scharen auf und ab promenierten. Etwas Österliches lag in der Luft, etwas Befreiendes, Beglückendes, das einen anstecken konnte. Erste Blumensträußchen, Schneeglöckchen und Primeln, wurden angeboten, farbenbunte Luftballons für die Kinder.

Aber da standen auch die Straßenhändler des Schwarzen Marktes aus allen Nationen des vormals kriegführenden Europa einzeln und in Gruppen herum und handelten ungeniert mit Zigaretten, Schokolade, Fleischkonserven. Schlepper verhießen noch ganz andere Waren und Genüsse: Mehl und Fett, Zucker und Bohnenkaffee, man müsse ihnen nur folgen in die und die Seitengasse. Alles gab es. Nichts war ihnen unmöglich. Albert musterte die Gestalten scharf. Summen und Beträge schwirrten an sein Ohr, die ihm für die andern die Schamröte ins Gesicht jagten. Nun gut, er war ein Moralist. Er spuckte ein paarmal kräftig aus. Er konnte einfach nicht anders.

Eingeräumt: wie er diese Welt ansah, die Unterwelt der außergesetzlichen Krämer, Schieber und Wechsler, war vielleicht nicht originell. Er war nur ein Heimkehrer wie jeder andere. Ein verabschiedeter Soldat unter Hunderttausenden. Es waren wohl bloß Gemeinplätze, die er dachte, denken mußte; schablonenhaft. Was half es! Zugegeben: diese Stimme da in ihm, die rief, die schrie wahrscheinlich haargenau dasselbe wie die im Vordermann, im Nebenmann, im Hintermann. Alles möglich. Rief und schrie so, wie sie eben in ihnen allen rief und schrie. Er konnte einfach nicht anders.

Damit jetzt dieses Pack, dieses Geschmeiß sich überall breitmache, schrie die Stimme, hatte man sechs Kriegsjahre lang Tag für Tag seinen Kopf hingehalten, waren Millionen hüben und drüben den Soldatentod gestorben, hatten ungezählte ihre Gesundheit, ihre geraden Glieder geopfert, alle Not und die unerhörtesten Strapazen ertragen: den äußersten Frost und die äußerste Hitze, Nässe und Dürre, Hunger und Durst, Leiden und Schmerzen! Ganze Landstriche waren verödet, ganze Städte unter dem Bombenhagel dahingesunken mit ihren Frauen und Kindern! Aber die Hamster dort und die Ratten hier, ja, die hatten überlebt. Nun kamen sie feist und gemästet aus ihren Schlupfwinkeln, jetzt schmatzten sie, schlangen sie ungescheut oben weiter – und straften die ewige Ordnung Lüge. Wo war hier ein Sinn?

Aber das war auch nach dem ersten Weltkrieg so gewesen, und es war trotzdem ein zweiter gekommen. Er hatte damals ja selber als Bub die Dinge schon einmal hellwach miterlebt und erinnerte sich im übrigen sehr genau der Berichte und der Berufserfahrungen seines Vaters und war selber trotzdem abermals aufgesessen. Ging denn dieser blutige Karneval gar nie zu Ende? Wie angenagelt blieb er vor einem Zeitungsstand stehen und traute seinen Augen nicht. Schon prophezeite die knallige Schlagzeile einer geschäftigen Gazette einen dritten Weltkrieg, kaum ein Jahr nach dem zweiten, und aus dem Leitartikel daneben wurde man nicht recht klug, ob ihr Bedauern über diese niederschmetternde Entwicklung wirklich echt war oder nur geheuchelt. Stephans sanfter Gott, vielleicht war er wirklich der einzige Weg, der noch offen blieb, die Wahrheit und das Leben.

Albert humpelte ernst, ja niedergeschlagen zur Haltestelle der elektrischen Kleinbahn hin. Diese sollte ihn in die Vorstadt hinausbringen, wo Hugo, der Bruder, sein Quartier hatte. Er bestieg den überfüllten Wagen. Die Schaffnerin machte sofort für ihn den Sitz frei, der den Körperbehinderten aufzubewahren war. Das lockerte etwas Alberts Ingrimm. Er nahm sich im stillen vor, nichts zu verallgemeinern.

Ein noch ungewöhnlich gut gekleideter alter Herr wollte dem Heimkehrer durchaus mit einer Zigarette aufwarten und machte sogar Anstalten, als ziehe er die Geldbörse. Albert dankte verbindlich für das freundliche Anbot und die gute Absicht. Er schlug beides höflich, aber entschieden aus. Schon einmal hatte heute jemand für ihn den Fahrlohn ausgelegt, ohne daß er es hatte verhindern können. Doch das sollte wirklich die einzige Ausnahme bleiben, die er zuließ. Geschenke annehmen, das lag völlig außerhalb der Möglichkeiten seiner Art. Er bezahlte nachdrücklichst seine Tramwaykarte selbst. Es tat ihm leid, wenn er verletzen mußte. Aber man verletzte ihn ja auch. Mit dem Los des Krüppels fand er sich ab. Zum Bettler war er nicht geboren. Was er und seinesgleichen von der Gesellschaft forderten, war nicht Mitleid, sondern Gerechtigkeit; nicht Almosen, sondern

Möglichkeit zu arbeiten. Nichts sonst. Der andere verstand ihn nicht nur, er war im Gegenteil sofort bereit, die Grenze zu achten, die Albert gezogen hatte. Ja in seinen anfänglich peinlich überraschten Blick trat jetzt etwas wie Freude und Zustimmung.

Bei der drittletzten Station habe er auszusteigen, wurde Albert von der Schaffnerin bedeutet, ein kleines Stück zurückzugehen, und schon biege er linker Hand in die gesuchte Gasse ein. Diese lief dann in sachter Kurve am Berghang hin. Die Schaffnerin versprach, ihm zu sagen, wann es für ihn an der Zeit sei.

Das geschah auch so. Albert stand hierauf, nach einem Fußweg von fünf Minuten, vor einer eleganten Villa mit großem Vorgarten. Der Name der Dame auf dem Messingschildchen stimmte. Er drückte zweimal kurz auf den Klingelknopf, das war sein Zeichen, vielleicht erinnerte sich Hugo dessen noch und kam gleich selbst heraus, wenn er überhaupt zu Hause war. Er war es. Albert hatte Glück. In einem gut geschnittenen, tadellos sitzenden Anzug, in noch ganz neuen ausländischen Straßenschuhen mit Doppelsohle, barhaupt, aber mit sorgfältig gewelltem Haar, kam blond und stattlich auf dem Kiesweg Hugo zum Tor, rufend, winkend und beschwingt von der herzlichen, ehrlichen Freude über die Heimkunft des Bruders, den er trotz allem schon vom Fenster aus sogleich erkannt hatte.

Da schmolz auch in Albert jeder Vorbehalt und Widerstand jäh dahin, als ein Unrecht, als etwas nicht Erlaubtes. Die Brüder umarmten und küßten einander, stumm zunächst; viele Jahre hatten sie einander nicht gesehen. Tief bewegt von Alberts traurigem Körperlos, worüber dieser in seinem Brief damals nichts hatte verlauten lassen, faßte Hugo den Amputierten bei den Schultern und strich sorgsam und liebevoll dessen beide Arme entlang und hielt dann die Hände des Bruders, wie dieser so armselig und in seiner Gefangenenkluft, angezogen gleich einem Hanswurst, vor ihm stand, in den seinen fest, in einer, weil er überrascht worden war, noch rührend hilflosen, fast knabenhaften Gebärde, die unendlich wohltat, viel mehr, als es irgendwelche Worte vermocht hätten.

Dem Älteren zitterte leicht das Kinn dabei, als er jetzt endlich wieder in die dunkelbraunen Augen des Jungen sah, die die Augen der Mutter waren, nur viel kühner, fordernder, richtige Falken-, Raubvogelaugen – und wie erst mochten sie als die des Fliegerleutnants nach ihrer Jagdbeute ausgespäht haben! –, doch da schob Hugo, der zur selben Zeit wohl auch an die arme, unglückliche Mutter in der Ferne gedacht hatte, um es kurz und dem andern leicht zu machen, bereits gefaßt und wie verwandelt, seinen Arm unter den Arm des Bruders und diesen selber sachte hügelan: »Nun komm, Albert«, sagte er, »und immer noch einmal: Willkommen! Das trifft sich heute gut. Wir sind allein. Ich stehe dir ganz und ungeteilt zur Verfügung. Mitsamt diesem gastlichen Haus.« Er drückte sich gewandt und sicher wie ein Weltmann aus und war es die Jahre her offenkundig auch geworden. In seinem Umgang, seiner Haltung gab es auf einmal nichts Gehemmtes, nichts Ungelenkes mehr, sah Albert bald, der Bengel hatte sich fein herausgemacht, und er verfügte, wenn er wollte, jederzeit über die Manieren eines großen Herrn.

Vielleicht ist er gar nicht so unwiderruflich schlecht, mußte Albert denken; sondern ein vifer, wilder Trotzkopf nur, ein eben jetzt, für diesen höllischen Nachkriegs-Augenblick und Ausverkauf aller Werte, Aufbegehrender, ein Florettfechter aus Sportlust gegenüber dem verruchten Unsinn und Aberwitz dieser bis in den Kern hinein faulen Welt, die getäuscht sein w o l l t e, sie tat es nicht anders. Ein

Losgeher, ein Draufgänger eben, ein souveräner Spieler, der Revanche gab, der ihre Herausforderung konsequent angenommen hatte, und nun mochte sie zusehen am Bakkarattisch. Und was für ein bezaubernder Liebhaber mußte er sein, dieser berückend hübsche Seladon! Albert begriff jetzt auch die Frauen, die ihm und daß sie ihm so ganz verfallen konnten.

Nun saßen sie einander in geräumigen, dickgepolsterten Lederstühlen gegenüber. Der Gast, beklommen, versank beinahe in dem seinen. Hugo hatte den elektrischen Teesieder angesteckt und nach der Küche um eine kalte Platte geklingelt. »Friedensmäßig«, hatte er hinzugefügt. Albert müsse nun bei ihm bleiben, meinte er, wenigstens für die erste Zeit. Der aber, keineswegs beglückt, nur bedrückt von solcher Atmosphäre, entschied sich dafür, sogleich reinen Tisch zu machen und keinen Zweifel über die Dauer und den Zweck seines Besuches aufkommen zu lassen. Nein, nein, er danke, er sei nur auf einen Sprung hier, nicht einmal so sehr aus freien Stücken, sei bis zum Abgang des nächsten Rückkehrerzuges in die Heimatzone kurzfristig im Rot-Kreuz-Lager untergekommen und im übrigen einem Kriegskameraden im Wort, in dessen Dienste er getreten sei.

»Kriegskamerad? Das gibt es heute noch? Daran glaubst du im Ernst?« verwunderte sich Hugo. »Ist er nicht, der letzte, schon bei Stalingrad gefallen?« fragte er zynisch.

Diesen Nihilismus könne, wolle und dürfe er nicht mitmachen, entgegnete Albert, da er das Gegenteil stündlich erlebe; wenn er auch zugebe, daß es sich um einen Sonderfall handle; daß hier ein außerordentlicher Charakter sich zu einem überdurchschnittlichen Lebensopfer entschlossen habe. Und er sei in seinem Auftrag hier.

Hugo horchte spöttisch auf. – Es handle sich um einen Theologen, wirklich berufen und durchglüht von seiner

Aufgabe, der aber nunmehr als einziger überlebender Mann seiner Sippe einem bedeutenden Familienbesitz, einem vielverzweigten Unternehmen vorstehen müsse, das sonst – in Frauenhänden – zerfallen und verfallen würde, doch hingen zu viele Existenzen davon ab, hinge vor allem auch das Schicksal zahlreicher Frauen und Kinder daran.

»Ein durchtrieben kluger Kopf!« warf Hugo ein und sog genießerisch an seiner Zigarette. »Er tut gut daran, rechtzeitig auszusteigen und gründlich umzusatteln. Tüchtig, tüchtig, wie er sein Schäfchen ins Trockene bringt!«

Das stimme nicht, erwiderte Albert leidenschaftlich, dieser Verdacht sei ganz und gar abwegig; sondern er tue das, ohne das Geringste für sich zu wollen. Es gehe hier um praktizierendes Christentum so neuer Art, daß er selbst infolge seiner Vergangenheit noch nicht völlig mitkomme und von der Wurzel her umzulernen habe. So ungewöhnlich sei alles, und es füge sich nichts in das althergebrachte Bild. Aber eben diese Wirklichkeit zwinge ihm nicht nur Achtung ab, sondern zwinge ihn auch dazu, seine Vorurteile schockweise aufzugeben und auf jeden Rückhalt zu verzichten. Das verlange einfach der Anstand.

»Und dieser junge Mann will mich also wohl bekehren?« fragte Hugo geradezu.

»Das kann ich nicht beurteilen. Aber er will dir einen Vorschlag machen. Das Unternehmen umfaßt auch einen Handel mit landwirtschaftlichen Geräten und Maschinen sowie eine Reparaturwerkstätte, soweit ich unterrichtet bin. Zur Zeit liegt jener, glaube ich, völlig brach, und diese ist vielleicht kaum erst wieder in Gang. Jedenfalls liegt alles miteinander sehr im argen. Du bist vom Fach oder doch Nachbarfach, bist Absolvent einer technisch-gewerblichen Mittelschule, führst sogar, wenn du willst, den Titel eines Ingenieurs . . .«

»Lassen wir das beiseite!« unterbrach ihn Hugo schmunzelnd.

»Gut Also du seist Mechaniker, erklärte ich ihm. Du verstehst immerhin die Sache. Und es wäre eine Sache! Eine Lebensstellung. Für die Dauer. Nach meiner Auffassung bietet er dir nicht weniger als die selbständige Leitung dieses Geschäftszweiges an. Überlege dir das! Sei einen Augenblick, bitte, nicht frivol, du Früchtchen! Vor allem aber rede dir nicht ein, daß seine Absicht so oder so nicht doch die reinste, die allerreinste wäre!«

»Ja, aber er kennt mich doch gar nicht!«

»Das sagte ich mir auch. Das gab auch mir zu denken. Aber er kennt – mich. Vielleicht genügte ihm das in diesem Fall. Er entschloß sich nämlich sofort dazu und hat in einem anderen Fall, der ihm vor der Nase lag, wiederum monatelang hin und her gezögert. Ich habe mich jedoch daran gewöhnt, nicht alles, was ich an ihm nicht sogleich verstehe, darum auch für unvernünftig an sich zu halten. Er verfügt über einen Kompaß, von dem wir zwei uns nichts träumen lassen.«

»Trotzdem: er will und du willst, daß ich arbeite, stilgerecht arbeite; und eben darin liegt die Schwierigkeit. Das kommt für mich derzeit nicht in Frage. Nicht während dieses Intermezzos. Später vielleicht. Ich bin doch nicht wie ihr beide vorne hin auf den Kopf gefallen!«

»Du lebst also immer noch vom Schwarzhandel?«

»Ja. Schlicht und gut. Unter geänderten Umständen freilich. Ich begann als kleiner Eckensteher mit amerikanischen Zigaretten. Das ist vorbei. Das war einmal so, um die Zeit, als ich dir, kaum erst selber heimgekehrt (h e i m gekehrt, wer hustet da nicht!), jenen besagten Brief ins Lager schrieb. Ich handle auch heute noch damit. Aber en gros. Im übrigen – halte dich fest! – betreibe ich Grenzschmuggel. Mit

Feuersteinen. Im großen auch, versteht sich. Ich selber reise nämlich nicht. Das besorgen meine Subvertreter.«

»Hugo, Hugo, wenn mich auch schon die Sache selber ängstigt, mehr noch ängstigt es mich, wie du darüber sprichst. Denkst du da nicht manchmal an deinen und meinen Vater, und daß er als Polizeiinspektor im Kampf mit den Banditen einst sein Leben lassen mußte?«

»Doch. Er ist eben viel zu früh gestorben. Ich wuchs zu lange ohne ihn auf.«

»Aber deine Mutter, dein Bruder, unterließen sie irgendetwas, was dich veranlassen dürfte, den Weg zu gehen, den du dir jetzt erwählt?«

»Nein. Sie nicht und du nicht. Aber die Menschen. Die anderen Menschen. Aber die Zeit. Diese Zeit!«

»Hugo, darauf rede dich nicht aus! Das sind keine gemäßen Partner in unseren letzten Entscheidungen. Die einen können dir alle miteinander nicht die Verantwortung abnehmen für dein eigenstes Tun und Lassen. Und die Zeit? Die ist zu quallenhaft, zu amorph dazu, ein Begriffsfaß ohne Boden, da geht alles und jedes oben hinein und unten wieder durch. Nein. Sie ist auch kein Kleiderhaken, die Zeit, auf den man bequem seine Schuld aufhängen könnte, sein Böses, wie eine schmutzige Weste, wie ein liederliches Tuch.«

»Ach, es ist mir gewiß nicht alles eins, Albert, auch mir nicht! Aber zum Teufel, ich will nun endlich einmal leben, hörst du. Leben! Wie immer du darüber denkst, das eine rechne mir an, daß ich kein Ducker und Mucker, kein Heuchler bin. Und so sage ich es dir frei heraus: Ich will eine hübsche Zeitlang jetzt ganz einfach meinem Korpus leben, und da dieser sich just in der Nabelgegend in zwei Hälften teilt, zunächst einmal nur dem unter dem Nabel: dem Bauch und dem Geschlecht. Alles aufwärts vom Äquator interessiert mich derzeit nicht.«

Das war nun eine Weltanschauung, mit der Albert herzlich wenig anfangen konnte, und so saß er schweigsam und finster brütend da. Als jetzt die Jause aufgetragen wurde, nippte er deshalb nur etwas von dem Tee und nahm sich dazu eine Scheibe trockenen Brotes, damit er dem Bruder und Gastgeber wenigstens symbolisch gerecht werde; zu mehr ließ er sich nicht bewegen, alles andere schlug er aus. Auch rauchte er nicht. Hugo erkannte wohl den tiefen Graben, der zwischen ihnen lag, war aber ratlos, wie er ihn überbrücken könnte. Er vermochte nur insofern etwas einzulenken, als er sich die künftige Adresse Alberts erbat. »Für den Fall des Falles«, sagte er. »Es ist nicht uneben, so etwas hinten in seinem Notizbuch zu wissen. Legen wir die Angelegenheit auf die Sparkante! Man kann wirklich nicht alles voraussehen. Eines Tages greift man vielleicht doch danach.«

Albert wollte nur noch Genaueres über den Zustand der Mutter erfahren. Als er darüber Bescheid wußte, beurlaubte er sich. Doch so, daß er zwar Abstand nahm, ja diesen betonte, aber den Bruch vermied. »Es wird ein jeder so liegen, wie er sich bettet«, sagte er. »Ich werde hart liegen, Hugo. Aber ich möchte nicht mit dir tauschen.«

Hugo erbat sich so viel Zeit, als er brauchte, um wenn schon, denn schon gleich noch ausgiebig zu essen. Da Albert bereits wieder aufbreche, schließe er sich an. Er komme dann noch bequem zum Fünfuhr-Tanz zurecht, den er nun aufsuchen werde, so als Strohwitwer quasi.

»Bist du ihr denn nicht einmal treu?« erlaubte sich Albert zu fragen.

»Periodisch ja«, antwortete Hugo. »Zu mehr bin ich nicht verpflichtet.«

»Ich war selber gar nie ein Kostverächter, in d e m Punkte bestimmt nicht und habe diesbezüglich niemandem Vorschriften zu machen«, erklärte Albert. »Ich begreife gerade hier manches, aber – nun gut, lassen wir auch das! Einem Krüppel sind schließlich die Grenzen anders gezogen, der hat den Schmachtriemen enger zu schnallen. Ich möchte dir nicht das Maß nehmen nach dem eigenen Schuh.«

»Das ist weise und einsichtig von dir, Albert. Ich kann so abgeklärt noch nicht sein, wie du mich wünschest. Gib mich aber nicht völlig auf! Möglicherweise ist der Kern gar nicht ganz so schlecht wie die Schale!«

Die beiden Brüder brachen nachher gemeinsam auf. Sie fuhren in das Stadtinnere. Hugo hatte ein Stück früher auszusteigen. Er verabschiedete sich von Albert mit einem burschikosen Händedruck. »Alles Gute!« spaßte er. »Da du es nicht besser haben willst.«

O doch. Da verkenne er ihn. Im Gegenteil. Gerade nur das Beste wolle er – behalten, nachdem er alles geprüft habe, ging Albert darauf ein, um die Kluft nicht noch mehr zu erweitern. (Ich zitiere bereits die Bibel, mußte er denken.)

»Hoppla, gestolpert!« äffte ihn Hugo übermütig. »Du meinst das ... mit dem sanften Ruhekissen und so? Das ist ein Märchen, mein Bruder. Nein, nein. Da ziehe ich schon, in meiner Sünden Maienblüte und ein Heide, wie ich es nun einmal bin, im Sinne des großen ‚Westöstlichen' durchaus real meine Diwanpuppe vor.«

Mit einem Schlag auf die Hinterbacke entließ Albert den Bruder Luftikus, und nun war er allein.

Ja, nun w a r er allein. Er schüttelte ein paarmal den Kopf. Aber er hatte es ja im voraus gewußt, daß dieses Früchtchen einen mandelbitteren Nachgeschmack geben werde. Er hatte mithin recht behalten und war vor Stephan mehr als gerechtfertigt für sein beharrliches Schweigen und Verschweigen. Er hatte gewußt, daß es hier keine Brücke gab.

Albert freute sich aus tiefstem, sehnsüchtigem Herzen schon nach den wenigen Stunden wieder auf den Freund, den einzigen wahren Besitz, der ihm, dem ganz und gar Abgebrannten, verblieben war. Er wird jetzt ohne Umweg und Abweg sogleich zu Stephan zurückkehren als zu dem einzigen sicheren Port und festen Pol, da alles andere schwankte.

Wer weiß, er hätte sonst, auf sich allein gestellt, nach so vielen Monaten des Fastens diesen Abend, den ersten Abend in der Freiheit, sich wahrscheinlich auch einmal ausgetobt wie ein Matrose endlich an Land mit Kneipe und Mädchen, und es als das Natürlichste von der Welt befunden. Aber nun? Nein. Heute konnte ihm das, da es greifbar vor ihm lag und nicht mehr in romantisch schönfärbender Ferne und obschon er es sich insgeheim manchmal so vorgenommen hatte, nichts bedeuten, war es schal und eitel, Dunst und Schaum. Er überwand sich mühelos und suchte unverzüglich das Lager auf. Er betrat die Stube, traf dort aber auch schon andere Heimgekehrte an, und so holte er sich Stephan heraus zu einer ungestörten Rücksprache, auf eine Bank im Freien, vor dem Abendessen.

Stephan hatte ihn sehr aufgeräumt begrüßt. Er mußte wohl bei seinen Vorgesetzten Verständnis gefunden und seine Angelegenheit im erbetenen Sinn geordnet haben, obgleich er nicht darüber sprach.

Albert berichtete nun. Dabei beobachtete er Stephan genau, ob er ihn damit sehr enttäuschen werde. Denn da sich Michel Halblehner nicht mehr gemeldet hatte und jetzt kaum noch zu erhoffen war, mußte er dies freilich befürchten. Doch Stephan nahm zwar alles mit größtem Interesse entgegen, aber auch mit großer Ruhe auf. Ernst, sehr ernst, aber nicht entmutigt. »Es geschieht mir immer, was geschehen muß«, warf er einmal nachdenklich ein.

»Das haben wir gut gemacht«, faßte er am Ende zusammen. »Nun er von der anderen Möglichkeit weiß, von dem anderen Weg, der ihm offensteht, haben wir in sein Gewissen das Scheidekreuz eingerammt, um das er von heute an nicht mehr herumkommt, verlaß dich darauf!«

Albert bezweifelte das. »Eine Laus im Pelz beutelt er ab.«

»Möglich. Dieser Stachel zum Guten aber wird ihm noch zu schaffen geben. Solange man nicht ernstlich vor die Wahl gestellt ist –«

»– frißt man natürlich auch mit dem Schwein aus dem Trog«, unterbrach ihn Albert. Er fing an zu verstehen.

»Gewiß. Sowie aber für dich noch ein anderer Tisch gedeckt ist, beginnst du, beginnt dein besseres Ich ja doch auch diesen munter zu umkreisen. Warten wir es ab!«

»Ja, du verachtest ihn also nicht?« fragte Albert erstaunt. »Läßt ihn nicht fallen? Gibst ihn nicht verloren?«

»Wie dürfte ich es?« fragte Stephan zurück. »Wo denkst du hin! Sieh nur du zu, Albert, daß du nicht den Stab über ihn brichst!« Und nach längerem Schweigen fügte er etwas zögernd hinzu: »Gerade aus solchem Sünderholz schnitzt sich der Herr manchmal seine himmlischen Geigen.«

*

Michel Halblehner stapfte vergnügt seinen Saumweg durch Wald und Unterholz hin, und da er allein war, so wundervoll allein mit Bäumen und Vögeln, mit Wind und Licht und der Sonne im eigenen Herzen, so richtig der Einzige auf der weiten, weiten Welt, durfte er sich endlich wieder einmal geben, so wie er war, Herrgott ja, so wie es ihm zumute war, und es ging niemanden etwas an, wie ihn selber insgesamt nichts und niemand etwas anging, er spielte sich zur Feier ein paar Takte auf seinem kleinen Mundhobel auf, er trällerte, sang, er lachte laut vor sich hin, er schrieb mit dem Zeigefinger großmächtig seinen Namen in die Luft und blies diesen dann fort wie eine regenbogenbunte Seifenblase.

Aber langsam – wenn auch vorderhand bloß umrißhaft – stand doch jetzt so im Schlendern, im Wandern das Festland seiner Zukunft vor ihm auf, der er Gestalt geben mußte. Hic Rhodus, hic salta! Gleich einer noch sehr fernen Insel hob es sich allmählich aus dem Nebeldunst, stieg es aus dem Wasser, und seine Brigg fuhr mit vollen Segeln darauf zu.

Sonderbar. Solange man Gefangener war unter anderen Gefangenen, unter den Jungen und Jüngsten gar, die an nichts anzuknüpfen und sowieso ganz von vorn wieder anzufangen hatten, war von nichts anderem m e h r die Rede gewesen als von jedermanns Zukunftsplänen, und in schlaflosen Stunden wälzte man nichts lieber hin und her als Vorhaben dieser Art. Aber allem haftete, merkte man hinterdrein, etwas Phantastisches, Vages und Ungefähres, etwas heillos Imaginäres an, sie blieben ein rosafarbenes Gemisch aus Wunschtraum, Selbstbetrug, Einbildung und Großtuerei.

So unüberwindlich dick war die Mauer und dornig die Hecke, die einen immer noch und wer weiß wie lange noch von der Freiheit trennten, daß man, solange man nicht entlassen war, zur Wirklichkeit nicht vorstieß, zu den Dingen, wie sie tatsächlich lagen, nicht hindurchdrang. Es blieb beim Tappen – und beim blauen Dunst.

War der Riegel dann hinter einem gefallen, so sah man erst – hinausgestellt in den Lebenswind –: das ganze Kartenhaus war keinen Pfifferling wert. Es brach unter dem ersten Anhauch zusammen.

Doch eines stand bei ihm fest: er wird von der ihm geschenkten Möglichkeit, sein Leben ganz nach eigenem Wunsch zu bauen, ausgiebig Gebrauch machen. Aber was er da in den Lagern und seinen Gedanken sich zurechtgezimmert und ausgeheckt hatte (ein Glück, daß er sich hierüber niemand anvertraut, daß ihm gerade in diesem Punkt niemand hatte die Würmer aus der Nase ziehen können!), erkannte er schon jetzt als dumm und ungereimt, ja unmöglich. Er gab es in der ersten Stunde wieder auf. So lächerlich, so hirngespinstig, so improvisiert war das alles. Jetzt, wo es darauf ankam, sah er sofort, was das für windige Luftschlösser waren. Sie zerplatzten schon in diesem Wald wie ein überreifer Bovist. So ein Käse konnte sich nur unterm Glassturz und völlig abgeschlossen halten, so ein Christbaumschmuck nur in den Traumfabriken der Absperrung hinterm Stacheldraht entstehen und gedeihen. Er mußte heute darüber lächeln und nahm sich vor, das alles – verschwiegen – in sich zu begraben. Man hätte ihn nur ausgelacht, und mit Recht.

Zur Sache! mahnte er sich. Augen und Ohren auf, Traummichel, zur Sache! Weiterstudieren auf dem Gymnasium werde er nicht, das stand bereits fest, nach so langer, unfreiwilliger Unterbrechung. Diese Nabelschnur war abgerissen. Er h a t t e studiert (so lala), mußte es heißen. Nun ja, gewiß hatte er das. Fleißig und brav, sagten die Lehrer. Geschoben und geduldig, sagte er selbst. Er hatte einfach studiert, weil es die Eltern wollten und er sich fügte, ohne viel darüber nachzudenken, und weil es in Angestelltenkreisen bei einzigen Söhnen nun einmal der Brauch war. Aber nicht, gar nie aus eigenem innersten Antrieb. Das war es. Der Anstoß kam immer von außen. Das Studium hatte ihm keine besondere Mühe gemacht und keines der Fächer Schwierigkeiten. Er war überall leidlich begabt, und gerade darum wahrscheinlich nirgends berufen. Jedenfalls, sein Herz war nicht dabei. Daß er jetzt die Mittel dazu ohnehin nicht besaß, erleichterte nur die Entscheidung. Nein, die Schulbank wird er nicht weiter drücken. Dafür hatte das Schicksal gesorgt. Das

Heer der arbeitslosen Studierten wird er nicht vermehren. Dafür sorgte er selbst. Lesen, sich in der Freizeit fortbilden, sich geistig offen und regsam halten, das natürlich gern und immer! Aber glücklich gemacht hatte ihn immer nur die Handarbeit, und am glücklichsten war er stets in dem vom Vater gepachteten Schrebergarten gewesen, draußen am Rand der Stadt. Auf diese innere Stimme, ursprünglich, naturhaft, galt es zu hören. Sie wies ihm den Weg.

Allein, auf diesem Weg gab es noch Steine genug. Er mußte sich ja auf der einen Seite sogleich seinen Unterhalt verdienen, aber dabei doch auf der anderen um die Klippe des ungelernten Hilfsarbeiters herumkommen. Er wird also trachten, wenn auch überjährig, eine regelrechte Handwerkslehre zu erhalten, aber es mußte eine mit Schlafstelle und Verpflegung sein und obendrein eine zeitgemäße und darum möglichst krisensichere Beschäftigung. Somit blieben außer dem Hausbau und Bergbau, die ihm nicht lagen, ja doch nur die Landwirtschaft übrig und ihre Nachbarberufe. Da er der Großstadt ohnedies schon lange Valet sagen wollte, wird er also am besten, um zugleich seiner heimlichsten Sehnsucht dienen zu können, Gärtner werden, von Grund auf, wozu er Neigung und Eignung besaß. Und auf diesem Lebensweg mochte ihn dann das Schöne in jeder Gestalt und selbst der Geist Virgils und des jüngeren Plinius begleiten. Das eine schloß das andere nicht aus.

Der Saumpfad, den er stadtwärts ging, führte jetzt noch quer durch einen Kahlschlag, schlängelte sich sodann aus dem Wald hervor, lief eine kurze Strecke über freies Feld, wurde hierauf von einem Werkbach begleitet und fiel endlich, an Fabriken vorbei, in die ersten Gassen ein.

Michel Halblehner klapperte nun durch die Stadt, die ihm von Besuchen in der Kindheit und von Wanderfahrten her vertraut war. (Das eine Hufeisen, auf dem linken Stiefel, merkte er jetzt über dem widerhallenden Pflaster, wird er besser befestigen müssen.) Wie ein neugieriges Füllen hob er witternd und windend, überall Ungewohntes schnuppernd, den Kopf, wendete ihn dahin und dorthin, sah den Menschen interessiert ins Gesicht.

Die Not zeichnete sich noch scharf darin ab, und fast alle waren schlecht gekleidet. Man trug einfach noch die letzten alten Hadern aus. Neue Webwaren gab es offenkundig noch immer nicht.

Die Auslagen der Geschäfte reizten ihn beinahe zum Lachen. Uralte Werbebleche und Plakate, verblaßte, von der Sonne ausgezogene Attrappen hingen, lagen, standen, uneins mit sich selber und untereinander, darin herum und vergilbten, verstaubten weiter. Schaupackungen, bloße Hüllen und Hülsen, geglückte und mißglückte Nachahmungen fast musealer Art und leere Originalflaschen von allerhand Trinkbarem, von einstigen Mund-, Haar- und Riechwässern deuteten zur Not an, was man hier einmal zu kaufen bekommen hatte, in grauer Vorzeit, im Jahre Schnee. Der zitronengelbe Tee-Chinese lächelte melancholisch auf die verschiedenen Kräutermischungen herab, die er jetzt in seiner gipsernen Schwinge trug und zum behelfsweisen Gebrauch anbot, entmutigt, er glaubte selber nicht daran. Dem Schokolade-Neger daneben war das Lachen sichtlich ganz vergangen, er bleckte nur mehr, aber gründlich, seine weißen Zähne. Ungeheuer viel Andenkenkram, allerlei Brauchtums- und Trachtenkitsch, rasch und lieblos zusammengeschludertes Spielzeug, überflüssigster Wohnungszierat (so viel schlechtgereimte, brandgemalte Wandteller hatte er noch nie beieinander gesehen), knalliger Schmuckmodetand zum Anhängen und Umhängen im Ausländergeschmack, vor allem aber Lippenstifte, immer wieder Lippenstifte in sämtlichen Irisfarben schienen das einzige zu sein, das man außer den rayonierten Lebensmitteln und Waren zu kaufen bekam. Diese Lebensmittel waren in kleinen Säcken und Schüsseln appetitlich zur Schau gestellt und mit den amtlichen Preisen sowie den Angaben über die Abschnitte versehen, die man dagegen von seinen Karten unwiderruflich loswurde; was alles sie jedoch kaum mundgerechter machte. Vielfächerige Ziehharmonikamappen aus Pappe zur Aufnahme dieser zahllosen Karten ließen, das Aktuellste vom Aktuellen, den Heimkehrer ahnen, daß er hier eine ganze Wissenschaft nachzulernen hatte. Umfang und Inhalt von Begriffen, wie Lieferzusage und Bezugschein, schwanten ihm nur von fern. Der Einheitsseife merkte er es schon von weitem und außen an, daß sie wennmöglich noch schlechter als während des Krieges geworden war, und die angepriesenen Ersatzmittel in den halbleeren Apotheken weckten trotz den wohlklingenden und einladenden Namenskompositionen, genialen Schöpfungen der Wortklitterungskunst, sein schärfstes Mißtrauen. Hingegen dürften die mit Altwaren übervollen Tauschzentralen unter der Woche wahrscheinlich wimmelnden, summenden Bienenstöcken gleichen, und Klassenlose sowie Vergnügungs- und Theaterkarten gingen wohl (Ausverkauft! hieß es überall) wie einstens die warmen Semmeln ab. Auch sah er sich einer richtigen Sintflut neuer Zeitungen und Zeitschriften hilflos gegenüber. Aber einige Buchhandlungen fesselten ihn nun wirklich; da gab es etliches, seit langem Vermißtes, das er sogleich hätte erstehen wollen; doch mochten diese neu aufgelegten Bände selbst dem achtsamen Leser schon beim zweiten Kapitel knisternd und kichernd in der Hand zerfallen.

Michel Halblehner schwenkte zum Städtischen Bad hin ab. Mit Freude sah er, daß es in Betrieb war. Bei den schon für die Frühjahrssaat zubereiteten Gartenbeeten vorn an der Stirnseite blieb er voll Teilnahme stehen. Park- und Landschaftsgärtner, das wäre ja nun gleich etwas für ihn! Doch so nobel wird es ihm das Leben nicht eintränken, wie er diesen Mundschenk kannte. Ein bißchen unbeholfen und geniert trottete er dann mit seinen schweren Stiefeln auf den Fliesen der Halle herum (fiel er sehr auf?), er studierte die Aufschriften, fand die zuständige Kasse, überlas den Preistarif, er stellte sich an, nestelte in seinem bißchen Geld herum. Doch als er zum Schalter kam, schob ihm die Beamtin nicht nur die Karte zu, sondern auch seine Banknote wieder zurück. Für einen Heimkehrer sei das heute frei, sagte sie, ohne ihn viel anzusehen. (In Wirklichkeit legte sie den Betrag stillschweigend aus eigenem in die Geldlade.) Nur werde er sich wohl auf zweieinhalb Stunden Wartezeit gefaßt machen müssen bis zum Aufruf seiner Nummer. Am Samstag sei das nicht anders. Michel nahm die Karte und dankte. Zweieinhalb Stunden. Was war das schon! So etwas konnte ihn nicht erschüttern. Zweieinhalb Jahre war er nicht mehr in einer richtigen Wanne gelegen!

In der Nähe des Büfetts ließ er sich auf einem gerade frei gewordenen Korbsessel nieder. Fein war das! Die Sonne schien warm durch das Glasdach und zeichnete Rosetten auf den Boden. Aber traurig genug sah es dort aus auf dem Schanktisch. Das wenige Dünnbier, verkündete trübselig ein Täfelchen, war heute längst schon ausgegangen. Und so gab es jetzt nur mehr so etwas wie eine orangenfarbene Allerwelts-Flüssigkeit zu trinken, die man benennen durfte, wie man wollte, es kam ihr selber gar nicht so genau darauf an. Zwei Platten Brötchen waren noch da, dünn belegt mit kleinen Spalten von sauren Gurken und roten Rüben über einem Kartoffelaufstrich, dessen Zusammensetzung gewiß Betriebsgeheimnis der alten, abgehärmten Frau dort war, die jetzt mit einem prallvollen Schmutzwasserkübel aus dem Verschlag heraustrat.

Michel sprang wie gefedert auf, es war eine automatische Handlung, die er sich nicht abgewöhnen konnte, obgleich er sie manchmal schon bereut hatte, nahm dem grauhaarigen, vogelhageren Mütterchen den Eimer ab und erklärte, diesen austragen zu wollen, er müsse nur wissen, wohin.

Der große, verwunderte Blick der Frau umfaßte den Burschen zunächst ungefähr so, wie man ein Kalb bestaunt, das vom Mond herabgefallen. Vielleicht war er es ja wirklich, dachte sie; er kam sicherlich direkt aus der Kriegsgefangenschaft. Immerhin, so etwas gab es also noch: Hilfe. Hilfe von diesem feingliedrigen Jungen da, aus gutem Haus wohl und von anderer Lebensart als die Dutzendlümmel. Sie gab ihm Bescheid. Als er zurückkam, winkte sie ihn zu sich herein. Sie lud ihn ein, an ihrem Tischchen Platz zu nehmen.

»Heimkehrer?« fragte sie.

»Ja natürlich«, antwortete er. »Erst seit heute – knapp vor Mittag – entlassen; draußen im Waldlager.«

Ob er da schon gegessen habe?

Das nicht, aber wenn sie ihm erlaube, packe er hier seinen Mundvorrat aus. Er glaube jetzt wirklich, daß es langsam Zeit für ihn sei.

»Für mich auch. Ich bin selber heute noch nicht dazugekommen«, sagte sie. Das treffe sich übrigens gut, sie habe ihr Essen zum Wärmen auf ihrer kleinen Kochhexe da aufgestellt, und so könne er gleich mithalten. Bohnen gebe es mit sonst nichts drin. Aber etwas Warmes sei es doch und sei gern mit ihm geteilt. »Ich habe nämlich selber noch zwei Buben draußen«, sagte sie, und die Augen wurden ihr feucht.

Als sie aber nun gar von seinem Los erfuhr, von dem ganzen Ausmaß seiner Verlassenheit, da war es um die letzte Reserve geschehen, war sie nur mehr Mutterherz und Erbarmung. »Bub, mein Bub!« sagte sie. »Das ist schlimm. Die Menschen sind hart geworden wie die Steine. Zu essen gibt es eher noch. Aber wie, wo unterkommen? In dieser überfüllten Stadt, in der einer dem andern die Fersen abtritt?«

Ach, das sei so wichtig nicht. Es handle sich nur um zwei, drei Tage. Bis der nächste Flüchtlingszug nach Hause abgehe, wie sie ihm bei der Entlassung gesagt hätten. Und müsse er, sei's drum, in der Bahnhofshalle nächtigen oder beim Roten Kreuz. Er habe Schlimmeres hinter sich. Denn wenn er sich nun auch verziehen könne, luftig, luftig und wohin es ihn freue, in alle Welt (die er, nebenbei gesagt, hinlänglich kenne), vogelfrei, wie der berühmte Mohr, der seine Schuldigkeit getan, oder wie das besagte Dirndl vom Tanz, so wolle er fürs erste doch in seine Vaterstadt zurückkehren. Heimat sei Heimat. Etliche Schulfreunde seien ihm gewiß noch geblieben, ein paar Bekannte auch, und dann müsse er einmal ja doch bei seinem Berufsvormund vorsprechen, er sei noch minderjährig, und der werde sich ganz bestimmt stürmisch freuen. Aber Ordnung müsse sein. Wenigstens in den Papieren. Nachher suche er sich seinen Arbeitsplatz selber, er kenne die diversen Ämter; und zwar an der schon halbländlichen Peripherie oder noch besser ganz draußen auf dem Lande. Er wolle nämlich Gärtner werden. Und, nicht zu vergessen, er habe seinen Ausgebombtenschein. Man denke, das sei Haupttreffer genug. Da würden sich doch wohl auch für ihn irgendwo zweieinhalb Quadratmeter Wohnraum finden. Wenn alle Stricke rissen, dann eben in einem Sammelquartier.

»Alles schön und gut. Aber für den Augenblick hast du keinen Unterschlupf, Bub, sei gescheit, und darum kommst du einfach zu mir für die kurze Zeit und schläfst in der Küche auf dem Sofa. Wenn es dir recht ist. Du bist ja nicht verwöhnt?«

Nein, in dieser Hinsicht nun wirklich nicht, meinte er lachend, das könne er von sich sagen; und er werde für sie arbeiten. Er reibe eine Wohnung auf, er putze die Fenster, er wasche Wäsche, aber schon so, blitzblank wie beim Kommiß für den Stubendurchgang, wenn sich der Spieß höchstpersönlich angesagt hatte. Direkt appellfähig. Und seine Lebensmittelmarken müsse sie annehmen, und er habe auch eigenes Geld.

»Das wird sich alles finden«, sagte die alte Frau und kehrte sich ab, weil sie schmunzeln mußte. Bis er gebadet habe, sei sie selber hier fertig. »Und dann brechen wir auf«, kündigte sie ihm an.

Nun aßen sie, nachdem er sich bekreuzigt hatte.

»Ja – du bist religiös?« verwunderte sich abermals die Frau und mußte mit klopfendem Herzen an ihre Söhne denken.

Diese Frage kam ihm freilich zu unmittelbar. Er errötete. Auch senkte er etwas den Kopf. Doch wollte er ihr nicht ausweichen. Er stellte sich. »Der Glaube ist mein Zuhause«, sagte er sehr leise. »Das einzige, das mir geblieben ist. Und ich habe nur mehr den einen Vater von uns allen. Wie sollte ich, gerade ich leben können ohne ihn? Er führt mich. Auf ihn allein ist Verlaß. Ich weiß, ich werde in diesem Punkt ein Kind bleiben mein Leben lang. Ich bin eben so. Damit haben mich die andern schon immer gefoppt. Aber das macht mir nichts aus.«

»Dann kommst du heute wohl gar in die Abendandacht mit?« fragte sie und sah dem Burschen mit ungestümer Freude mitten hinein in den Jünglingsglanz seiner Augen, die er nun erhoben und aufgeschlagen hatte.

»Etwas Ähnliches habe ich mir fest vorgenommen«, sagte er bestimmt. »Nämlich eigentlich noch mehr. Auch hier will ich heute noch und morgen zum Sonntag reinliche Ordnung machen. Beim Militär und in den Lagern – das war nicht das Richtige für mich. In der Masse geht das alles horuck!«

Aber sie merkte ihm an, daß er nicht gern darüber sprach; und daß er nicht nur den Betstuhl meinte, sondern auch den kleinen, vergitterten längs der Kirchenwand. – Was er denn jetzt noch beginnen wolle, bis er zum Baden darankomme? lenkte sie deshalb an.

Wenn er um etwas bitten dürfe, so möchte er einige Zeitungen lesen. Es können ruhig altbackene sein. Für ihn sei eine jede neu. Jedoch, er müsse unbedingt mit der Gegenwart auf gleich kommen. Er habe keine Ahnung, was zur Stunde eigentlich gespielt werde im Land und in der Welt. Er müsse aber wenigstens ungefähr wissen, wo er stehe. Bisher seien sie nämlich auf Gerüchte angewiesen gewesen. Es verlangte ihn nun nach den Tatsachen.

Da die Frau nebenher auch einige Tagesblätter vertrieb, war er damit bald ein- und zugedeckt und begann sich blindwütig in die Zeitgeschichte zu wühlen. Kunterbunt, wie es kam: Innen- und Außenpolitik, Wirtschaft, Lokalbericht, Gerichtssaal, Sport, Film, Funk, Theater, Buch, Kunst und Kultur. Im Anzeigenblatt verbohrte er sich in die Rubriken von den freien Arbeitsplätzen, den offenen Stellen. Er fand gerade hierin seine Meinungen und Erwartungen durchaus bestätigt, und das kräftigte nicht wenig seinen Entschluß. Wie ein dürrer, ausgetrockneter Schwamm saugte er das vermeintliche Lebenswasser in sich, mochte es klar oder trüb sein, und bekam im Eifer darüber rote Ohren. Um ein Haar, und er hätte den Aufruf seiner Nummer überhört.

Dann aber feierte er das Fest der Wanne.

*

Es war der kleine Dominik mit den Tollkirschenaugen, der in der Nacht einmal vor die Baracke mußte und dabei, vom Flüchtlingslager aus gegen den Markt hin lugend, das schwache, späte Licht wahrnahm, das im Schmidt-Haus zu ungewohnter Stunde rötlich und wie entzündet brannte gleich einem kranken Stern. Was war bei Elisabeth los? Er machte sich Gedanken.

Im Morgengrauen flüsterte er daher zu Monika hinüber, als er merkte, daß die Schwester auch schon wach sei: »Du Monika, hör zu! Ich will dir etwas sagen. Ich mußte heute nacht, so gegen zwei Uhr früh vielleicht, hinaus. Ich sah dabei noch Licht bei den Schmidt. Oder schon. Wer kennt sich da aus! Es stimmt etwas nicht bei der Domina.« (Der Himmel mochte wissen, wie er zu dieser Ansprache kam, wo er den lateinischen Brocken aufgeschnappt hatte. Oder leitete ihn die Nachbarschaft zu seinem eigenen Namen dorthin? Jedenfalls nannte er Elisabeth kurzweg seine Herrin. An eine Stiftsdame oder Äbtissin dachte er ja wohl kaum dabei.) »Wir müssen uns heute ein bißchen um sie kümmern.«

»Wenn du glaubst? Gut, das machen wir«, pflichtete ihm Monika in aller Stille bei. »Gib aber jetzt noch eine Viertelstunde Ruhe, bitte! Die Mutter schläft heute ausnahmsweise noch, und du weißt, wie notwendig sie den Schlaf braucht. Und wie müde sie ist.«

»Bin ich ein Barbar?« gab er großspurig zurück. »Ich bin doch kein Zigeuner. Natürlich!« Und er rollte sich noch einmal wie ein Igel zusammen.

Wenn es gegen den Morgen zu ging, wenn ihr Schlaf leichter und leiser wurde, nur mehr ein Schlummer fast und schon von Träumen belebt und bedrängt: da kam es manchmal über die Mutter, und die Schrecknisse jener Mord-, Brand- und Plünderungsnächte standen in ihr wieder auf, da man sie aus der Heimat jagte, von Haus und Hof vertrieb, da man zwei ihrer größeren Kinder, die sie mit den Leibern schützten, vor ihren Augen niederriß und buchstäblich zertrampelte; und die furchtbaren Erlebnisse der Fluchtwochen traten übermächtig in ihre Erinnerung, da sie mit blutenden Füßen die Nächte durchwanderten über Stock und Stein, abgelegene Wege hinschlichen, möglichst lautlos in Schuhen aus Sackfetzen und Strohwischen, und sich tagsüber in den Feldern versteckten oder sonst irgendwo, gehetzt wie Freiwild. Dann stöhnte, wimmerte, schluchzte sie, dann redete sie auf, in Ängsten und wirr oder gereizt und zornig, rief ihre Toten mit Namen oder schrie halb erstickt den Häschern eine Drohung, eine Bitte zu. Und in der letzten Zeit waren es mitunter auch die neuen Sorgen, die sie beluden: ob sie nun noch bleiben durften oder ob sie weiter verfrachtet würden, aus dem Ungewissen hier, in dem sie sich doch einigermaßen eingerichtet hatten, in ein noch Ungewisseres dort; denn längst gab es für die Vertriebenen den Zustand der Heimatlosigkeit in immer neuen Steigerungsstufen und Kältegraden. Das ging dann mit der Mutter eine Weile so, bis sie der Vater bedächtig ansprach, bis sie mit einem jähen Ruck erwachte und sich den bösen Nachtspuk mit der Hand aus dem Gesicht wischte und mit einem kurzen Stoßgebet die Muttergottes anrief, ihr beizustehen an dem Tag, der eben anbrach, mit der Liebeskraft ihres schwerterdurchbohrten Herzens, mit dem Gewicht ihrer Fürbitte; sie zu ermutigen durch ihr opfervolles Beispiel und Vorbild.

Die Mutter erwachte heute ruhiger als sonst, ja sanft und wie auf wunderbare Weise gestärkt und getröstet. Da erhob sich Dominik sogleich. Voll Rücksicht stieg er über eines der jüngeren Geschwister hinweg, damit er es nicht vorzeitig wecke durch einen unbedachten Tritt im Halbdunkel, in der Enge. Sie machten ja, die ganze Familie, alle zusammen eine volle Stube aus; diese aber war winzig genug.

Er turnte sich auf den Fußspitzen zum gußeisernen

Öfchen hin, das in der einen Ecke stand, und machte darin Feuer an für das Frühstück, wie jeden Morgen und wozu er am Vorabend alles hergerichtet hatte. Sowie es auch auf ihn kam, Abend für Abend das Regiment Schuhe zu putzen und sie in der anderen Ecke, nach der Größe geordnet, aufzustellen für den nächsten Tag, sodaß jedes dann auf den ersten Griff die seinen in der Reihe fand.

Jetzt nahm Dominik Handtuch und Seife aus seinem Spind und lief, trotz der Kälte mit nichts als einer kleinen Schlupfhose bekleidet, in den zugigen Waschraum hinaus, dessen Fenster eingeschlagen waren, trat an eines der beiden runden, aus Kunststein verfertigten Brunnenbecken heran, hielt sich unter einen der vielen Auslaufhähne und begann sich zu waschen, eigentlich zu baden, noch allein und ungestört, mit der Gründlichkeit und Vollkommenheit, ja mit dem Ernst einer kultischen Handlung. Einem Ernst, der offensichtlich seine Freude war, ohne daß er je Seneca gelesen oder etwas von der Stoa gehört hatte.

Es war anzunehmen, daß er gerade dieser Gepflogenheit zum nicht geringen Teil den schier unfaßlichen Grad seiner Abhärtung verdankte, welche Abhärtung ihm, da er keinerlei Überrock besaß, sehr zustatten kam; daß er ihr ferner zum Teil die Frische seines Auftretens verdankte, das Unbedingte, das Entschiedene seines Willens, mit dem er jede Lebensschwierigkeit anpackte, meisterte, überwand. Gar seitdem er, zum Unterschied von anderen eingefangenen Jungen seines unglücklichen Stammes, im letzten Augenblick dem ihm schon vorbestimmten Martertod tat- und schlagkräftig entronnen war. Denn er war trotz seiner Jugend durch eine überaus harte Leidensschule gegangen und eine lange Spießrutengasse der Abenteuer, bis er sich zu seinen Leuten durchschlug, bis diese überhaupt sich alle wieder zusammengefunden hatten, nach und nach, von einer Auffangstelle zur andern, hinter der bergenden Grenze. Mit List und Kraft hatte er eine ganze – gliederreiche – Kette des Schreckens gesprengt und von sich abgeworfen, eine grausame Kette, die einem Erwachsenen wohl das Haar gebleicht oder seinen Verstand in die Enge, vielleicht in den Wahnsinn getrieben hätte. Ihn aber hatte alle Unbill nur frühreif und alt- und überklug gemacht, so daß er jederzeit blitzartig seine Chance wahrzunehmen, seine Sternstunden zu nützen wußte. Irgendetwas in ihm hatte sich damals freilich für ständig zum Sprung geduckt, zum Tigersprung, hielt sich seither stündlich in ihm bereit, furchtbar bereit. Wäre ihm einer seiner Peiniger je wiederbegegnet und in die Hände gelaufen, es wäre nicht auszudenken gewesen, welch raffinierte Rache er an diesem genommen hätte. Kein Zweifel, der Knabe Dominik war gefährlich geworden, wo er haßte und wo er liebte. Aber wer dieses tapfere Herz echt und recht für sich gewonnen hatte, wie seine Lieblingsschwester Monika, dem diente es in todbereiter Treue, mit dem verschwor es sich ganz; bis zum Sieg oder Untergang ganz.

Als er nun aus dem Waschraum in die Stube zurückkehrte, um sich anzukleiden und das Frühstück zu kochen, erhob sich Monika, um sich ihrerseits fertigzumachen, und als das alles geschehen war und sie der Mutter erklärt hatten, daß sie und warum sie diesen Tag im Schmidt-Hause zusprechen wollten, machten sie sich dorthin auf den Weg.

Sie fanden Elisabeth unten in der Küche vor, blaß und übernächtig, aber sehr beherrscht, wenn auch mit leidvoll verkniffenem Mund. Sie stand eben am Speisschrank und war gerade dabei, aus einem gut verwahrten, fast versteckten Säckchen lange gesparter echter Kaffeebohnen einen Teil abzuzählen, damit sie der Mutter heute einen heilsam kräftigen Morgentrunk bereite, da hatte auch schon Dominik die

Kaffeemühle zwischen seinen Knien und Monika einen Eimer in der Hand, um nach frischem Wasser zu laufen. Zwischendurch erzählte ihnen dann Elisabeth von den Vorkommnissen der vergangenen Nacht. Ihr Mädchen war noch immer nicht zu Hause.

Er habe es geahnt, daß die Domina großen Kummer hätte, erklärte Dominik, habe es sich gleich gedacht, als er heute nacht das späte Licht in ihrem Haus gesehen. Nun aber seien sie da, zu jeder gewünschten Hilfe und über den ganzen Tag; und er bestehe darauf, daß Elisabeth nachher sich hinlege, wenigstens für ein paar Stunden. Sie erwarteten nur ihre Anordnungen. Den Empfang der Hausgehilfin behalte er sich jedoch persönlich vor, er werde die Sache auf seine Art und nach Gebühr in Ordnung bringen. Er lege Wert darauf, Elisabeth heute eine solche Aufregung und diesen Zirkus zu ersparen. Er hingegen sei auf seinem Fluchtweg nicht umsonst auch eine Zeitlang mit einer Wandertruppe herumgezogen, sei ein Liebhaber gerade von so einem Theater und übernehme daher diesen Auftritt für sein Leben gerne selbst, ganz ohne großen Vorhang, Mitspieler und Souffleur.

Und das geschah später tatsächlich so, es war nicht zu hindern; obschon Monika, die mit Elisabeth zu deren Mutter in den ersten Stock hinaufging, sich noch auf der Stiege umgewendet und ihm beschwörend zugerufen hatte: »Mach aber keinen Unsinn, Dominik, hörst du!«

»Unsinn?« hatte er zurückgefragt.

Als das Mädchen etwas beschwipst und zausig, vom Tabakrauch gebeizt, der sie wie eine Wolke umgab, und mit leicht entzündeten, rot geäderten Augen endlich herangeschlichen kam, katzensanft und wohl in der leisen Hoffnung, sie werde noch unbemerkt in ihre Kammer, die gleich hinter der Küche lag, und zu ihrem Bett huschen können (als habe sie es soeben in Ordnung gebracht), um dann nach einiger Zeit scheinheilig hervorzukommen, notdürftig gewaschen, umgezogen, ein bißchen zurechtgemacht, und so, als sei sie schon längst nach Hause gekommen und als sei überhaupt weiter nichts gewesen: da sah sie, nachdem sie die Tür vorsichtig hinter sich zugeklinkt hatte, plötzlich Dominik mitten in der Stube stehen, dunkel, aber mit flammendem Blick – und den Hosenriemen in der Hand. Sie erschrak so sehr, daß sie sich zunächst weder von der Stelle rühren, noch einen Laut von sich geben konnte, um so weniger, als sie sich kurz vorher aufatmend schon ganz in Sicherheit gefühlt hatte, und wußte im gleichen Moment, da sie dem Burschen ins Auge gesehen hatte, was ihr nun bevorstand, daß sie aber, wenn sie flüchtete, wenn sie um Hilfe schrie, ihre Lage nur noch schlimmer, weil auffälliger, machte. Und da sauste auch schon der erste wohlgezielte Hieb auf sie nieder, ein zweiter, dritter, Schlag auf Schlag. Er jagte sie um den Tisch herum, zum Fenster, in jeden Winkel und verprügelte und striemte sie so, wie sie noch nie in ihrem Leben gezüchtigt worden war, und tat das alles, ohne dabei ein Wort zu sagen und als tue er nur das Selbstverständlichste von der Welt. Und da geschah das Unglaubliche, daß dieses sonst so freche und maulfertige Ding offenbar ganz klein und kirre wurde, sich seinerseits lautlos verhielt, Weibs und listig genug, um nicht durch aussichtslosen Widerstand den Tobenden noch mehr zu reizen, ja der strafende, rächende, sie so herr- und meisterlich verledernde Bub wuchs erheblich in ihren Augen, begann ihr wohl in heimlichem Grauen wie ein richtiger Mann zu imponieren, und als er von ihr abließ, ging und die Tür hinter sich ins Schloß knallte, heulte sie noch immer nicht, verbiß sie auch weiter die Schmerzen und kam weder diesen Tag noch später jemals darauf zurück.

Während Elisabeth die Mutter, die sich zwar etwas wohler fühlte, aber ungewöhnlich apathisch zeigte, mit größter Vorsicht und Umsicht betreute, ihr das Frühstück gab, sie bettete und wusch, sie dabei zur äußersten Ruhe verhielt, immer eingedenk der Warnungen des Arztes, räumte Monika unterdessen die beiden Stuben auf. Sie übernahm es auch, sich diesen Tag ganz um den Haushalt zu bekümmern und also vor allem auch das Mittagessen vorzubereiten.

Dominik, erklärte Elisabeth, werde sie einkaufen schicken, und dann müsse er für sie und an ihrer Statt dringend mit dem Rad und einem Bescheid, den sie schon ausgefertigt habe, in die Bezirksstadt fahren und so auf einem Amt etwas Geschäftliches ordnen, das unaufschiebbar war, das sie aber aus bestimmten Gründen diesmal lieber nicht dem Verwalter anvertraue.

Auf diese Weise würde sie sich, nach dem Besuch des Arztes, wirklich ein paar Stunden ausruhen können. Gleich nach Mittag aber müsse sie, während Monika bei der Mutter zu Hause bleibe, endlich wieder einmal in die Felder fahren und Nachschau halten. Die letzten Düngungsarbeiten, ohnedies heuer infolge der Witterung verzögert, gingen ihr nämlich nun schon zu lang her, sie befürchte demnächst Regen, der Dünger müsse schleunigst eingeackert und die Erddecke überwalzt werden, alles Dinge, die sie nur darum anführe, weil gerade Monika hiefür gewiß volles Verständnis haben werde.

Am späten Nachmittag aber könne sie sich dann – dank ihrer Unterstützung, die sie ihr nicht vergessen werde – mit der dringlichsten Korrespondenz beschäftigen.

Sollte Monika aber unten endlich das Hausmädchen antreffen, so genüge es, diesem zu bestellen, daß es sich für den laufenden Tag in seine Kammer zurückziehen und ausschlafen dürfe. Mit so lahmen, linken Diensten sei ihr ohnehin nicht geholfen und das einzige, was sie heute von ihm verlange, sei lediglich die Wohltat, ihr vorderhand nicht unter die Augen zu kommen; aber es möge sich abends für die kommende Nachtwache bereithalten.

Als nach etwa einer Stunde der Bursche mit dem Rad und seinem Auftrag nach der Bezirksstadt fuhr, begegnete er unweit von dem Gehöfte, nur etliche hundert Schritte davor schon dem Arzt, der zu ihnen unterwegs war, den versprochenen Krankenbesuch zu machen.

Da sprang der kleine Dominik ab. (Aber war er klein? Ging er doch selbst dem Manne bis über die Augen!) Er schob das Rad an ihn heran und brauchte sich nicht lange bekannt zu machen, der Doktor begriff bald, wen er vor sich hatte. Der Bursche berichtete, daß es vermutlich besser stünde. Daß dem Doktor aber möglicherweise eine zweite Patientin erwarte. – Der Arzt erschrak etwas: »Elisabeth?«

Nein, nein, beruhigte ihn der Junge, es handle sich da um ganz leichte Ware. Und nun erzählte er vorbeugend dem Doktor, wie sehr er und warum er das Hausmädchen Anna versohlt und versalzen habe; es komme ihm, wenn es sein müsse, auf vierzehn Tage Jugendarrest nicht an.

Sosehr der Mann das Lachen verbiß, gelang es ihm doch nicht ganz, die richtige Amtsmiene aufzustecken. Die kauzige Art dieses lebfrischen, stämmigen Bauernbuben belustigte ihn innerlich. Er empfand hier wirklich keine Lust, sich ihm gegenüber als Tugendbold und Sittenwächter aufzuspielen. Im Gegenteil. Er sehe aus allem, sagte er daher zum Trost, daß sie sich beide auf die Weiber verstünden. Und nach beider Erfahrungen werde die Trulle sich sehr wohl hüten, auch nur ‚Muck' zu sagen. Was er da in gerechtem Zorn angerichtet habe, das sehe ihm bald ein Richter nach und durch die Finger. Vom Standpunkt der Medizin aus sei seine Behandlung sogar empfehlenswerter gewesen als einige Ohrfeigen, die mitunter ja wirklich schon Schaden angerichtet hätten. Dem Körperteil aber, dem er sich in der Hauptsache zugewandt habe, dem, sagen wir, Buckel dürfte das bißchen Pfeffer gar nicht übel bekommen haben. Das würzte der flotten Dame schließlich nur die Suppe, die sie sich selber eingebrockt. Doch sei er überzeugt und ansonsten dafür, daß der Zwischenfall ganz unter ihnen dreien bleibe. Es sei wirklich nicht nötig, daß irgendwer vierter davon erfahre. Nein, auch Monika nicht; auch nicht Elisabeth. Genug, wenn sie es ahnten. Ob er verstanden habe. Dominik sei schließlich ja doch schon ein Mann. Er, der Alte, ersehe das gerade daraus, daß Dominik trotz seiner Jugend von sich aus noch nichts ausgeplappert habe. Recht so, das sei Kavaliersart. Und wenn das Weibsstück selber bis jetzt geschwiegen habe, werde es auch weiterhin dabei bleiben. Schwamm darüber also!

Mit einem Handschlag verabschiedete sich Dominik vom Doktor und schwang sich schmunzelnd auf das Rad.

Auch der Arzt lächelte noch, als er in das Haus trat und vorerst einen kleinen Abstecher in die Küche machte. Monika überhörte zunächst seinen Eintritt, da sie eben ein Huhn zerlegte und gerade den Schlegel schwang. »Ja, ja, bei den Selbstversorgern«, rief er sie an, »da gibt's freilich noch so eine Musik! Unsereiner darf sich den Mund wischen. Dem Hähnchen da spielst du ja fein auf, Monika, mit deiner Donnerpauke. Aber laß dich nicht stören!« meinte er, als sie sich die Hände abtrocknen wollte. »Was ich wissen muß, weiß ich schon. Ich habe deinen Bruder getroffen. Wird er wirklich erst fünfzehn?« fragte er. Und da Monika bejahte, sagte er: »Es ist kaum zu glauben. Aber ihr Wiegele seid eben, man merkt's, ein ganz besonderer Stamm. Schön von euch übrigens, daß ihr Elisabeth beisteht. Schickt sie dann bald ins Bett! Ich gehe jetzt zur Mutter hinauf.«

Als der Arzt die Krankenstube betrat, legte Elisabeth rasch den Finger an den Mund. Die alte Frau war, von der frischen Luft benommen, wieder eingeschlafen. »Um so besser«, sagte der Doktor und betrachtete die Züge der ruhig Schlummernden und fühlte ihr vorsichtig den Puls. Er schien zufrieden mit dem Verlauf. »Es bleibt alles so, wie wir abgemacht haben, Elisabeth«, flüsterte er ihr zu. »Und Ihnen selber wird dieses Kräftigungsmittel gut bekommen, das ich Ihnen da mitgebracht habe.« Er holte es aus seiner Tasche hervor. Elisabeth verneigte sich dankend und bat ihn zu sich in ihre Kammer hinüber. Dort ließen sie sich nieder. »Habe ich es notwendig?« fragte sie. »Leider ja«, betonte der Arzt. »Sie reiben sich auf, Elisabeth. So ist Ihre Lage nicht haltbar. Gestatten Sie mir heute ein offenes Wort dazu! Das Schicksal war Ihrem Hause nicht hold. Daß Sie sich ihm entgegen und in die Bresche warfen, das alles hat natürlich seine Ehre. Aber Sie lieferten ein Nachhutgefecht, Elisabeth. Die Schlacht ist und bleibt verloren.«

Er war auf heftigen, ja sogar trotzigen Widerstand gefaßt gewesen. Da dieser jetzt ausblieb, wußte er, wie gut sie ihn verstand. Sie hatte die Hände in ihrem Schoß liegen, hatte diese ineinander verschränkt, den Kopf gesenkt, sprach nichts, wehrte sich nicht mehr.

»Liebe, gute Elisabeth«, sagte er, »ich halte es für das beste, wenn Sie verkaufen.«

Da sie noch immer schwieg, durfte er annehmen, daß sie selbst schon an dieses Ende gedacht habe. Ihr abweisender Stolz von gestern war offenkundig dahin. Es schien, als beuge sie sich einsichtig dem wohlmeinenden Rat des erfahrenen Mannes, des treuesten Freundes, den ihre Familie je besessen hatte.

»Die Sache ist einfach die, Elisabeth: die harten, unverdient harten Umstände haben euch zwei Frauen an die

Wand, an den Rand gespielt. Ihr lebt schon jetzt so gut wie im Ausgedinge.« – Sie protestierte auch dagegen nicht.

»Eure Herrschaft ist eine Fiktion. Der Schlachtentod der beiden Brüder und Erben, die Ermordung Ihres Vaters waren schon Katastrophe genug. Zuletzt aber habt ihr zwei Frauen durch eure Flucht den Besitz monatelang verwaist, und Sie wissen, Elisabeth, wie man damals allenthalben mit scheinbar herrenlos gewordenem Gut verfuhr. Die Arbeit aber mußte weiter gehen, und sie ging schlecht und recht weiter. Der Betrieb wurde von der Gefolgschaft fortgeführt, und sie hat sich darum, auch der Verwalter, gewiß Verdienste erworben. Nehmt alles nur in allem! Als ihr beiden Frauen aus dem Westen zurückkehrtet, da übernahmt ihr theoretisch wohl wieder euren Besitz. Das war in Ordnung und Rechtens, und nichts und niemand konnte euch das streitig machen, was euch – nach der Verbringung von so vielem als Kriegsbeute, nach der Ausplünderung durch den Ortspöbel und nach einer gewissen Mißwirtschaft – verblieben war. Allein, die einmal verlorene Autorität ist nicht mehr zurückzugewinnen. Auch mit den besten Rechtsanwälten nicht. Schon gar nicht aber mit Auftrumpfen, Elisabeth. Schon gar nicht so, daß man über die soziale Frage, die vordringlichste unserer Zeit, hinwegsieht. Buchstaben sind heute, wenn Sie noch so sehr darauf pochen, keine rechte Schanze mehr, hinter der man sich behaupten könnte; und ein ernstlich scheu gewordenes Pferd fängt man so leicht nicht wieder ein. Sie sagen gar nichts dazu oder dagegen, Elisabeth?«

»Nur das wenige, verehrter Freund, daß ich Ihnen für Ihre gute, treue Meinung danke; daß ich müde bin; und daß ich aus eigenem zu einem ähnlichen Entschluß gekommen bin und das Nötige bereits eingeleitet habe. Genügt Ihnen das vorderhand?« fragte Elisabeth.

Der Arzt erhob sich, nickte und ging.

Der Brief jedoch, den Stephan mittlerweile an sie gerichtet hatte und der den Wagen wenden sollte, war noch nicht in ihre Hände gelangt.

*

Nun war der Frühling nicht mehr aufzuhalten. Die Sträucher begrünten sich stürmisch, von einem Tag zum andern. Die Forsythia blühte dottergelb in den Anlagen. Die Wandervögel waren fast alle wieder da.

Sprühfeiner Regen tickte seit der halben Nacht auf die Straßen und Plätze der Stadt herab, ein sanfter, lauwarmer Wind blies ab und zu in kleinen Stößen die Menschen an, die sich im Morgengrauen hinter dem Bahnhof für den Flüchtlingszug sammelten, der auf einem abseitigen Stockgeleise bereitgestellt war.

Der Zug war durchwegs aus Wagen zusammengestellt, wie sie einmal dem Transport von Pferden und Schlachtvieh gedient hatten. Die Wagen waren völlig leer, doch peinlich saubergemacht. Jeder Reisende mochte sich seinen Sitz selbst herstellen, wie er wollte, aus seinen Gepäckstücken und Decken. Da die Nächte noch kalt waren, wurden für jeden dieser Frachtwagen ein Öfchen und etwas Brennmaterial ausgeteilt. Der Gruppenverantwortliche hatte beides zu übernehmen; denn es wurde von der Zugsleitung auf strengste Ordnung gesehen, welche Ordnung die Kontrolle an der Zonengrenze erleichtern und abkürzen sollte. Jeder, der sich für den Transport hatte einschreiben lassen, wußte genau, wo er hingehörte, in den oder jenen Waggon. Die Belegschaft jedes Wagens aber bildete eine Gruppe, und der Älteste führte die Liste. An ihn hielt man sich.

Die meisten der Reisenden waren zivile Rückwanderer. Die Frauen und Kinder zumal waren noch während der letzten Kriegsmonate vor den Bombenangriffen und Kampfhandlungen nach dem Westen geschafft worden oder von sich aus geflohen. Sie hatten hier zwar notdürftig Obdach und Unterhalt, aber keineswegs eine Heimat gefunden und fuhren jetzt nicht ungern, was immer kommen mochte, in diese zurück. Darein mischten sich zahlreiche Heimkehrer. Ihre Tracht war nicht weniger bunt und abenteuerlich. Vieles von ihrer Ausrüstung erinnerte noch an den Soldaten. Manches wies schon voraus in ihre wieder bürgerliche Zukunft. Ihre Gefühle waren ähnlich gemischt.

Das Elend unter den Flüchtlingen war groß. Sie hatten damals oft nicht viel mehr, als was sie auf dem Leibe trugen, mitnehmen können. Dieses Wenige war die ganze Zeit, und das heißt: mindestens über ein Jahr her, natürlich nicht besser geworden; die Wäsche mithin noch schleißiger, die Kleidung noch abgerissener, vielfach geflickt und gestopft. Den aufwachsenden Kindern waren Hosen und Röcke zu klein geworden, und nun sahen sie wie die Vogelscheuchen aus. Oder umgekehrt, sie steckten in viel zu großen, alten Schuhen, die sie von irgendeinem Erwachsenen geschenkt bekommen hatten, und nun stelzten sie darin unsicher mit ihren Storchenbeinen umher. Halbwüchsige trugen abgelegte Männeranzüge; aber wie sie sich auch streckten und dehnten, diese schlotterten um ihre schmalen, aufgeschossenen Leiber herum, und die Hände schauten kaum aus den zu langen Ärmeln hervor. Den Müttern sah man es an, daß sie von dem Ihrigen immer wieder noch etwas geopfert hatten, aber nun wäre es bald nicht mehr weiter gegangen. Das letzte irgendwoher ‚geerbte' Kopftuch war absichtlich zu einem Turban gewunden, weil man so die schadhaften Teile – und welche waren es nicht? – noch eine Zeitlang mit Geschick verbergen konnte. Der gebirglerische Spenzer harmonierte nicht recht mit dem abgeschabten, noch großstädtischen Kostümrock von einst. Fast alle sahen sie erschöpft und wie aus ihrem Stand gefallen aus. Ihre Hände erzählten von groben Arbeiten und bitterster Armut; ihre Augen, ihre Wangen von Hunger, von jederlei Not.

Da und dort begannen die Reisenden bereits sich häuslich einzurichten, sich miteinander anzufreunden. Man konnte vielleicht wirklich Anschluß brauchen; war man ja auf eine zwei Tage lange Fahrt gefaßt für eine Strecke, die man einst mit dem Eilzug in einem halben Tag zurückgelegt hatte.

Die Schiebetüren hinten wurden ganz dicht gemacht, um die lästige Luftbewegung abzuschwächen. Die vorn standen nämlich in ganzer Breite offen, und die Kinder turnten quecksilbrig ein und aus. Sie waren wie ausgewechselt, behaupteten die Mütter, und nicht leicht zu bändigen. Das Ungewohnte, Neuartige dieser Fahrt irgendwohin, das die Großen Heimat nannten, aber den raschlebigen Kleinen mehr oder weniger entschwunden war, eine verblassende Erinnerung, etwas vom Hörensagen, bewegte sie sehr. In dem und jenem finsteren Winkel hatten sich auch bereits Einsame angesiedelt und brüteten vor sich hin, grimmig entschlossen, sich in kein anderes Gespräch einzulassen als in das mit sich selbst, den eigenen Sorgen und dem eigenen Morgen. Aber eigentlich stumpfe, gleichgültige Mienen fanden sich hier selten, fast alle waren sie gespannt, erregt, und Sonne wie Wolken fuhren darüber hin, und die Seelenblitze zuckten darin auf und ab wie schnellende Fischleiber über licht- und schattenspiegelnden Teichen.

Manch ein Ex-Soldat hatte seinen Pack verstaut und ging noch, eine Zigarette rauchend, die seine eigene Unruhe vernebeln sollte, vor dem Zuge hin und her. Andere tankten Trinkwasser in ihre Feldflasche. Wieder einer besorgte sich eine Handvoll Zeitungen aus Angst vor Langeweile. Ein Kleeblatt spielte schon Karten. Aus einem der Wagen ließ sich ein erstes häßliches Gezänk vernehmen. Irgendein ewig Aufgeregter fühlte sich bereits bestohlen, vermißte etwas, das er suchte und nicht gleich fand, bis ein Besonnener den Mißtrauischen beruhigte, ihn auf das Verlorengeglaubte hinwies, das dieser in seinem nervös um und um gedrehten Kunterbunt höchstselber verstrudelt hatte. Ein durchtriebenes junges Ding in Trainingshosen begann einen Heimkehrer wie eine Katze zu umkreisen, war darauf aus, ihn anzuzünden, ihre Blicke spannen von ihr zu ihm einen leicht zu deutenden Verbindungsfaden, nur nahm ihn der vermeintliche Partner nicht auf, ja er wandte sich jäh herum, und da riß das Garn.

Nun traten auch Stephan und Albert aus der großen Flügeltür, die von der Halle heraus auf den Bahnsteig führte. Albert humpelte heut noch etwas mühseliger als sonst. Die feuchte Witterung hatte zudem sein rheumatisches Leiden wieder aufleben gemacht. Er schob sich nur unter großen Schmerzen vorwärts. Stephan trug das gesamte Gepäck zum Zug, zu ihrem Waggon. Es mußte gleich der erste sein, da sie sich sehr früh hatten einschreiben lassen und da die Einteilung in Gruppen – bis zu dreißig – danach erfolgte; fortlaufend und nachrückend. Stephans letzte Hoffnung, er werde unter denen, die aus diesem Anlaß vor dem Amt in der Schlange warteten, vielleicht doch noch Michel Halblehner vorfinden, hatte sich – leider – freilich auch gestern nicht erfüllt.

Ihr Wagen, es war tatsächlich der erste, war bereits zur Hälfte belegt. Doch gelang es noch ohneweiters, für Albert einen bequemeren Platz an der Wand sicherzustellen; bequemer, weil man sich an diese anlehnen konnte. Stephan begnügte sich gern mit einem über der Binnenfläche und in der Nähe der Tür. Er verstaute das Gepäck, baute den Sitz für Albert zurecht, und dieser nahm, erleichtert aufseufzend, sogleich Platz. Stephan drehte Albert vorsichtig in dessen wärmste Decke ein.

»Von diesem Augenblick an«, scherzte Albert, »kann von mir aus die neue Epoche anheben, kann die Kanonade von Valmy mit ihrem Salut beginnen. Ich bin grundsätzlich zu einer aufgefrischten Zeitrechnung bereit.«

»Stimmt«, sagte Stephan. »Und sie hat auch begonnen. Aber in friedlicher, festlicher Absicht, du unverbesserlicher Krieger. Unsere Lokomotive donnert bereits. Sie räuspert sich schon. Es dauert wohl nicht allzu lange mehr, und wir fahren mit Volldampf endgültig ins Zivil.«

»Volldampf, das lassen wir zunächst dahingestellt sein«, riet Albert zur Vorsicht. »Doch ist auch eine Schneckenpost unter sotanen Umständen etwas Schönes. Unser technisch so hochstehendes Säkulum griff nämlich jetzt gern wieder auf die – Dampfschnecke zurück. Warum auch nicht. Hast du sie dir näher angesehen? Es handelt sich um eine mit Patina, mein Lieber, um ein ehrwürdiges Stück. Man holte sie jetzt gern wieder aus dem Museum, und es schadet nichts, daß die Altvordern sie respektlos zuletzt als Teekessel verwendet hatten. Und so fahren wir traditionsbewußt eben mit der guten alten Zeit in die neue Zeit! Ich selber brauche auch nur noch meinen vorhin beim Frühstück gehorsam abgedämpften Zigarettenstummel aufs neue unter Dampf zu setzen, ihn wieder zu entbrennen, und du – verzeih, Stephan, daß mir das jetzt erst einfällt! – brauchst mir freundlicherweise bloß noch eine Zeitung, mein neues Leibblatt, zu besorgen: und meinem Glück im Winkel hier steht nachgerade nichts mehr im Weg.«

Stephan sprang also noch einmal aus dem Wagen, um die Zeitung zu holen, und ging auf den Verkaufsstand unter dem Vordach zu. Da war es ihm, als müsse vor ihm ...

Ein junger Heimkehrer ging seitlich vor ihm, noch in

beträchtlichem Abstand, die Hände auf dem Rücken (pomadig wie ein Zivilist, mußte Stephan denken) und wohl noch gern auf und ab prominierend, ehe das Dauerhocken begann. (Es war übrigens der nämliche, der sich kurz vorher vor dem lockenden Weibsluder mit einem jähen Ruck auf den Fersen herumgedreht hatte.) Aber ganz sicher war Stephan nicht. In dieser Kluft sah bald einer einem andern ähnlich. Möglich aber war es doch. Und dann hatte der sich wohl auch für den Zug, nur eben später als sie, einschreiben lassen. Stephan ging ihm nach, ging näher an ihn heran. »Michel«, sagte er hinter ihm; leise, ungewiß. Und da dieser sich jetzt umwandte, es wirklich war, überkam, überfiel, überwältigte Stephan eine so elementare Freude, daß er nicht anders konnte, daß er den Burschen stürmisch an sich zog, ja riß, daß er ihn heftig umarmte. Da auch dieser nichts anderes herausbrachte als ein verwirrt gestammeltes »Gott sei Dank!« aus dem Grunde des Herzens, gehaucht aus dem Innersten, dem Tiefsten der Seele, wußten sie beide: diese Wiederbegegnung war mehr als ein Zufall, ja war alles eher als Zufall. Ihre Hände fanden sich zu einem langen Druck, ihre Augen zu einem frohen Versprechen.

»Na so was!« befreite sich Michel zuerst. »Was soll ich jetzt tun?«

»Übersiedeln!« rief Stephan aus. »Albert und ich sind im Einser-Wagen. Das wird sich noch ordnen lassen. Ich werde mit der Zugsleitung sprechen. Du kommst zu uns vor. Irgendwer wird gewiß Platz mit dir tauschen.«

»Ja«, sagte Michel kleinlaut. »Hoffentlich. Ich bin im Siebener-Wagen eingeteilt. Ich werde mit dem Gruppenältesten sprechen. Ich hole mein Zeug.«

»Ich springe nur noch um eine Zeitung«, sagte Stephan. »Für Albert, weißt du. Der wird Augen machen. Michel, Michel, wie ist uns nur das passiert!« rief er aus, immer noch hilflos, er, der seiner sonst so Sichere, nun selber nur ein Junge, und umfaßte den Wiedergefundenen sachte noch einmal an den Armen.

»Hat wohl so sein müssen!« sagte Michel bestimmt und mit der Unbekümmertheit der Jugend. Damit liefen beide auseinander, um rasch, rasch noch zu besorgen, was als das letzte Trennende zwischen ihnen stand, aber auch, um aufatmend wieder ganz zu sich selbst zu kommen.

Albert hingegen, eben doch der Älteste von den dreien, nahm ihr Zusammenfinden mit gelassenem Humor auf. »Na, da bist du ja endlich!« sagte er lachend, wie er der beiden ansichtig wurde, so als komme Michel bloß um die Ecke herumgelaufen. »Was einem die Kücken heutzutage Sorge machen! Es widersprach nur meinem Takt, dich durch die Polizei suchen zu lassen; eigentlich hätte ich es tun sollen. Aber nun kommst du an das Gängelband. Ich werde dir helfen!« Er bot dem immer noch verdatterten Michel die Hand.

Ob jemand so freundlich sei, wandte sich Stephan laut an die Runde, und mit ihrem hinzugekommenen Kameraden Platz tausche, von hier zurück in den Siebener-Wagen.

Aber niemand von den Anwesenden rührte sich, obwohl der Gruppenverantwortliche Stephan unterstützte. Wer saß, saß, und wer seinen Platz einmal belegt hatte, behauptete ihn stur. Das brachte Stephan in die Wirklichkeit zurück. Von seinem Abstecher in den Enthusiasmus. Dieser kleinen Ernüchterung hatte er bedurft. Nach dem Sturm der Gefühle.

Als daher bald danach ein neuer Fahrgast anrückte, der noch nicht Platz genommen hatte und dem es also noch gleichgültig sein konnte, wo er es tat, begann er mit diesem sogleich sachlich zu verhandeln. Der andere nahm augenblicklich seinen Vorteil war. »Kostet zehn Zigaretten!«

begehrte er schmunzelnd. »Abgemacht!« rief Stephan, der Nichtraucher, und zahlte bar in Lagervaluta, über die gerade er, um auszuhelfen, immer am verläßlichsten verfügte. Michel ging mit dem Neuen zurück, um die Angelegenheit auf der Stelle mit seinem Gruppenältesten zu ordnen.

Ihr eigener vorn machte keine Schwierigkeiten. Es war dies ein alter, hagerer Arbeiter mit einem blassen, feinen, leidenden Gesicht, und Stephan sollte nachher während der Fahrt noch manches gute Gespräch mit ihm führen. Er hatte, ein politisch Verfolgter, wie sich später herausstellte, lange Zeit, bis zum Kriegsende, in einem Anhaltelager zugebracht und nach seiner Befreiung fast ein Jahr zunächst in einer Heilanstalt und anschließend in einem Erholungsheim Aufenthalt nehmen müssen, bis er nun endlich, einigermaßen hergestellt, in seine Heimat zurückkehren konnte. Der also hatte sogleich seine Liste vorgenommen, fragte nach den beiden Namen, die auszuwechseln waren, und trug ohne Umstände den neuen für den alten ein. Doch mußte Stephan es übernehmen, den Tausch sofort der Zugsleitung zu melden, was auch geschah. Sie erklärte sich einverstanden.

Und nun saßen die drei Freunde beisammen, und Michel berichtete. Wie er in seinem ersten Freiheitstaumel aus dem Waldlager auf und davon gerannt war und sie verloren hatte, wie er dann zu Fuß in die Stadt gewandert und in das Bad gegangen war, wie er von da ab gastliche Aufnahme bei einer alten Frau und Soldatenmutter gefunden habe und wie diese ihn heute sogar zum Bahnhof gebracht habe, ja, wenn es allein auf sie angekommen wäre, zuletzt beinahe noch zum Zug begleitet hätte.

Und auch Stephan berichtete. Daß er Michel nach der Entlassung vergeblich gesucht, daß sie aber im Lager unverhofft noch ein Mittagessen bekommen hatten, daß sie mit einem Lastauto in die Stadt gefahren und beim Roten Kreuz untergekommen waren, daß er geglaubt hatte, ihn dort wiederzufinden oder doch noch bei der Einschreibung für diesen Flüchtlingszug, daß er jedoch schließlich schon angenommen habe, Michel wolle vielleicht überhaupt nicht mehr in die Heimatzone zurückkehren und werde sich gleich hier im Westen um eine Arbeit umsehen.

Albert nahm an dem Gespräch der beiden nur als interessierter Zuhörer teil. Es belustigte ihn ein bißchen. Er saß da, wie anfänglich Goethes Fischer am Wasser: ruhevoll. Er ergötzte sich, ein wenig überlegen, an ihrem Eifer. Nichts ahnend, daß dieser nieselnde Morgen (und Erlkönig mit Kron' und Schweif) auch für ihn noch eine ganz hübsche Überraschung bereithielt, hinter seinem alles leicht verschleiernden Mantel; er brauchte diesen bloß jetzt und jetzt zurückzuschlagen. Eine Überraschung, die wieder ihn, ihn selbst etwas aus dem Scharnier bringen sollte, faßte sie ihn nur erst an.

Draußen wurden bereits etliche Vorkehrungen für den Abgang des Zuges getroffen, ein Eisenbahner klopfte die Achsen ab, letzte Fahrgäste keuchten an mit ihren Rucksäcken, ihren Koffern, rückten nun eiligst ein, froh darüber, daß sie doch noch zurechtgekommen waren, das Begleitpersonal ging schon die Wagen entlang und ermahnte die Herumsteher, langsam an das Einsteigen zu denken: da erschien im Türrahmen plötzlich, wie aus der Versenkung auftauchend, ein Albert wohlbekannter Kopf, und gleich darauf schwang sich elegant und gewandt in voller Große sein Bruder Hugo in den Waggon.

Albert war nicht wenig verdutzt und dachte im ersten Schreck an nichts Geringeres, als daß der Bruder sich Stephans Vorschlag tatsächlich überlegt habe und wirklich beabsichtige, mitzukommen. Er ertappte sich dabei, eine solche Wendung mit recht zwiespältigen Gefühlen aufzunehmen. Halb hätte sie ihn gefreut, sicherlich; halb aber auch bestürzt, um des Freundes willen, dem er die – fast gewisse – Enttäuschung lieber ersparen wollte. Es stellte sich jedoch sogleich heraus, daß sich die Sache ganz anders, weit harmloser verhielt.

»Da bist du ja, Bruderherz!« rief Hugo. »Endlich! Ganz einfach war es nämlich nicht, sich bis hierher durchzufragen. Doch es ging. Für Geld und gute Worte. Ich bin vor dem letzten Abpfiff vorbeigekommen, um dir doch noch wenigstens adieu zu sagen.«

»Ach, soso: zum Abschied leise ‚Servus', nicht wahr?« spottete Albert, rasch gefaßt und – gestand er sich ein – erleichtert. »Du mußt wissen, Stephan, er hat ein Gemüt, zart wie junger Blumenkohl.« (Schon die Art ihrer Wortgeplänkel wies die beiden bald als Brüder aus.) »Nun gut. Das ist wirklich rührend von dir. Ich danke dir. Aber jetzt stell dich zum mindesten vor!«

»Jawohl und gehorsamst«, sagte der andere. »Hugo Föderer, das – Karnickel!« stotterte er wie verlegen und verbeugte sich gespielt-linkisch vor dem jungen Mann mit der Brille, in dem er sogleich den Theologen erkannt hatte.

Stephan reichte ihm gutmütig die Hand und stellte auch Michel vor.

»Oh, schon zu dritt!« bemerkte Hugo, und es lag ihm bereits allerhand auf der Zunge, um nun gleich scherzhaft auf Stephans Vorhaben abzuzielen, er nahm auch Anlauf dazu mit »Schon gehört« und »Zweijahrplan«, mit »Löblich, löblich« und ähnlichem, aber er kam in diesem Ton nicht weit. Er erlebte dabei etwas sehr Sonderbares, das ihn ziemlich beeindruckte und das jeder in einem solchen Fall Stephan gegenüber erlebte. Stephan, der ansonsten fast jeden Spaß verstand, der Alberts gelegentlichen Zynismus gerne überhörte, weil er hinter den bitteren, polternden Worten ein Herz pochen fühlte, das er als groß und edel erkannt hatte, Stephan erlaubte nicht, niemals und niemandem, so Zentrales mit beiläufigem Wortwitz und billigem Sarkasmus anzugehen. Er wurde ganz plötzlich ernst, so sehr ernst, daß der Partner sich seines Mißgriffes, seines Irrtums in der Person jäh bewußt wurde. Diese Änderung schaffte nun auch hier schleunigst die nötige Distanz.

»Wir waren alle miteinander lange genug Soldaten, Herr Föderer, auch Sie«, sagte Stephan leise, aber mit Nachdruck, »um zu wissen, daß sich das Soldatische nicht im Schießen und Dreinhauen erschöpft. Ja, es ist wohl eine Haltung an sich, zum Leben, zur Welt überhaupt und hat dann mit Pulver und Blei herzlich wenig zu tun. Nun hat es eben meinem Schicksal, das nicht Ihr Schicksal ist, gefallen, daß ich dieser Tage meine Uniform zwar in einem rein äußerlichen Verstande ausziehen durfte. Gott sei Dank! Sie aber anders, auch innen abzulegen, das verwehrt es mir noch. Vielleicht sogar für immer. Ja, die Fügung stellte mich neuerdings auf Posten, mehr: ausdrücklich wieder an die Front. Sehen Sie, Herr Föderer, und dabei sind mir natürlich, angesichts der ungeheuren Schwierigkeiten, die mich erwarten, echte, rechte Kameraden äußerst willkommen.« (Michel Halblehner horchte auf und fühlte sich mit angesprochen.) »Denn ich bin«, fuhr Stephan nach einer Weile fort, »keineswegs so mutig, wie Sie glauben. Allein würden mir vielleicht bald die Arme sinken. Sei dem wie immer, ich muß einer Pflicht gehorsamen, einer Pflicht, die sich zwar gar nicht von selbst versteht. Was wäre das auch für eine klägliche, kümmerliche Pflicht, die sich von selbst verstünde! Nein, es ist eine seltsame Pflicht. Sie ist voller Geheimnisse und Dunkelheiten. Recht eine Landschaft in mehrfach gestuftem Grau. Ihr muß ich gehorsamen, und also will ich ihr gehorsamen. Aber nicht, weil ich sie durchaus will. Sondern ich will sie nur, weil ich sie wollen muß. Das macht einen Unterschied aus, den ich Sie zu beachten bitte. In diesem Sinne also! Sie haben abgerüstet, Herr Föderer. Völlig. Ich darf es nicht. Nicht ein bißchen. Ja nicht einmal eine Kampfpause wurde mir gewährt. Mir nicht. Ich beneide Sie trotzdem nicht. Ich beneide Sie nicht.«

»Damit tun Sie recht«, erwiderte Hugo, nun seinerseits ernst geworden. »Es ist wahr, ich habe mich treiben lassen«, bekannte er. »Und nun werde ich herumgetrieben.« Die Lust zu Spott und Spaß war ihm offenkundig gründlich vergangen. »Erst stand ich nur am Trichterrand. Dann hat mich der Sog immer tiefer hineingeführt. Ich habe in den letzten Tagen einiges nachgedacht. Über m e i n e Landschaft; dieses tropisch üppige, farbenbunte Dschungel-Chaos mit dem dominanten Rot. Es hat erst recht seine Gefahren. Nein, wirklich, beneiden Sie mich nicht! Es besteht fast nur aus Gefahren. Lassen Sie mir Zeit! Und denken Sie nicht zu gering von mir! Ich danke Ihnen, daß Sie mir helfen wollten. Ich bezweifle es jetzt nicht mehr: in einem geistigen Verstande. Sie haben ein Riff in meine Wirbel vorgebaut, ich weiß es sehr wohl, nicht damit ich daran strande; sondern um mich allenfalls darauf zu retten, wenn das noch möglich ist. Wenn das noch möglich ist«, schloß er kleinmütig und zuckte die Achseln.

Albert hatte überrascht aufgeschaut. Sein großer, fragender Blick hing bald an Hugo, bald an Stephan, den die Freude (eine nicht von dieser Welt) von tief innen her verklärte. »Hugo«, sagte er mild, »ich ahnte es von Anbeginn, daß Sie im Grunde – wohlgemerkt: im Grunde – eben doch der Bruder Ihres Bruders sind. Könnte es auch viel anders sein? Ein Trotzkopf sind Sie. Wie er. Aber noch mit dem anderen Vorzeichen. Ich habe niemals gering von Ihnen gedacht. Ich darf es nicht. Ich habe kein Recht dazu. Leben Sie wohl! Nehmen Sie das, bitte, nicht als erstarrte, ausgeleerte, hergeleierte Grußformel hin! Im ursprünglichsten Wortsinn meine ich das, sage ich Ihnen das: Leben – Sie – wohl!«

Hugo stand eine Weile noch sinnend da, bis er begriff: Hier war weiter nichts mehr zu sagen. Er verabschiedete sich von Stephan. Er verabschiedete sich auch von Michel, dem zwar manches Drumherum vom Verstande her zunächst noch dunkel und unklar blieb, dessen Gefühl aber doch die wesentlichen Bezüge, die Zusammenhänge, auf die es ankam, sehr richtig erfaßt hatte und der von sich selber nur zu gut wußte, was alles er Stephan, dem älteren Freund, verdankte. Endlich reichte Hugo auch seinem Bruder die Hand, mit einem: »Das Beste, Albert!«

Dieser konnte sich nun doch die Frage nicht versagen: »Hugo, sei aufrichtig, bist du wirklich nur darum hieher gekommen, um von mir Abschied zu nehmen?«

»Nein«, gab Hugo jetzt zu. »Aber ich wagte vorhin nicht, mir das selber schon einzugestehen.«

Er ging, und bald darauf setzte sich der Zug in Bewegung. Lange schwiegen die Freunde. Ein jeder überließ sich seinen Gedanken. Doch dann nahm Stephan Michels Hände in die seinen und sagte: »Und nun zu uns beiden, Michel! Was ist eigentlich für die nächste Zukunft dein Lebensplan?«

Michel legte diesen dar. Jetzt in voller Offenheit. Sein Auge hing an dem des wiedergeschenkten Freundes mit kindhaftem Vertrauen.

»Ja, so ungefähr habe ich mir das vorgestellt«, sagte Stephan. »Du hast mich nicht überrascht.«

»Aber ich habe gerade darüber bisher zu niemandem gesprochen. Auch nicht zu dir«, wandte Michel ein.

»Nein, das hast du nicht«, sagte Stephan lächelnd. »Das mußtest du nicht. Nicht mit ausdrücklichen Worten. – Gut,

Michel, ich billige durchaus deinen Plan. Aber du kommst mit mir und zu mir. Du kannst ihn auch zusammen mit mir verwirklichen. Du wirst sehen.«

»Wenn ich darf, ja«, erwiderte Michel. »Gern. Ich tue längst alles, was du willst«, sagte er und fühlte sich namenlos erleichtert. »Führe mich! Wohin du – mußt.«

Stephan schwieg, ergriffen und wohl im gleichen Ausmaß beschwert, wie der andere entlastet. »Ich danke dir für dein Vertrauen, Michel«, sagte er dann einfach. »Ich weiß, du tust längst schon, was – Er will«, stellte er richtig.

Mit wachsendem Interesse fuhren sie durch das Land. Je weiter sie nach Osten kamen, desto mehr wuchsen die Kriegsschäden an. Sie kamen an zerstörten Farbiksanlagen vorbei, fuhren durch die ruinenhaften Bahnhöfe der Städte. Aber überall wurde eifrig wieder aufgebaut. Auf dem Land waren die Frühjahrsarbeiten der Bauern in vollem Gang. Manchmal fuhren sie ganz langsam über Notbrücken, nur im Schritt. Überhaupt kamen sie nur mäßig vorwärts. Die Nacht war schon hereingebrochen, da standen sie endlich an der Zonengrenze. Die Kontrolle begann. Es mußten sich im letzten Abschnitt ihrer Reise einige Schwarzfahrer eingeschmuggelt haben, die nicht gemeldet waren, Schleichhändler wohl, die den privilegierten Zug mißbrauchten. Denn das Gepäck der ordnungsgemäß Eingeschriebenen blieb als Flüchtlingsgut bei den Kontrollen völlig unbehelligt. Der Zug wurde strafweise vom jenseitigen Flußufer wieder zurückgeschickt. Jetzt griff die Zugsleitung energisch durch. Die Gruppenführer zählten die Belegschaft ihrer Wagen an Hand der Namenslisten aus. Die Ertappten nahmen schleunigst Reißaus. Unter den Verwünschungen der Heimkehrer, die endlich nach Hause kommen wollten. Nun wurde der Zug angenommen und durfte passieren. Es ging der Heimat zu.

Die Erregung der letzten Stunden wich. Viele verfielen bald in lösenden Schlaf. Die Gespräche versickerten. In einigen Wagen glühten sanft und knisternd die Öfchen. Die meisten hatten darauf verzichtet. Die Nacht war mild.

Alberts Kopf war vornüber gesunken. Er sah und hörte nicht mehr. Michel hatte lange noch gewacht. Dann übermannte es auch ihn. Er lehnte leicht an Stephans Schulter. Ganz still war es im Wagen geworden. Der Zug hielt, fuhr, hielt wieder, fuhr von neuem los, in aller Stille abgefertigt. Die Tür stand halb offen. Im blauschwarzen Rahmen standen die Sterne oder fuhren sachte mit.

Stephan wachte, und sein andächtiger Blick hing wie gebannt an ihnen. Auch der alte Arbeiter im Winkel wachte. Die beiden hatten tagsüber manches gute Gespräch über die Zukunft des Landes miteinander geführt, der Christ mit dem Sozialisten. Nun taten sie es lautlos wieder. So oft im Hintergrund die glosende Zigarette emporfuhr und das Gesicht des greisen Gruppenführers mild erhellte, sah Stephan, daß die Augen des anderen auf ihn gerichtet waren. Immer noch.

Manchmal wehte ein Hauch wie von Bangnis durch die Tür an Stephan heran, und er trank mit der Luft die Sorge ein, ob er bestehen werde, was ihn draußen erwartete.

Mit den Händen hatte er wiederum seine Knie umfaßt. Der schlafende Michel lehnte leicht an seiner Schulter. Die Zigarette im Hintergrund gloste, versprach: Ich wache mit. Im Türrahmen standen die Sterne.

*

Als der Briefträger kam, befand sich Elisabeth gerade in der Küche unten, um für die Mutter etwas Kompott zu holen, das diese sich ausdrücklich gewünscht hatte. Es ging nun wirklich mit ihr aufwärts. Der erste Appetit stellte sich ein, seit sie gestern für ein, zwei Stunden und auch heute wieder ein wenig aufgestanden war. Der Doktor hatte sich bisher von einem zum andern Mal zufriedener gezeigt, wenn er auch nach wie vor zu äußerster Behutsamkeit und Schonung riet. Für diesen Tag wurde er erst noch erwartet.

Der Briefträger übergab also Elisabeth heute persönlich die Post. Sie überflog diese gewohnheitsmäßig – und setzte sich. Es kostete sie Mühe, Stephans Schreiben nicht schon im Beisein des Hausmädchens zu öffnen. Sie bezwang sich aber doch; den Brief mit der ihr wohlbekannten Handschrift nur um und um wendend. Er war offensichtlich bereits in der Freiheit verfaßt, in der Heimat abgefertigt. Sie legte ihn dann aber doch mit allem übrigen anscheinend gleichgültig fort, vorerst auf das Fensterbrett, bis sie nach oben ginge, und hantierte weiter, etwas zerstreut. »Für Sie ist nichts dabei, Anna«, beruhigte sie das Mädchen, dessen neugierig fragenden Blick sie nicht unbeantwortet lassen wollte.

Unwillkürlich fiel ihr ein, wie Stephans erster Brief aus dem Lager durch die Vermittlung eines Kameraden eines Tages zu ihnen gekommen war, nachdem sie über neuneinhalb Monate insgesamt nichts mehr von ihm gewußt – und wie sie den Brief sofort auf dem gleichen Weg bedankt und erwidert hatten. Wie damals alles in ihr frohlockt hatte: Er lebt! Er lebt!

Inzwischen war doch auch einmal eine Rote-Kreuz-Karte eingetrudelt, reichlich verspätet und durch jenen Brief längst überholt, obschon er viel später geschrieben und mitgegeben worden war. Eine amtliche Karte mit den erlaubten zehn Worten in Blockschrift, die nur wiederholten, was sie schon wußten: unverletzt, gesund, da und dort in der und der Kriegsgefangenschaft.

Aber nun, aber jetzt war Stephan frei, endlich, und auf dem Boden der Heimat!

»Ich werde doch lieber diese Pfirsiche nehmen«, sagte sie gelassen und stellte das Glas mit den Kirschen aus dem vorvorigen Sommer, das ihr wie durch ein Wunder und als eiserne Ration geblieben war, zurück. »Daß heuer unser Garten endlich wieder in Ordnung kommt, dafür ist es nun auch die allerhöchste Zeit geworden. Was wir an Obst und Gemüse im letzten Diebs- und Luderjahr an kärglichen Resten hereinbrachten, war gerade für den hohlen Zahn, gemessen an früheren Zeiten. Erinnern Sie mich, daß ich diese Woche noch zu Meister Kronik um eine Aushilfe schicke. Hier nimmt sich ja doch jeder nur der Dinge an, die unmittelbar ihm selber nützen. Auch habe ich es satt, um jeden zusätzlichen Handgriff zu bitten und zu betteln.« Und warum, das werdet ihr alle noch zur rechten Zeit erfahren, dachte sie, wartet nur! Denn wenn auch Elisabeth niemals, selbst in ihren kühnsten Träumen nicht, gehofft hatte, daß sich erfüllen könnte, was eine Weile später schwarz auf weiß zu lesen, ja binnen kurzem zu erleben ihr bevorstand, es stärkte sie doch schon die bloße Gewißheit, von nun an nicht mehr ganz so schutzlos, so preisgegeben zu sein wie bisher. Wartet nur! dachte sie und: ich werde den Brief aber lieber nicht gleich brühwarm der Mutter zeigen, er könnte sie zu sehr erregen, beschloß Elisabeth. Sie steckte ihn daher unterwegs gesondert ein, als sie mit dem Obstschüsselchen und mit der anderen Post nach oben ging.

Frau Marianne Schmidt aber hatte sich unterdessen fertig angekleidet und empfing ihre Tochter vor dem Spiegeltischchen, sehr aufgeräumt, ziemlich wieder sie selbst. Sie zeigte zum erstenmal ihr altes Interesse für die Angelegenheiten des Hauses. Sie überraschte Elisabeth mit dem Vorschlag, ob man nicht Monika und Dominik vollends und für die Dauer in Dienst nehmen sollte. Elisabeth konnte ihrerseits die Mutter damit überraschen, daß dies schon veranlaßt sei, ja daß die beiden seit gestern regelrecht als Magd und Knecht eingestellt und draußen mit Feldarbeiten, dem in dieser Woche Dringlichsten, beschäftigt seien. Es bestehe nämlich wieder Aussicht, daß sie doch noch eine Zeitlang (die Galgenfrist nenne sie Dominik) bleiben dürften. Beim letzten Abtransport aus dem Flüchtlingslager, das sich zusehends entvölkere, waren sie und ihre Leute jedenfalls abermals nicht dabei. somit hofften sie, daß es von jetzt an bis zum nächsten Transport, denn ein solcher müsse sich lohnen, vielleicht sogar einige Monate dauern könnte. Was aber immer komme, Elisabeth werde alles tun, die beiden bei sich und im Lande zurückzubehalten. »Findest du Monika nicht auch sehr anstellig und verläßlich, Mutter?« fragte Elisabeth.

»Durchaus, und ich möchte sie eigentlich ganz um mich haben«, sagte die Mutter. »Ich habe mich die letzten Tage beinahe an sie gewöhnt. Aber laß nur! Kommt Zeit, kommt Rat. Wenn ich die Anna vielleicht doch einmal plötzlich an die Luft setze, weiß ich wenigstens, daß ich auf Monika zurückgreifen kann. Die beiden jungen Leute schlafen wohl weiter im Lager?«

»Ja, ihrer Familie wegen, und wo sollte ich sie auch hinstecken! Sie haben das zwar nicht ausdrücklich so gewünscht, aber es kam mir doch vor, als ob es ihnen vorderhand lieber wäre, wenn in dieser Hinsicht noch alles beim alten bliebe.«

»Schön! Und was brachte die Post?« fragte die Mutter.

»Ist das dein Ernst?« fragte Elisabeth zurück, erfreut über den neuen Lebensgeist der Mutter. Und da diese lächelnd nickte, öffnete sie die Briefe und las sie vor. Weil es sich aber um trocken Geschäftliches handelte, ließ die Anteilnahme der alten Frau doch bald wiederum nach, und Elisabeth begnügte sich mit der abschließenden Feststellung, es sei nichts Dringliches dabei und man werde die Antworten und die Durchführung, wenn es sein müßte, ruhig sogar bis zur nächsten Woche verschieben können. Schon aber griff die Mutter nach der Zeitung, erbat sich auch von den Vortagen her alle die Blätter, deren Lektüre sie versäumt hatte, und das verschaffte Elisabeth die ersehnte Möglichkeit, sich in ihre Kammer zurückzuziehen, um endlich Stephans Brief vorzunehmen, der sie in ihrer Schürzentasche mahnte und brannte. Es kam freilich abermals nicht sogleich dazu; denn sie hatte sich kaum an ihrem Schreibtisch niedergelassen, als es an ihrer Tür klopfte und Herr Martin Just, der Verwalter, eintrat.

Er glich einem Gebrochenen. Elisabeth erschrak fast bei seinem Anblick. Nur ein ohne jeden Ausweg an seine Schuld oder heillos an eine übermächtige Krankheit Verlorener konnte in so wenigen Tagen so gründlich zerstört werden.

Sie empfing ihn daher zwar kühl, aber doch nicht betont unfreundlich. Es war ihre erste persönliche Wiederbegegnung; inzwischen hatten die beiden nur kurze Briefe miteinander gewechselt. Elisabeth entschloß sich, auf ihren letzten Streit und dessen Folgen nicht mehr zurückzukommen, was den Mann sichtlich erleichterte, zumal er sah, daß Elisabeth auch seine stumme Abbitte zu verstehen und zu würdigen vermochte.

Er war offenkundig in der Absicht gekommen, sich durch ein umfassendes Geständnis wenigstens im Gewissen zu erleichtern, wenn er sich auch damit völlig dem bürgerlichen Ruin auslieferte. Jetzt aber, im entscheidenden Augenblick, verließ ihn der Mut, oder er schöpfte bereits neue Hoffnung, da ihm Elisabeth keineswegs unversöhnlich entgegentrat. Überdies durfte er annehmen, daß der ganze Umfang seiner Verfehlungen noch nicht erkannt worden war.

Was er nun tatsächlich vorbrachte, betraf Geringfügiges, das er ansonsten sehr selbstherrlich und höchstpersönlich entschieden hätte. Daß er dazu überhaupt ihre Zustimmung einholte, überraschte Elisabeth eigentlich, und sie ersah daraus, wie sehr er sich verstrickt hatte. Auch sonst hatte ja schon seine seit neuestem bezeigte – ungewöhnliche – Nachgiebigkeit Elisabeth reichlich verwundert, die Bereitwilligkeit nämlich, mit der er auf ihren ausdrücklichen Befehl hin Monika und Dominik eingestellt, zwei sehr unverläßliche Aushilfskräfte hingegen entlassen hatte, üble Kunden, mit denen es fast nur Verdruß gegeben. Was war mit ihm los?

Die Unterhaltung wurde von beiden schon mit Rücksicht auf die Mutter nur leise, sehr gedämpft geführt. Elisabeth wünschte sie außerdem so rasch wie möglich zu beenden. Sie billigte daher kurzerhand seine Vorschläge, nahm sie an und zur Kenntnis. Sie erhob sich. Er ging, zwiespältig, uneins mit sich selbst. Sie sah ihm achselzuckend nach. Viel Glück hat auch dir unser Unglück nicht gebracht! mußte sie denken. Dabei wußtest du noch gar nicht, daß an dem Ast bereits gesägt wurde, auf dem du dich breitgemacht, daß ich (nun gut, das alles erledigte sich freilich jetzt von selber und schon im Keime!) große Teile des Besitzes verpachten wollte, falls die Mutter zustimmte – und bevor ich diesen Brief bekam.

Endlich, endlich war sie allein. Sie öffnete hastig den Brief. Sie war so ungeduldig geworden, daß sie erst gar nicht nach dem Papiermesser langte, sondern den Umschlag mit beiden Händen aufriß und –

»Ich habe mich entschlossen ...«, las sie, zweimal, dreimal, immer wieder, bis sie den Sinn des Schreibens ganz erfaßt hatte, vor lauter Verwirrung nur nach und nach und unter Herzklopfen. Sie war nun froh, daß sie es erst jetzt wußte: Er kommt! Und so und darum und dazu! Er kommt! Gut, daß sie das nicht schon früher gewußt hatte, als der Verwalter eingetreten war. Wer weiß, was sie in ihrer ersten Rage angerichtet hätte; denn ihre Augen glänzten; ihre Wangen glühten im vorgenossenen Triumph. Im Nu war sie wieder ganz die Tochter ihrer Mutter. Unbeugsam. Hart. Alle Rachegeister suchten sie in Scharen heim und brachen entfesselt aus ihr aus. Alle Erinnerungen, nicht nur die an Mord, Raub, Plünderung, Brandstiftung, nein, auch an jede kleinere, kleine und kleinste ihrem Hause zugefügte Schmach und Demütigung lebten übermächtig in ihr auf, alle, an jedes leichthin über die Achsel gesprochene Wort, ja an jeden mißgünstigen, schadenfrohen Blick. Bis ...

Bis sie vor sich selbst erschrak, vor diesem Katarakt in ihr aus niedrigem Haßtrieb und dem leidigen Gelüst nach Vergeltung, vor diesem Katarakt, in dessen aufschäumenden Wirbeln sie herumkreiselte, willenlos; ihrer und vor allem seiner unwürdig. Ganz und gar unwürdig. Sie strich mit den Händen über ihre tobenden Schläfen hin, als gelänge es ihr so, damit auch die Sturzwässer des Gefühls in sich zu bändigen, zu glätten. Tief aufatmend, aufseufzend, kam sie allmählich wieder zu sich und zu Verstand. Sie wußte sofort, daß sie etwas zuwarten müsse, bis sie die Mutter benachrichtigte. Zu lange war ihr allerdings nicht Zeit hiefür gegeben; denn möglicherweise trafen Stephan und sein Kamerad schon übermorgen ein. Und nun erst vermochte sie langsam die reinere Freude zu empfinden, die nur menschliche, den Vetter wiederzusehen, wiederzuhaben. Was war eigentlich mit ihr selber los? War sie schon so sehr besessen, daß diese Stimme sich erst jetzt melden konnte, erst jetzt aufblühen durfte, zaghaft wie eine Frühlingsblume nach langer Winternacht?

Somit war es vielleicht wirklich eine glückliche Fügung, daß jetzt der Arzt bei ihr eintrat, vor seiner Visite, wie an jedem Vormittag. Wie es gehe, fragte er. »Danke, immer besser«, antwortete Elisabeth doppelsinnig und fuhr nach kurzer Überlegung fort: »Doktor, weil ich sicher bin, daß Sie schweigen können, bis es so weit ist, lesen Sie, hier!« sagte sie, legte ihm den Brief Stephans vor und machte ihn so zu ihrem Vertrauten.

Der Arzt las; erst im Staunen; dann mit wachsender Befriedigung.

»Oh, wie sehr freut mich das!« sagte er. »Für Sie, für mich, für uns alle. Wie habe ich diesen Jungen von Kindheit an geschätzt; fast möchte ich sagen, wie habe ich, der zu bald wieder Kinderlose, ihn väterlich geliebt! Wie ging er mir den einen Sommer ab, da er die Schulferien einmal nicht bei euch heraußen verbrachte! Ich habe nie recht verstehen können und verstehen wollen, warum nach dem Tode auch noch seiner Mutter der Bub, dieser Bub ins Waisenhaus hatte wandern müssen, während es Ihrer Familie doch wenig ausgemacht hätte, ihn ganz – Ja, ich weiß: über das Grab hinaus unvergessene Differenzen! Ich weiß auch: das ging mich nichts an. Man ließ es mich deutlich genug merken: ich hatte mich da nicht einzumischen. Gewiß, ich mußte damals dazu schweigen. Aber jetzt und hier rede ich, Elisabeth«, sagte er und schwenkte den Brief in der Hand. »Aber die Größe seines Entschlusses jetzt und hier, die geht mich was an, Elisabeth, die Demut dieses Opfers! Ich freue mich, ich freue mich. Für Sie, für mich, für – den Menschen. Ich will ja nicht sagen: ‚Nun muß sich alles, alles wenden!' Dafür bin ich zu alt. Aber das eine steht für mich fest: Nun wird manches heil und vieles gut. Gut. Verstehen Sie mich, Elisabeth? Gut. Denken Sie dabei nicht so sehr an Materielles! Auch er kann keine Wunder wirken. Das heißt – ich weiß es nicht«, meinte er lächelnd. »Haben Sie es schon der Mutter gesagt?«

Elisabeth war wieder einmal sehr nachdenklich geworden. Der alte Mann hatte eine Art, die ihn stets unentbehrlicher für sie machte. Er war für sie so etwas wie das verlängerte Gewissen geworden. Wo sie, wo das ihre – bürgerlich – aufhörte, setzte er meistens erst an. Sie erlebte es immer wieder, dort fing dann auch meistens überhaupt und eigentlich und wesentlich der Mensch und die Sache an. Er war für sie, was die Brille für den Kurzsichtigen ist, die Berichtigung eines Mangels. »Bin ich noch jung genug, Doktor, daß ich mein Herz in die Schule schicken kann, und wieviel hat es dort nachzulernen?« sagte sie, dachte sie plötzlich laut. Da nahm der Arzt ihre Hände in seine und küßte sie, die beiden schmalen, schlanken Mädchenhände. »Wer so fragen kann, dem ist zu helfen«, sagte er scherzend. »Aber . . . Sie überhörten wohl ganz, was ich von Ihnen erfahren wollte: Haben Sie den Brief auch schon Ihrer Frau Mutter gezeigt?«

Und da Elisabeth verneinte, stand er sogleich auf. »Dann nehmen Sie ihn noch einmal an sich, und gehen wir jetzt damit zu ihr!« lud er sie ein. »Wir werden ja sehen, wie sie sich befindet.«

Die Kranke empfing sie heute bedeutend lebhafter als am Vormittag. Sie hatte sich zum Lesen allerdings wieder halb gelegt, halb gesetzt, tief hinein in den bequemen Polsterstuhl. Hier wartete sie auch die Untersuchung ab, und da der Arzt es wagen konnte, ging er bald darauf zu seiner Nachricht über: »Frau Rat, Ihrem Haus wird demnächst Heil widerfahren. Ja, es klopft sozusagen schon sacht an Ihrer Tür.«

»Ich kann's gebrauchen, Doktor«, sagte Frau Marianne, »und will es einlassen. Wie ich euch beide aber kenne, ist es vielleicht doch bloß der Steuerbeamte, den ihr mir so zartsinnig ankündigt und schmackhafter macht. Es ist menschenfreundlich von ihm, von euch, daß er mir nicht laut polternd ins Haus fällt – mit jeder Tür, an der Sie ihn sozusagen leise pochen lassen. Ich erkenne daran meinen Zustand. Oder ist es gar der Sensenmann? Werden Sie deutlicher, alter Gewürz- und Geheimniskrämer!«

»Nein, Mutter. Aber Stephan ist unterwegs«, schaltete sich Elisabeth ein, die nicht länger mehr hinterm Berg halten konnte.

»Mein Neffe, Doktor?« verwunderte sich die Mutter und wollte sich erheben. »M e i n Neffe? Er ist hier?«

»In ein paar Tagen. Er hat geschrieben«, sagte der Arzt und drückte sie sanft in den Krankenstuhl zurück. »Lesen Sie selbst!«

Sie las, und in ihren Augen erglomm mehr und mehr ein Feuer, vor dem Elisabeth erschrak, weil sie nun in der Mutter sich selbst erkannte. Um den Mund wuchs ein immer entschiedenerer Zug, die eine freie Hand ballte sich siegesfroh zur Faust. Doch am Ende hatte sich die Frau Rat bereits wieder in der Gewalt, da sie sich vor dem Doktor, dem sie seit eh und je mißtraute, nicht eröffnen wollte. Sie brauchte es nicht mehr. Er hatte sehr aufmerksam in ihren Zügen mitgelesen. Er wußte, was sie dachte und nicht aussprach. »Wie wird er froh sein!« sagte sie klug (oh, wie geschickt sie auswich!), und das beruhigte den – Arzt, obwohl es den Menschen noch mehr betroffen machte. »Kriegsgefangenschaft. Ich kenne das vom ersen Weltkrieg her und von meinem Mann. Was wird auch mein Neffe alles mitgemacht haben! Ich danke euch für diese gute Nachricht. Stephan ist frei! Er ist endlich frei! Wir wollen dafür sorgen, daß er die Strapazen bald vergißt, die hinter ihm liegen. Er war gewiß ärmer als eine Nummer, ich weiß, jeder Bettler, jeder Häftling wiegt mehr. Die werden wenigstens irgendwo verzeichnet. Mit den Verbrechern werden sogar alle nur erdenklichen Geschichten gemacht. Kriegsgefangene, ach, die verscharrt man zu Tausenden namenlos und ohne Sang und Klang im Umkreis der Todeslager. Ihr Los allein ist die äußerste Erniedrigung.«

»So schlimm ist das alles zum Glück in seinem Fall nicht gewesen«, wendete der Arzt ein. »Darüber sind wir doch unterrichtet; durch verschiedene Heimkehrer, die schon aus jener Gegend zurückkamen. Ganz so schlimm war es für ihn nicht.«

»Schlimm genug für einen Schmidt!« sagte sie hart, und damit verriet sie sich. Der Arzt empfahl sich, kühl und verbindlich.

Die beiden Frauen waren allein. Sie saßen einander abwartend gegenüber. Noch schwiegen sie nämlich. Beide. Vielleicht hingen sie noch zu sehr, jede für sich, den eigenen Gedanken nach. Vielleicht auch scheute eine jede davor zurück, mit dem ersten kleinen Anstoß in der andern möglicherweise eine ganze Lawine auszulösen. Wie denkst du darüber? Was hältst du davon? fragten die Gedanken in stummer Schwingung noch etwas ungewiß hin und her. Die Blicke der beiden Frauen aber fanden sich bereits in immer größerem Einvernehmen. Dann auch ihre Hände. Schon nickten sie einander lächelnd zu.

»Im Schauspiel nennt man das die Peripetie«, begann die Mutter sachlich. »Die Handlung erhebt sich in den aufsteigenden Ast. Es sieht wie Rache aus, aber es ist ein Gesetz, ein Baugesetz dieser Welt, die nicht ich erschaffen habe, daß nun die Gegenspieler fallen«, sagte sie in großer, kalter Ruhe. Ihr majestätischer Verstand hatte kurzweg den Platz, und zwar geflissentlich-bescheiden, am – kleinen Steuerrad übernommen. Daß sie für die Kommandobrücke längst zu alt und hinfällig geworden war und hiefür nicht mehr in Frage kam, schätzte sie sogleich richtig ein. Aber eine Königin konnte unbesorgt zugunsten der Thronfolgerin abdanken, wenn sie einen Prinzgemahl oder auch nur Beschützer und Granden – wie immer sich dieses Verhältnis entwickeln mochte! – von solchen Qualitäten an deren Seite wußte. Tat sie's zur rechten Zeit, die kluge Königin, so konnte sie noch die Richtung der weiteren Fahrt bestimmen. Jawohl, das wird sie tun. Vielleicht sicherte sie sich gerade so die Fernlenkung gleichsam einer Grauen Eminenz.

»Nun kann ich beruhigt sterben«, sagte sie, so daß Elisabeth erschreckt zusammenfuhr. Ach, immer wieder fiel die liebe, kleine Elisabeth dieser Frau hinein, die nur selten aussprach, was sie wirklich dachte und vor hatte, nur selten selber tat, was ebenso gut durch andere geschehen konnte. »Abtreten«, schwächte sie daraufhin lächelnd ab. »Bring mich zu Bett! Die Sache hat mich doch sehr erregt. Aber laß uns dabei in aller Ruhe überlegen, was jetzt zu geschehen hat! Zunächst, wo bringen wir die beiden unter?«

»Ja, nicht wahr, wo bringen wir die beiden unter?« ereiferte sich Elisabeth sogleich. »Ist's nicht eine Mohrenschande, im eigenen Haus keinen Platz zu haben für das eigene Blut, während sich das fremde Gesindel hier einnistete wie Zecken im Tierpelz? Sich nun allerorten arglistig, hohnlachend, frech und breit hinhockt und aufplustert, Bruthennen gleich, aber auf gestohlenen Eiern? Mieterschutz hin und her! Hier muß etwas geschehen.«

»Du denkst an alles, Elisabeth«, lobte die Mutter. »Ich würde an deiner Stelle – Aber das geht mich nun wirklich nichts mehr an. Entscheide fortan selber, Elisabeth!« sagte sie. (Natürlich fliegt zu allererst die Tenschert hinaus, das alte Giftmaul, und ihr halbwüchsiger Bankert! dachte sie. Oh, welche Wohltat, dieses große und kleine Luder endlich loszuwerden, wenn nicht anders, dann eben durch Delogierung!) »Aber du hast vollkommen recht, Elisabeth«, sagte sie. »Hier muß etwas geschehen. Kündige! Hier muß und wird das Bürgermeisteramt Verständnis haben. Das ist jetzt dringender Eigenbedarf. Melde ihn augenblicklich an, wenn ich dir raten darf! Es sieht freilich nach Rache aus. Allein, es ist unser gutes Recht. Es ist Gesetz. Ich habe die Gesetze nicht gemacht. Am einfachsten und zweckmäßigsten wäre es, du bekämst gleich das Zimmer uns gegenüber frei. Das alles sieht nach Rache aus. Es ist nur ein Vorschlag. Ganz wie du willst! Ich mische mich nicht gerne mehr in deine Angelegenheiten hinein, wie du weißt.«

»Die Tenschert muß hinaus, die ist schon lange fällig!« beschloß Elisabeth. »Ich werde mit dem Bürgermeister reden. Auf der Stelle rufe ich ihn an. Das heißt – nein. Noch nicht. Oh nein. Wir wollen im Gegenteil vorläufig zu niemandem über Stephans Ankunft sprechen. Ich bin dafür, sie alle miteinander erst einmal tüchtig zu überraschen. Ich möchte diese Kälberaugen sehen.«

(Ich auch, dachte Frau Marianne.)

»Oh, oh, wie boshaft!« scherzte sie. »Aber ich kann's verstehen«, sagte sie mild und stieg ins Bett. »Im Schauspiel, hörst du, Elisabeth, und diese Welt ist eines, nennt man das die Peripetie.«

*

Im ersten Morgendämmern rollte der Flüchtlingszug auch am Marktflecken L. vorbei. Aber selbst wenn der Zug gehalten hätte, wären die drei Heimkehrer nicht ausgestiegen; noch nicht. Sie hatten abgemacht, vor allem andern in die Hauptstadt durchzufahren.

Der Bahnhof lag dunkel da, bis auf eine einsame Tischlampe, außer dem diensthabenden Beamten war niemand zugegen, der Bahnsteig gesperrt. Ort und Landschaft zeichneten sich nur dem Kundigen in vagem Umriß ab.

Stephan selbst hatte die Weiterfahrt vorgeschlagen, ja zur Bedingung gemacht. Jeder der beiden Freunde sollte so die Möglichkeit erhalten, nach dem Eigenen zu sehen, und sei es gleich nur das einstmals Eigene, jeder sollte sich überzeugen, ob es wirklich nur mehr als Fiktion und bloße Erinnerung anzusprechen war. Erst nach diesem persönlichen Augenschein, in Kenntnis des wahren Sachverhalts sollten sie sich endgültig entschließen, sich freien Willens und mit ganzer Seele für ihn entscheiden.

»Wer eine Brücke abbricht«, hatte er zu ihnen gesagt, »soll ungeteilt nur mehr an das eine Ufer vor ihm denken müssen. Er soll in sich die Gewißheit haben: dort hinten habe ich nichts mehr zu verlieren und kein Glück zu versäumen.« Er selber aber wünsche noch mit seinen Vorgesetzten, und zwar Aug in Auge, zu sprechen. Bis morgen also werde reiner Tisch gemacht, und dann erst wollten sie mit ihrem Löffel in die klare Suppe fahren!

In der Früh war es nun doch ziemlich frisch geworden. Auf einen Wink des alten Arbeiters hin hatten Stephan, der bei der Tür saß, und Michel, der schon wach war, in dem kleinen Ofen Feuer angemacht. Jetzt trat bald der, bald jener von den Ausgeschlafenen näher, um sich daran die Hände zu wärmen. Eine Frau kam mit einem großen Topf heran. Eine andere brachte eine Tüte Ersatzkaffee. Ein paar Heimkehrer gaben ihr Trinkwasser her aus den Feldflaschen. Der Topf wurde aufgesetzt. Bald gingen etliche Becher herum mit dem heißen Getränk. Michel machte den Mundschenk. Die Kinder begannen zu essen, zu plaudern. Einige erfüllten bereits den Türrahmen, um hinauszusehen, und schlüpften zwischen den Großen hin und her wie Eidechsen zwischen Steinen.

Albert aber zelebrierte seine Morgenandacht: die erste Zigarette. So lange war die Welt, waren die andern für ihn noch nicht da. Stephan sah ihm dabei gerne zu. Für Albert, der nichts so sehr liebte wie die Einsamkeit und der doch seit vielen Jahren des Kasernen-, Front- und Lagerdaseins nichts so sehr entbehren mußte wie gerade seine vielgeliebte Einsamkeit, war jede Zigarette schon eine kleine Flucht in diese seine Einsamkeit als in den von ihm oft zitierten »Vollgenuß des Lebens«. Stephan hatte darauf achten gelernt, wie sehr bei Albert (und wahrscheinlich auch bei andern, aber das konnte Stephan als Nichtraucher auf sich beruhen lassen) die Lust zum Rauchen einer Zigarette dem Bedürfnis nach ein paar Happen Einsamkeit entsprang. Selbst im Gespräch nämlich diente sie Albert, als einer tieferen Natur, dazu, um in der damit begründeten Schweigepause wenigstens einen Zug lang zu sich selbst zu kommen. Gar aber wie er abends sein Nachtlager zubereitete, so liebevoll, so feierlich, deutete darauf hin, wie sehr Albert den Schlaf schätzte, ja nur das bloße Zubettliegen als den letzten, unbedingt verbürgten und selbst beim Kommiß nach Möglichkeit respektierten Rest seiner – Einsamkeit. Man mußte wirklich auf ihn achtgeben, daß er kein Sonderling werde. Jetzt also, wie gesagt, hielt Albert Morgenzwiesprache mit seiner Zigarette, und das war sein letztes Selbstgespräch, bevor ihn das Getriebe des Tages, auch dieses Tages einschlang. Stephan sah ihm voller Verständnis dabei zu. Er wußte, so lange war auch er für Albert noch nicht da. Doch er verfügte über die wissende Geduld und konnte warten. Michel daneben »wusch« sich mit dem angefeuchteten Zipfel eines Taschentuches und brachte seinen Haarhügel in Ordnung. Wenn Michel gleichfalls noch schwieg, so nur, weil er glücklich und problemlos zufrieden war. Man mußte freilich auch auf ihn achtgeben (daß er nämlich kein Spießer werde und dann seine geistigen Anlagen verkümmern lasse).

Endlich aber war es doch so weit, daß Stephan seinen

Freunden mitteilen konnte, sie seien in L. bereits durchgefahren, fast noch zu nachtschlafender Zeit, und sie hätten darum nichts versäumt, da sie ohnehin nichts hätten ausnehmen können; und es bliebe bei ihrer Abmachung, zunächst die Hauptstadt aufzusuchen. Ja, gut so, das wollten sie!

Die Fahrt verlangsamte sich beträchtlich. Die Notbrükken häuften sich. Auch der Oberbau war streckenweise schwer hergenommen. Oft wurde wieder nur im Schritt gefahren. Allenthalben gab es noch Kampfspuren. Zerschossene oder selbstgesprengte, ausgebrannte, umgestürzte Panzerwagen lagen an den Straßenkreuzungen, Flußläufen, auf den Schrottsammelplätzen der Bahnhöfe wirr herum, rost- und tarnfarben zugleich, trostlose Bilder entthronter Macht und verblichener Herrlichkeit – bis auf einen kleinen, in der Erde festgerammten Tank, aus dessen Luke ein Bäumchen sein erstes Grün ausgestreckt hielt wie eine Fahne der Hoffnung.

Immer wieder gab es Aufenthalt, wo nur im Einbahnverkehr gefahren werden konnte und ein Gegenzug abgewartet werden mußte. Abgewrackte Lokomotiven, zusammengestauchte Personen- und Güterwagen erfüllten die Neben- und Sackgeleise. Von zerstörten Telegraphenleitungen hingen die Drähte herab. Aus den Schneezäunen der Böschungen hatten sich wohl die Umwohner im letzten harten Winter die Latten zum Verheizen herausgebrochen. Aus dem gleichen Grund waren sicherlich auch die Wälder vor der Hauptstadt stark gelichtet worden. Albert, der im Frieden Sonntag für Sonntag das hügelige Vorland zu einsamen Wanderungen aufgesucht hatte, regte sich beim Anblick einer kahlgeschlägerten Lehne, an der sein Herz mit besonderer Liebe hängen mochte, so unmäßig auf, daß die Freunde den vor Ingrimm Zitternden nur schwer mit Vernunftgründen beruhigen konnten.

Von den Mitreisenden waren die Heimkehrer bereits darauf vorbereitet worden, daß sie mit irgendwelchen Verpflegungen, da sie Lebensmittelmarken nicht besaßen, in der notleidenden Hauptstadt nicht rechnen dürften. In den Gaststätten würde ihnen bestenfalls eine Suppe verabreicht werden. An der sogenannten Werksküche, die streng kartengebunden sei, würden sie jedoch nicht teilhaben können. Andere Gerichte auf Kleinabschnitte wie im Westen gebe es noch nicht, sondern vorläufig eben nur diesen Gemeinschaftstisch der allereinfachsten Art. Den privaten Haushaltungen aber sei es kaum möglich, auch nur auf eine Schnitte Brot zu verzichten. Überhaupt müßten sie sich auf einen ziemlich rauhen Umgangston gefaßt machen, und es wäre das klügste, so gut wie gar nicht empfindlich zu sein. Von der einstigen Höflichkeit und Gemütlichkeit sei wohl bei den älteren Leuten gottlob noch manche Spur zurückgeblieben, im übrigen aber seien Illusionen nicht am Platz, und es möge jeder für harte Haut vorsorgen.

Die Freunde gedachten das zu tun und ihren Eßvorrat, so gering er sei, noch strenger zu bewirtschaften. Stephan fand es verständlich, daß die Stadt, die so Schweres durchgemacht habe und immer noch so viel Not bestehen müsse, kälter und härter geworden sei. Auch sei dies ja eine bevorzugte Lehre der letzten Zeit gewesen und vor allem der Jugend oft und laut genug vortrompetet worden: mißverstandener Nietzsche im Kleinverschleiß.

Endlich langte der Zug weit außen vor der Bahnhofsruine an. Es war Mittag geworden. Die Heimkehrer mußten eine Sperre passieren. Eine Rote-Kreuz-Schwester stäubte ihnen resolut, aber mit Humor ein Entlausungsmittel beim Kragenausschnitt hinein, sie bekamen Ankunftsstempel auf ihre Papiere, wurden angewiesen, wo sie, falls sie ansässig waren, sich zur endgültigen Entlassung noch einmal einzufinden hätten, und erhielten im übrigen jede gewünschte Auskunft. Ein Nachtlager für Auswärtige stünde unweit zur Verfügung.

Dorthin begaben sich für alle Fälle die Freunde. »Jawohl, ansässig oder fremd, das ist nun die Frage, hiesig oder dortig, davon hängt es nun ab, ob du ein Bröslein Brot, ein Nest unter Dach erhalten wirst, Vogel Niemand, Vogel Nirgendwo«, brummte Albert in sich hinein. »Und ob ich hier ansässig war, zum Kuckuck!«

»Ich war es auch«, sagte Michel leise.

»Und wenn das nun alles gar nicht so wichtig wäre, Freunde!« mahnte Stephan. »Da wir jetzt wieder uns selber und obendrein einander haben und wieder wohnen dürfen im eigenen Herzen statt nur im fremden Befehl. Wir sind frei, Kameraden. Meinetwegen vogelfrei. Es kommt bloß darauf an, was wir daraus machen.«

Schon in der Unterkunft war alles gar nicht so schlimm; wenn einen der etwas mürrische Alte, der das Lager anwies, nicht weiter beirrte. Sie erhielten sogar einen Schlag dicker Suppe ausgeteilt. Es empfahl sich aber freilich, in diesem Massenquartier für Zugvögel auf das Gepäck achtzuhaben, damit es sich nicht verflüchtige und still und leise den Besitzer wechsle. Stephan machte sich daher erbötig, diesen Nachmittag hier zurückzubleiben, während die Freunde unbeschwert ihre Wege besorgten. Er selber werde ausruhen und für den kommenden Tag Kräfte sammeln, ja er werde zu schlafen versuchen, soviel es nur ginge. Aus dem Gepäck bauten sie auf seinem Strohsack einen Kopfkeil zurecht. Er habe die letzte Nacht ganz durchgewacht und müsse darum etliches einbringen, erklärte Stephan. Morgen in aller Frühe wolle er ausgeschlafen das Seminar aufsuchen, und am Vormittag würden sie dann in Gottes Namen losfahren, wenn sie ihm im Worte blieben. Die Freunde empfahlen sich.

Albert und Michel machten sich ein jeder auf seinen Weg.

Albert hatte zunächst auf der überfüllten Straßenbahn ein unerfreuliches Erlebnis. Er war die an jedem Einstieg herumhängenden, durcheinanderkrabbelnden Menschentrauben nicht gewohnt und zu wenig mit den neuen Bräuchen des Ellbogenturnes dort vertraut. Er nahm wohl an, daß auf seine Körperbehinderung einsichtigerweise Bedacht genommen werde. Das war nun nicht der Fall. Ja, sein erster Versuch, mitzukommen, scheiterte kläglich, da ihn ein junger Bengel einfach mit den Armen hinabruderte, sodaß er fast zu Sturz gekommen wäre, hätte ihn nicht ein älterer Mann, der gleichfalls zurückbleiben mußte, aufgefangen. »Das gewöhnt man«, sagte dieser in die jähe Enttäuschung des Heimgekehrten beschwichtigend hinein. »Andere Zeiten, andere Sitten. Ganz so bös ist das nicht gemeint. Wir fahren eben mit dem nächsten Wagen. Sie lernen es übrigens bald.«

Eine halbe Stunde später humpelte Albert auf seinen Wohnhausblock zu. Im Flur stieß er auf die Frau des Hausbesorgers, und diese nahm ihn gleich zu sich herein. »Ja, ist's möglich? Wirklich, der Herr Föderer!« rief sie. »Kommen Sie! Da wird mein Mann aber staunen!« Nun saß er bei den Hausbesorgerleuten in der Küche, herzlich und freundlich aufgenommen. Er hatte sie immer gut leiden mögen, und die Frau hatte ihm, dem Junggesellen, manchen kleinen Dienst besorgt, manchen Weg für ihn getan. Es war richtig so, daß er nicht gleich nach oben gegangen war. Die bittere Pille verlor auf diese Weise einen Teil ihrer Galligkeit.

»Was sollen wir Ihnen sagen, Herr Föderer«, begann sie. »Es hat sich eben viel verändert. Sie können froh sein, daß Sie damals nicht hier gewesen sind. Es waren schwere Zeiten, und alles stand Kopf. Warten Sie, Sie werden sich waschen wollen! Ich stelle Ihnen Wasser auf. Vielleicht erwische ich noch – Nein, das Gas ist schon ausgegangen. Wir haben es nur stundenweise, müssen Sie wissen. Aber ich stecke den Elektrokocher an. Wir sind diese Woche nämlich nicht abgeschaltet. Sie haben Glück. Sie müssen sich nur etwas gedulden, der Strom ist schwach, und es wird eine Weile dauern. Ja, ja, Herr Föderer, wer hätte sich das auch gedacht, daß alles so kommen werde! Noch in Ihrem letzten Urlaub waren Sie so siegessicher. Und dann kam dieser Zusammenbruch! Ach, daß ich Ihnen doch mit nichts aufwarten kann!« bedauerte die Frau und war ziemlich durcheinander. »Mann, hast du wenigstens etwas zum Rauchen?« fragte sie. Aber Albert lehnte dankend ab. »Wissen Sie«, sagte die Frau, »von unserem Mittagessen ist nicht ein Löffel übrig geblieben. Es ist alles so knapp. Nein, wie ich mich geniere!« Allein, Albert hörte das gute Herz heraus und beruhigte die Leute, sich doch seinetwegen keine Sorgen zu machen. Er sei eigentlich nur vorbeigekommen, um zu sehen, ob es wirklich –

Ja, es sei leider alles so, wie er es wohl schon vom Herrn Hugo, seinem Bruder, erfahren habe. Aber was sie ihm von seinen Sachen in dem Trubel habe retten können, diesen Koffer voll, werde er sich heute wohl mitnehmen. Ja, gut, er danke, das werde er.

»Schauen Sie, Herr Föderer«, sagte der Mann, »da ist sonst nichts zu wollen. Mit dem Kopf können Sie nicht durch die Wand und gegen den Wind nicht Klavier spielen. Den Rest der Möbel werden Sie einmal wohl zurückbekommen. Der neue Mieter darf sie nur benützen. Die Wohnung selber – da ist nichts zu machen. Vorläufig nicht. In ein paar Jahren wird vieles wieder anders aussehen. Mit dem Prozessieren ist auch nichts erreicht, wie manche glaubten. Ich kann mir schon denken, was in Ihnen vorgeht. Aber wenn Sie das alles miterlebt hätten, was sich hier abgespielt hat an Kommen und

Gehen, Einzug und Auszug, würden Sie meinen Rat noch viel besser verstehen: Regen Sie sich nicht unnütz auf! Wenn so ein Damm reißt, halten Sie das Wasser nicht mit einem einzigen Sandsack im Zaum.«

»Sie meinen also ‚Schwamm drüber'«, sagte Albert und wunderte sich über sich selber, daß er so ruhig hier saß, als sei von etwas die Rede, das ihn kaum mehr betraf, »und ich soll ein neues Blatt beginnen! Ich habe unterdessen ja wirklich Zeit gehabt, das Geschehene zu verdauen.« Es war ihm, als strahlten Stephans begütigende Gedanken aus der Ferne zu ihm her, ja als läge die Hand des Freundes wie körperlich auf der seinen. »Wer und was ist denn dieser neue Mieter eigentlich?« fragte Albert sachlich. »Ich meine, außer seiner Parteizugehörigkeit«, sagte er und beugte sich über die Waschschüssel, in der das warme Wasser dampfte, das er sich gern gefallen ließ.

»Ein älteres Ehepaar. Ausgebombte. Sie werden ja selber sehen. Der Mann ist ein armer Krüppel aus dem ersten Weltkireg, teilweise gelähmt, fast immer bettlägerig, oder er muß im Rollwagen fahren. Die Frau erhält ihn und sich mit Heimarbeit für ein Schmuckwarengeschäft, neben seiner Rente. Sie werden ja selber sehen.«

Albert humpelte die Treppe hinauf, froh darüber, daß er niemandem begegnete. Dann stand er vor seiner Tür, von der sein Namensschild abgenommen war. Die Stelle war zum Teil noch erkenntlich. Er läutete an. Es dauerte etwas, bis die Frau öffnete. Ihre Hände waren noch voller Farbreste. »Föderer«, sagte Albert kurz und stützte sich fest auf seine beiden Krücken. Die Frau gab sofort den Eingang frei. »Bitte«, sagte sie mit leicht bebender Stimme, und Albert trat ein und in den Raum. Auf dem großen Tisch in der Mitte war eine Anzahl Rohknöpfe aufgeschüttet, die zu bemalen waren. »Herr Föderer ist da«, sagte die Frau zu ihrem Mann, der abgezehrt und mit dumpfem Blick zu Bett lag. Er machte den Versuch, sich etwas aus den Kissen zu heben. »Bitte, bleiben Sie!« sagte Albert entschieden. Des Kranken Augen blieben bedauernd an des andern Beinstumpf haften. Albert ging einmal langsam um den Tisch herum. Die abgehärmte, grauhaarige Frau zog sich scheu in einen Winkel zurück. Allen dreien aber fiel nicht ein einziges Wort ein, das da zu sagen wäre. Alberts Hinschauen wanderte wie saugend die vier Wände entlang. Jedoch, es war schon ein Abschiednehmen. In der großen, peinlichen Stille tickte eine uralte Standuhr, die wieder zu Ehren gekommen war, brüchig und heiser. Der Einbeinige schob sich klirrend an das Lager des Kranken und streckte ihm die Hand entgegen. Dieser ergriff sie zitternd und mit großer Anstrengung, sein Gesicht sammelte mühevoll Kraft, sah man, um irgendetwas zu sagen, aber da hatte Albert schon kehrtgemacht und stelzte an der Frau mit einem leisen »Guten Tag!« vorbei und hinaus.

Unten bei den Hausbesorgerleuten nahm Albert rasch den Koffer mit seinen letzten Habseligkeiten auf den Rücken, um den Hals gegurtet, bedankte sich, versprach, bei Gelegenheit die beiden wieder zu besuchen, warf einen Blick auf die Uhr und wandte sich zum Gehen. »Vielleicht komme ich gerade noch vor Torschluß ins Invalidenamt zurecht«, sagte er, um seinen Aufbruch zu begründen, und reichte den beiden zum Abschied die Hand. Das Angebot, bei ihnen zu übernachten, schlug er für diesmal aus. Aber wenn er fallweise vom Land in die Stadt hereinkomme, werde er davon gerne Gebrauch machen.

Und so schied er von seinem Heim, unverbitterter, als er gedacht hatte, leise pfeifend sogar, und fuhr ins Amt. Es war das Wichtigste, das er hier noch vorhatte. Der Torwart versuchte wohl, ihn – mit nur wenig Anmut, doch mit desto mehr Würde – auf morgen zu vertrösten. Tatsächlich kamen die ersten Beamten die Treppe herab, und es sah wirklich nach Dienstschluß aus. Aber Albert beharrte bockbeinig, stampfte die Stiege hoch, und es gelang ihm, den zuständigen Referenten noch in dessen Schreibzimmer anzutreffen. Albert erklärte ihm seine besonderen Lebensumstände und daß er bereits morgen vormittag wieder die Stadt verlasse. Der Beamte fand sich bereit, ihn noch vorzunehmen und seinen Personalakt anzulegen. Sein Fall war ja augenscheinlich klar und überzeugend, und ein ärztliches Vorgutachten fürs nächste entbehrlich. Albert erhielt den Schein über seine Versehrtenstufe eingehändigt, Rechtsauskunft über den Rentenanspruch, über die abschließende Heilbehandlung und seine künftige Prothese. Er bedankte sich und ging, nicht ohne dem Zerberus unten freundlich zuzunicken; um eine Spur zu freundlich freilich, als daß dieser sich nicht doch geärgert hätte.

Nun wollte Albert nur noch einen seiner einstigen Bürokollegen besuchen. Das behördliche Schreiben über seine Außerdienststellung trug er zwar seit Hugos Brief fein säuberlich in der Tasche, und es war auch daran nichts zu rütteln, gewiß. Immerhin aber verlangte es ihn nach einer Aussprache mit einem der früheren Arbeitskameraden, bei dem er wiederholt zu Gast gewesen war. Er wollte so die Ansicht und den Rat eines Eingeweihten hören. Aber es kam auch dabei nichts heraus. Die Leute waren müde, abgekämpft, vorsichtig, verschüchtert, wichen zwiespältig jeder Entscheidung aus, sagten etwas und wollten doch nichts gesagt haben. Ihr geläufigstes Wort hieß »vertraulich«, aber sie hatten zu nichts, zu niemandem Vertrauen, am allerwenigsten zu sich selbst. Es war, als ob sie sich ständig umsähen, ob sie ja niemand hörte. Zur Sicherheit nahmen sie im Hintersatz schon wieder zurück, was sie im Vordersatz vertreten hatten. Wer heute einen Posten besaß, sah Albert bald, lebte dauernd in Furcht und Sorge, ihn gerade darum morgen zu verlieren. Schon gar nicht aber wollte so ein Tapferer seine Stellung gefährden durch den leidigen Umgang mit einem Mann von gestern. Albert empfand das Versteckenspiel als unwürdig, albern, lächerlich. Es widerte ihn an. Er empfahl sich bald. Doch als der Herr Kollege beim Abschied ängstlich seinen Hals, als stecke er schon in der Schlinge, ihm nach- und wie ein Fragezeichen vor die Tür hinauswand, ob um Himmels willen ja niemand diesen brenzlichen Besuch von früher her erkannt, bemerkt und taxiert habe, ging Albert schmunzelnd für immer davon und fuhr auf der Stelle zurück in die Unterkunft, wo, schien es ihm, einzig die Treue wohnte.

Michel war es zum Teil ähnlich ergangen, wenn auch aus anderen Gründen. Die Menschen, zu denen er kam, befürchteten wohl Unbequemlichkeiten, und daß jetzt und jetzt ihre Mildtätigkeit aufgerufen werden könnte. Michel jedoch war von vornherein ohne Zaudern und Schwanken fest zu dem Weg entschlossen, den er seit gestern eingeschlagen, und diese Aussicht beruhigte sofort, ja stimmte augenblicklich um. Er wußte freilich sehr genau, was von diesen Beteuerungen und heuchlerischen Vorschlägen im nachhinein zu halten war, und wieviel solch rhetorische Freundlichkeiten auf Widerruf im Ernstfall wögen, wenn es auf die Taten und nur auf die Taten ankam.

Er suchte zuerst den Berufsvormund auf, einen Pensionisten, und zwar in dessen Wohnung. Aber der hielt noch seinen Mittagsschlaf, und dieser war Michel heilig. Er wartete geduldig. Indes, auch dann empfing der Vormund ihn noch ziemlich zurückhaltend und frostig, wenigstens fürs erste. Wie er jedoch herausbekam, daß der Bursche sehr selbständig sein Leben in die Hand nehme, ja schon in die

Hand genommen habe, und daß von dieser Seite kaum nennenswerte Scherereien zu befürchten seien, hellte sich seine Miene erleichtert auf. Er gab ihm also gute Lehren mit auf den Weg und erteilte im übrigen gern und bereitwillig zu allem seinen Segen und sein Amen, notierte sich Michels neue Adresse und versprach, das von Amts wegen Nötige zu besorgen und ihm nachzuschicken.

Und dann stand und saß Michel weinend am Grab seiner Eltern. Es war ein Massengrab, in dem man die vielen Opfer jenes schweren Luftangriffes gemeinsam bestattet hatte. Doch war die gemeinsame Grabdecke ordentlich gepflegt, würdig instand gehalten und zeigte gerade jetzt zum Frühlingsanfang neue Arbeitsspuren. Die einzelnen Liegestätten waren freilich vorläufig nur angedeutet durch die eingerahmten Todesanzeigen unter Glas. Die Friedhofsgärtner verhießen aber bereits eine ansprechende und einheitliche Gesamtlösung, die vorbereitet werde.

Die Grabstellen der Eltern lagen am äußersten Rand, und man konnte gleich daneben auf einer Steinbank in der Mauernische Platz nehmen. Das tat denn auch Michel, und er brannte dabei sein Lichtlein ab, das er vor dem großen Eingangstor erstanden hatte. Tiefe, satte Ruhe lag über dem Ort, und die Trauerbäume standen wie treue Wächter dicht im Umkreis, als wollten sie sogar den Wind mit ihrem immergrünen Mantel abschirmen, ihn in ihrem Zweignetz einfangen, in ihren Reusen aus Nadeln und Schuppenblättern.

Manches tiefe, trächtige, wenn auch herbe Freundeswort Stephans keimte in dieser Stunde des Besinnens in Michel auf, ging erst heute und hier so richtig auf, schlug sein Blütenauge auf, trug Frucht und wurde neuer Samen.

Stephan verabscheute jeden billigen Trost. Was er bot, waren quellklare Einsichten, uralte Herzenserfahrungen des

Menschen überhaupt, lauteres, geweihtes Wissen um die Zusammenhänge. Gerade das und nur das, empfand Michel jetzt, befreite, stärkte und ordnete auch das Leid und den Tod, ohne ihnen den heilsamen Stachel zu nehmen, hinein in das Sinngefüge von Welt und Überwelt. Michel weinte. Aber er hätte am Ende selbst nicht entscheiden können: ob über sein Unglück oder über das Glück, das ihm daraus erwachsen war. Seine Tränen sammelte ein unsichtbarer Becher zu allen anderen Tränen so in eins zusammen, daß Schmerz- und Freudentränen fortan nicht mehr zu unterscheiden waren. Was immer ihm geschehen war, er nahm es an.

Also fuhr er bewußt auch zu dem Trümmerfeld, wo einstens das Haus seiner Kindheit gestanden hatte. Der Platz sah immer noch stark verwüstet aus. Bis weit über die Gehsteige hinaus lag der Schutt herum. Der Platz war unterdessen abermals umbenannt worden; zum dritten Mal in Michels kurzem Leben. Dieser mußte beinahe lächeln über das Hoch und Tief von Ruhm und Fall, über das Auf und Ab von Ehrung und Untergang. O du dreimal verworrene Menschenwelt, was waren Namen Schall und Rauch!

Der kleine Park, ein Schmuckstück einst, ein grünes Juwel, umperlt von den sprühfeinen Tropfen des Springbrunnens, glich einer öden Wüstenei und paßte genau zu den wilden Spielen, welche die Buben dort vollführten, blutrünstige Raufhändel und Verbrecherjagden mit viel Geschrei. Im Kriege noch war er durch einige Splittergräben, durch einen Löschwasserteich völlig verunstaltet und der Rest schonungslos zertrampelt worden. Keine Bank, kein Hälmchen Rasen waren weit und breit zu sehen, die Bäume und noch die zausigsten Büsche waren längst abgeholzt, verheizt. Dagegen häufte sich das Gerümpel zu Bergen an, Scherben von Flaschen und Geschirr, Ruß und Asche, Unrat aller Art, zerfetztes Papier, eine Menge weggeworfener Konservenbüchsen. Einen Winkel erfüllte immer noch ein verwahrlostes Soldatengrab aus den Kampftagen; der beschmutzte Helm war halb schon in die Erde eingesunken.

Als Michel in Gedanken vor den Resten des Wohnhauses stand, in dem er aufgewachsen war, hielt plötzlich eine vorüberkommende Frau hinter ihm an und ging im Halbkreis aufmerksam um ihn herum. »Das ist doch der Michel Halblehner, wenn mich nicht alles täuscht«, sagte sie. Michel wendete sich um und erkannte in ihr die frühere Hausfrau, die Mutter seines besten Jugendkameraden, die er ohnedies besuchen wollte. Er war ihr großen Dank schuldig, weil sie das Begräbnis der Eltern besorgt und alle erforderlichen Wege zu den Behörden für ihn getan hatte. Sie nahm ihn gleich in die Notunterkunft mit, die sie und ihr Mann in der Nähe gefunden hatten. Allerdings nur in einer Hausruine, die aber zum Teil bewohnt werden konnte. Als er nach seinem Studienfreund, ihrem Sohn fragte, standen der Frau die Tränen in den Augen. »Vermißt«, sagte sie, und damit wußte Michel alles.

Je liebevoller sie zu ihm war, desto mehr zeigte sich der Mann von Michels Besuch beunruhigt. Er war wohl in Sorge, seine Gattin könnte aus lauter Gutherzigkeit wieder einmal eine kapitale Dummheit machen. Michel legte daher raschestens seinen Lebensplan dar und spürte förmlich (nicht ohne eigene innere Bewegung) das erleichterte Aufatmen des Mannes darüber, daß er weiter nicht zur Last fallen werde. Ja, der Mann steckte denn auch sogleich gewaltig um. Aber Michel war nicht zu täuschen. Von der ihm zugedachten Jause bat er eindringlichst abzusehen. Er fand sie zum Teil freilich später (zu spät, um noch Einspruch erheben zu können) in seiner Manteltasche vor; sowie einen kleinen Barbetrag, eingeschoben in das Sparkassenbuch seines Vaters, das auf dessen restliche Einlage lautete, also auf einen damals schon recht zweifelhaften, infolge des latenten Währungsverfalls und der staatlichen Sperrmaßnahmen umstrittenen »Besitz«. Nachdem Michel alle Einzelheiten über den Tod seiner Eltern erfragt und sich vergewissert hatte, daß die Unkosten, die der Frau erwachsen waren, durch die ausbezahlten Sterbegelder voll beglichen seien, brach er nämlich ungesäumt auf, um in das Quartier zurückzufahren.

Stephan schlief. So fest und gut, daß Albert und Michel beschlossen, ihn auf keinen Fall heute mehr zu wecken. Ihre Decken fanden sie für die Nacht ein jeder schon auf dem Strohsack zusammengerollt vor. Morgen früh, beschlossen sie, sollte Stephan endlich und in Ruhe seinen eigenen Weg machen, sie beide wären hier in der Stadt auf nichts mehr neugierig, sie beide würden bis zum Abgang des Zuges nichts mehr unternehmen, sondern vorschlafen und ausruhen. Die geisteskranke Mutter zu besuchen, schob Albert für später auf. Er traute sich vorderhand die Kraft hiefür nicht zu.

Sie gingen noch ein wenig in den Gemeinschaftsraum hinüber, um etwas von dem Ihrigen und wenigstens einen Teller Suppe zu essen. Vielleicht bekamen sie auch ein Glas Dünnbier zu trinken. Jedenfalls wollten sie rauchen. Leichte Tanzmusik erklang gedämpft aus dem Lautsprecher in der Ecke. Albert und Michel kamen bald dahin überein, daß nichts Besseres vor ihnen lag, als die – wenn auch harte – Arbeit an Stephans Seite.

Alles andere, die Menschen rundum inbegriffen, war Schlick und Sand, und nichts war damit und darauf zu bauen. Aber das Geschenk dieser Freundschaft, das Glück dieser Begegnung wollten sie festhalten wie einen Schatz.

Auch wenn man von allem anderen, Inwendigen, absah, dessen Wert überhaupt nicht zu ermessen war, wenn man die Dinge einmal versuchs- und probeweise ganz nüchtern, streng sachlich, nur von außen her und bei Tage wog: selbst dann blieb Stephans Anbot für sie, sicher und verläßlich, der Sperling in der Hand und war zehnmal besser als irgendwelche Tauben auf dem Dache.

*

Ein festtäglicher Glanz erfüllte wabernd die Luft. Er, und mit ihm der sanfte Frühlingswind, ließen sie leicht erbeben. Das reine Blau des Himmels, nicht gestört, nur vertieft durch ein schmales, langgestrecktes, hellweißes Wolkenband, machte auch die Menschen freier, froher, hoffender.

Elisabeth war nicht mehr in Volltrauer zum Bahnhof gegangen, wohl in einem schwarzen Kleid, aber mit zartem, lichtem Putz, ohne Mantel und Hut übrigens, so warm war es jetzt über Mittag geworden, auch nicht allein, sie hatte sich Dominik mitgenommen, als Begleiter und etwa auch gleich als Träger für das Gepäck.

Nur er und Monika waren eingeweiht worden, was und wen dieser Tag bringen sollte. Sie waren notwendigerweise eingeweiht worden; denn mittlerweile hatte es im Hause eine turbulente Änderung gesetzt mit allerhand Nebengeräuschen. Das Dienstmädchen Anna, das seit Dominiks gepfefferter Lektion zwar einige Anstalten gemacht hatte, sich zu bessern, oder sich doch den Anschein gegeben hatte, sie habe das vor, war neuestens eines Kleider- und Wäschediebstahles überführt worden. Aber mehr noch die dummdreiste Art, zu leugnen, abzuleugnen, wo die Dinge handgreiflich klar und offen zu Tage lagen wie das Wasser draußen im Brunnentrog, schlug endlich doch dem Faß den Boden aus. Nun, wer durchaus nicht gerettet sein wollte, der war eben nicht zu retten, und jede weitere Langmut wäre vielleicht sogar schon schuldhaft gewesen. Nach reiflicher Erwägung und nachdem Anna schließlich doch unter den Blicken Dominiks gestanden und den Schaden wenigstens zum Teil gutgemacht hatte, soweit sie das noch konnte, wurde von der Anzeige freilich abgesehen. Diese allerletzte Chance billigte man ihr zu. Jedoch, sie mußte unverzüglich das Haus verlassen. Ihre Stelle nahm nunmehr ganz und gar Monika ein, und diese war gestern auch in die Kammer eingezogen. Der neue Arbeitsplatz aber erhob Monika heute zur Festtagsköchin, welchem ehrenvollen Amt sie seit dem frühen Morgen mit Umsicht und Tatkraft vorstand, glühbackig vor Eifer, Jugend und Gesundheit.

Elisabeth ging auf dem Bahnsteig auf und ab und Dominik ihr zu Seite. Er war fast so groß wie sie. Sie hatte ihn planmäßig an diesem Tag von aller Feldarbeit freigestellt; denn wahrscheinlich benötige sie den Burschen heute noch für verschiedene Verrichtungen im Hause sowie für manchen Gang in den Markt. Er war schon jetzt ihr Faktotum geworden für jeden unvorhergesehenen Fall. Ihr Vertrauen hatte seine Bewunderung, seine Verehrung, seine Liebe zu ihr noch mehr entfacht. Sie ahnte wohl kaum, wie wenig dazu fehlte, daß er sie mit ganzer Kraft umschlungen und voller Leidenschaft geküßt hätte; welche Überwindung es ihn kostete, so gesittet und im Abstand neben ihr herzugehen. Sie sprachen nicht viel miteinander, so sehr waren sie ein jedes in ihren Gedanken, ihren Sorgen mit dem Kommenden beschäftigt.

Wo ich die beiden für die Dauer unterbringe, Himmel hilf, ist mir zwar noch immer nicht klar, dachte Elisabeth. Ein Notlager für ein paar Nächte, nun gut, das werde sich natürlich einrichten lassen, das mußte sich eben irgendwie finden. Aber ohne daß ein Wunder geschieht, lieber Gott, weiß ich mir darüber hinaus im Moment wirklich keinen Rat. Doch wir werden ja sehen.

Wir werden ja sehen, dachte Dominik in gelinder Eifersucht, was es mit diesem Vetter und einstigen Theologen auf sich hat, was er hier vor hat, was er bezweckt. Hoffentlich kommt er ihr nicht zu nahe. Ich weiß sonst wirklich nicht, was geschieht. Aber wenn es das nicht ist, so kann er auf mich zählen. Ja, dann arbeite ich ihm wie ein Vieh.

Der Zug fuhr ein. Da noch sehr wenige Züge verkehrten, war er zum Brechen voll. Auf den Plattformen und Trittbrettern selbst, auf den Verbindungsstegen von Wagen zu Wagen standen und hockten die Menschen in dichten Bündeln und Scharen. Auf den Dächern sogar hatten ein paar ganz Verwegene Platz genommen und sich oben flach hingestreckt. Viele Fahrgäste stiegen hier aus. Bald wimmelten von beiden Seiten die Ankömmlinge heran: Berufshamsterer, um bald darauf mit allem Vorbedacht rundum in die ihnen als Bezugsquellen wohlvertrauten Bauernwirtschaften einzufallen; und andere, harmlosere Rucksacktouristen für den eigenen Bedarf, die es einmal auch hier probierten, aber noch wenig Ortskenntnis und Erfahrung hatten, mit ihren Taschen, Flaschen und Kannen; Einheimische ferner, die aus der Stadt zurückkehrten; endlich Städter, die auf das Land zu ihren Anverwandten als Besuch kamen; denn solch teure Familienbande besaßen zur Zeit hohen Kurswert und wurden mit viel Liebe, wenn auch nicht allein um ihrer selbst willen gepflegt.

Schon wollte sich der beiden Wartenden eine kleine Enttäuschung bemächtigen, so, als seien die zwei Erhofften mit dem eben wieder abdampfenden Zuge nicht eingetroffen, als diese, durch andere Reisende verdeckt, endlich doch auftauchten, an ihrer Kriegsgefangenenkluft sogleich als Heimkehrer erkennbar, und näherkamen.

Dominik erspähte sie zuerst und rief laut und aufgeregt: »Domina, dort!« In seinem Eifer hatte er unbewußt seinen Arm unter den Arm Elisabeths geschoben, und seine rechte Hand lag auf ihrer linken Hand wie auf einem Besitz, was Elisabeth eine kleine Weile lächelnd duldete. »Ja, Dominik, dort!« sagte sie, ihrerseits erregt und vernehmlicher als sonst. Dann löste sie ihre zarte, flüchtige Verbindung auf und ging Stephan einige Schritte entgegen.

Stephan war betroffen, wie blaß, wie schmächtig Elisabeth geworden war. Er beugte sich tief und lang zum Kusse über ihre Hand. So tief, so lang, daß ihr die Tränen kamen. Sie brachte kein Wort heraus. »Elisabeth!« sagte er endlich und nur diesen ihren Namen. Es genügte. Sie verstanden einander auch so.

Doch mit einer vollen Wendung hin zu dem Jungen daneben, dessen Ausruf er zuvor gehört hatte, wiederholte er fragend: »Domina?« Der Bursche nickte schmunzelnd. »Jawohl, unser aller Domina!« bestätigte ihm Stephan ernst. »Auf gute Freundschaft, Dominik!« sagte er mit Betonung, denn er hatte diesen Namen gleichfalls bereits vernommen, und bot dem Burschen die Hand. Dieser ergriff sie etwas unsicher. Durchschaut er alles so im ersten Augenblick? mußte er beunruhigt denken.

»Aber nun, Elisabeth, erlaubst du mir wohl«, bat Stephan und wendete sich um, »daß ich dir meine beiden Freunde vorstelle: Albert Föderer, Michel Halblehner. Wir sind nämlich zu dritt gekommen.« Elisabeth mußte einen Herzschlag lang ziemlich bestürzt dareingeschaut haben, als sie die beiden begrüßte, denn Stephan fuhr augenblicklich fort: »Wie ich dir meinen letzten Brief sandte, der uns ankündigte, stand die Sache mit Michel noch nicht fest. Nein, bitte, erschrick nicht! Ich weiß, und du hast es mir ins Lager geschrieben, ihr haust sehr beengt und bedrängt. Wir verstehen dich, wir verstehen alles. Darum laß das, bitte, ganz unsere Sorge sein! Wir sind abgehärtet, das darfst du uns glauben. Wir haben oft genug im Freien geschlafen, auf Wiesen, auf dem bloßen Ackerboden, in Zelten, wir lagen in Rinder- und Schweineboxen herum, in Erdlöchern und Wellblechbuden. Wir werden uns bis Abend bei euch etwas Extrafeines ausfindig machen, verlaß dich darauf, und sei es in irgendeinem Stall. Bis dahin ist's aber noch reichlich Zeit. Eine viel aktuellere Angelegenheit ist uns nämlich der Hunger. Noch einen einzigen Tag in der Stadt, und es wäre keine Baumrinde mehr vor uns sicher gewesen.«

»Oh, wenn es nur das ist«, rief Elisabeth lachend, »so habt ihr für heute und immer ausgesorgt! Nicht wahr, Dominik? Seine Schwester, müßt ihr wissen, steht seit dem Morgen beim Herd. Herzlich willkommen nochmals! Alle! Herr Albert, Sie treten, bitte, Ihr Gepäck an unseren Dominik ab! Der freut sich schon darauf. Kommen Sie, meine Herren! Gehen wir!«

Ein paar Einheimische reckten bereits die Hälse.

Albert und Michel gingen voran, Dominik in ihrer Mitte. Er gab ihnen die ersten Auskünfte, die den Ort betrafen. Elisabeth und Stephan folgten. »Wer ist eigentlich der Bursche?« fragte er, und sie erklärte es ihm. »Gefällt mir«, stellte er fest. »Den können wir brauchen. Er selber wieder braucht eine neue Heimat. Wie meine beiden Freunde auch. Solche Menschen wollen Wurzeln schlagen. Ich habe dir einen Buchhalter, einen Gärtner mitgebracht, Elisabeth.«

»Aber das ist ja gerade – Kannst du Gedanken lesen? Oder hätten schon ein paar Andeutungen in meinem Brief genügt, dir zu sagen, wo mich der Schuh drückt?«

»Drückte, Elisabeth. Und wie geht es der Mutter?«

»Es ist gut, daß du davon zu sprechen beginnst.« Sie weihte ihn ein. »Du ... Dominik hatte sich soeben umgewandt«, unterbrach sie sich einmal. »Das ist begreiflich«, sagte Stephan lächelnd. »Er wird mit mir zufrieden sein«, fügte er ernst hinzu.

Im Hausflur erwartete sie Monika. Aber sie hob sogleich den Finger an den Mund. Die Stiefel und schweren Schuhe der Heimkehrer klapperten ihr zu laut auf den Fliesen. »Sachte!« sagte sie. »Die Frau Mutter soll euch noch nicht hören, ihr Bengel. Sie ist so aufgeregt. Sie ist es imstande und klettert mir die Treppe herunter. Kommt zu mir herein in die Küche!« befahl sie. »Ich habe euch warmes Wasser hergerichtet. Monika heiße ich. Und wascht euch zuerst, ihr Wildschweine! Jawohl, schau nicht so langsam, du – Ferkel!« sagte sie zu Michel und stupfte ihn von der Seite an.

»Oh, du bist richtig«, sagte dieser, »und recht hast du auch.«

Die drei Heimkehrer, Dominik, Elisabeth waren inzwischen wirklich leise in die Küche eingetreten, und alsbald hob ein großes Wasch- und Gurgelfest an, und die Bürsten tanzten knisternd über die Haare, Schuhe, Kleider hin. Das Gepäck verstaute Monika in einen Winkel.

»So, und jetzt bekommt jeder von euch dreien ... Das macht ihr übrigens gut, Herrschaften. Zwei sind mir gemeldet, und drei stampften an. Aber mich bringt ihr nicht in Verlegenheit. Heute nicht in Verlegenheit. Das sei euch zweimal gesagt! Es wird alles für alle reichen. Bis ihr platzt. So, und jetzt bekommt jeder von euch dreien diesen ersten kleinen Gabelbissen!« sagte sie und reichte den Teller herum. »Dominik muß eben zurückstehen. Eßt, bevor ihr euch vorstellt, und damit ihr mir bis zur Tafel nicht umfallt. Damit euch nicht lila wird vor den Augen. In einer Viertelstunde geht es dann los!«

»Du merkst rein alles«, sagte nun sogar Albert belustigt.

»Bei dir ist man bald zu Hause«, meinte Michel.

Nur Stephan hielt sich im Hintergrund. Aber er erfreute sich unbändig an diesem frischen Wesen und zwinkerte Elisabeth verstohlen zu.

Der Gabelbissen indes war weg, eins, zwei, drei, ehe sie ihn noch recht angelächelt hatten.

Während das alles geschah, mußte Frau Marianne doch etwas rumoren gehört haben, oder sie hatte die Zeit abgeschätzt und die Uhr verglichen, kurzum, mit einemmal vernahm man sie nämlich oben vom Treppenabsatz her laut und deutlich »Stephan! Mein Junge!« rufen. »Seid ihr schon da?« Vielleicht auch war es gerade ihre Absicht, nun die Szene so effektvoll und dramatisch wie nur möglich zu gestalten. Und sie hatte nicht ganz unrecht mit dieser Voraussicht. Ein Türflügel öffnete sich bereits ganz klein, auf Spaltbreite. Jedoch, sie tat, als bemerke sie das nicht.

»Ja–a! Tante! Ich komme!« echote Stephan von unten. »Aber untersteh dich, herabzusteigen!« drohte er, und schon donnerte er den Treppengang hinauf. Er nahm sie, die so gering gewordene Last, in seine Arme, zugleich überwältigt von umwillkürlicher Wiedersehensfreude und doch auch bestimmt von seinem Vorsatz, diesem spröden, eingefrorenen Herzen alle, alle, alle seine Liebe zu schenken, um es noch einmal ein klein wenig aufzutauen vor dem Ende. (Vor dem Gericht, mußte er denken.) Er hob sie sachte auf, zog sie an sich und bedeckte ihr Gesicht mit Sohnesküssen. Sie mußte ihm in diesem Augenblick die eigene Mutter vorstellen und vertreten. Er trug sie behutsam über den Korridor auf ihr Zimmer zurück. »Lieber! Lieber! Mein Neffe!« wiederholte sie dabei in einem fort. »Endlich! Endlich! Nun bist du da!« triumphierte sie. (Als sei das von allem Anbeginn so und nicht anders auf dem Programm gestanden.) Sie erfühlte es mit jedem Nerv, sie spürte es, wie das Haus allmählich elektrisch wurde, sie sah im Geist vergnügt die

Lauscherohren der überraschten Zwangsmieter, der verhaßten, und ihre Gesichter hinter den Türen länger und länger werden. Ein Gucklochdeckel klappte leise hoch. Aber sie hörte das! Sie hörte es ganz genau!

Das Zimmer hatten sie für heute etwas umgestellt. Es war klein, und hatte nun doch die Festtafel aufnehmen müssen. Also waren einige Möbelstücke von dem gewohnten Platz gerückt worden. »Ja, so hausen wir, wir Abbrändler! In dieser Enge!« sagte sie bitter. Er setzte sie vorsichtig in ihrem Krankenstuhl ab. »Nun gut, so wohnen wir, meinst du, justament und gerade darum im unzerstörbaren Gehäuse unserer Freude. Jawohl, du hast recht: in einem festen Turm aus lauter Freude«, erwiderte Stephan. Sie nahm lächelnd seine Sentenz als die ihre an.

Da ging die Tür auf, und nun erst kam Elisabeth langsam, kamen Albert und Michel nach. Die drei hatten zunächst Tante und Neffen absichtlich miteinander etwas allein gelassen. Frau Marianne aber erhob sich sogleich, ganz Fürstin; doch was für eine liebenswürdige heute! Sie hatte die Tönung ‚Charmant' für diesen Tag gewählt. Die Überraschung, daß die Freunde zu dritt gekommen waren, merkte man ihr nicht im geringsten an. (Nur zu! dachte sie. Um so besser!) Sie ging wie selbstverständlich Albert und Michel, die an der Tür stehen geblieben waren und sich wortlos verneigten, entgegen: »Meine Herren, wer meinem Neffen Blutsbruder war und Freund ist, der wird mir, der wird hier so wie er selber immer willkommen sein!«

»Elisabeth«, fuhr sie fort, »weise, bitte, die Plätze an!« Doch halt! Wir müssen ein Gedeck mehr aufbauen. Es muß gehen. Nein, nicht etwa eines abtragen. Ich wünsche nämlich trotz alledem, daß heute auch Dominik und selbst Monika zwischendurch mit uns zu Tisch sitzen und nicht etwa unten in der Küche essen. Sie haben sich das verdient«, sagte sie generös und großzügig. Sie verstand sich zuweilen auch darauf, wenn es Sinn und Zweck hatte. Und beim gerechten Gott, sie konnte Bundesgenossen brauchen.

Nach einer Weile dann schwang sie seit langem zum erstenmal wieder die alte Tischglocke, aber um im Gegenteil eine völlig neue Zeit einzuläuten, schwang sie zur offenen Türe hinaus, daß es durch den Flur hallte, und Dominik und Monika begannen alsogleich aufzutragen; freilich, nicht ohne daß ihnen schon unten wie zufällig eine Partei über den Weg lief, die Schüssel beschnuppernd. »Was ist denn heute bei euch los?« fragte die alte Füchsin sauersüß, aber wispernd wie eine Spitzmaus.

»Zusätzliche Kalorien!« brummte Dominik. »Das ist aber auch ein Anlaß!«

»Der neue Herr ist gekommen«, orakelte Monika geheimnisvoll, deutete jedoch an, daß sie sich leider in nichts einlassen könne, ja sie beeilte sich noch mehr, um sichtbar zu machen, daß nunmehr alles hier aus einem anderen Ton, jawohl, aus einem ganz anderen Ton zu gehen habe; denn jetzt werde sowieso sämtliches von Grund auf anders.

»Ja, wurde denn verkauft?« fragte die Klatschbase, und ihr einziger und letzter Eckzahn blitzte dabei auf. Man konnte gewiß sein, daß sie die Nachricht wie ein Lauffeuer verbreiten werde.

»Wieso verkauft?« sagte Dominik barsch, als hätte er es mit einer Irren zu tun. »Unsinn! Nein, nein. Der Neffe ist angekommen. Aus der Kriegsgefangenschaft heimgekommen. Herr Stephan Schmidt, der alles übernimmt.«

»Soso, ein Neffe«, kam es kleinlaut zurück. »Das wußte ich gar nicht.« Noch etwas höckeriger als sonst verschwand sie – mit gestillter Neugier zwar, aber sorgenbeladen – in ihren Bau.

Das Gastmahl oben wurde wirklich ein Fest. Stephan

vergönnte es den Freunden aus vollem Herzen und nahm daran selber ohne Rückhalt teil. »Wer so wie wir in Zukunft hier arbeiten wird, der muß heute einmal mit dem gleichen Eifer essen«, verkündete er zu Beginn, um von vornherein Alberts immer noch mögliche Hemmungen vor vermeintlichem Beschenktwerden aus dem Weg zu räumen.

Es dauerte nicht lange, und alle anfängliche Befangenheit wich einem allgemeinen Behagen. Dafür sorgten schon Monika und Dominik, manchmal von Michel unterstützt, durch die schalkhafte Munterkeit, mit der sie kamen und gingen, auftrugen und abräumten, anboten und austeilten. Irgendwelche Schatten ließ Stephan zunächst nicht aufkommen als Raub an den wohlerworbenen Rechten der Köchin, die es sich verdient habe, daß man ihren Festtagsgerichten bis zum Ende der bunten, leckeren Folge ungeteilte und ungeschmälerte Aufmerksamkeit schenke. Aber auch weiterhin verwehrte Stephan wenigstens den Sorgen der Zukunft jeden Zutritt für diese Stunden. Wo sie es nämlich später, beim Nachtisch, als nun auch Monika und Dominik endlich für dauernd bei Tisch saßen, beim Weine, den auch Stephan heute nicht zurückwies, immer wieder doch versuchten, stießen sie auf seinen heftigen Widerstand. Er ließ nur zu, weil es sich nicht gut verhindern ließ, daß man einander in erster Tuchfühlung mit den gegenseitigen Schicksalen bekanntmachte, wobei er bemüht war, das allzu Dunkle aufzuhellen durch Lichter, die sich vom – berichtigenden – Geist her auch in der tiefsten Nacht noch anzünden lassen. Daß sich Vergangenes (er betonte es immer wieder: Vergangenes, was bei ihm unter der Hand die Bedeutung von etwas notwendigerweise Fehl- und Danebengegangenes annahm, sofern nämlich nur das unkontrollierte Gefühl sich damit beschäftigte), daß sich also Vergangenes auch in dieser Art besehen ließ, das war für Michel und

Albert längst nichts Neues mehr, tat aber jetzt auch Frau Marianne und Elisabeth merkwürdig wohl, und Stephan nützte diese seine Stunde, um mit dem kräftig zuschlagenden Hammer des Humors, wo er am Platz war, in ihren stacheligen Wall aus Verkrampftheiten die ersten Breschen zu schlagen.

»Wer jemandem etwas nachträgt, wortwörtlich: nachträgt, macht sich zu dessen Lakaien«, lautete einer seiner tollkühnen, übermütigen Einwürfe, da die Wogen der Malice für sein Gewissen wieder einmal zu hoch gingen (und um die beiden Frauen bei ihrem Stolz zu packen): Witzworte mit etwas Hintersinn, die oft wie Lakritzen schmeckten, süß und scharf zugleich; leichter Konfekt zum Knabbern, von ihm selber nicht schwer genommen, wie er zur Situation paßte, und wobei es genügte, daß er einen »Mh!« und »Immerhin!« sagen ließ; ein Gläschen Bitterer, der den Magen und die Seele stärkte, als bekömmliche Draufgabe und zum besser verdaulichen Beschluß, gleichsam als der Kork auf die Flasche, der Deckel auf den Topf.

*

Frau Marianne hatte die Tafel aufgehoben, und schon regten sich sämtliche Hände, um ihr Zimmer wieder in den Zustand zu bringen, den sie gewohnt war. Ein jeder beschwor sie außerdem, und das tat ihr wohl, sich sofort zur Ruhe zu begeben, was sie auch versprach. Nur Elisabeth blieb zurück, um der Mutter dabei zu helfen; hernach wolle sie noch den Raum lüften, und dann komme sie in die Küche nach.

Dort aber gingen alle übrigen daran, Monika beim Abwaschen, Abtrocknen und Wegräumen beizustehen, was sie sich gern gefallen ließ und was unter allerhand Schabernack und flotten Späßen vor sich ging, so daß in einer schwachen halben Stunde alles blitzblank wieder an seinem Ort lag und stand. Besonders Michel hatte sich, leicht beschwipst, dabei hervorgetan, als wolle er um alles in der Welt den ausgesetzten Preis: Einen Kuß dem Tüchtigsten! gewinnen. Der Wein hatte ihn ziemlich ausgewechselt, die Freude beschwingt, und sein Sieg wurde mit allgemeinem »Oho!« und »Er entpuppt sich!« gefeiert.

Da trat Elisabeth ein, um Stephan und seine Freunde zur Führung abzuholen, für den ersten Rundgang durch das Anwesen, wie sie vereinbart hatten. Dominik nahmen sie mit.

Als sie unten durch die Halle gingen, erklärte ihnen Elisabeth, daß sie ihnen hier im Hause augenblicklich leider nichts zeigen könne. Doch würden sie es morgen, bei den Parteien vorher angekündigt, aus einem bestimmten Grund zu einem bestimmten Zweck besichtigen. Bis hinauf zu den zwei Dachbodenkammern sei das Haus nämlich seit dem Vorjahr mit Neu-Einquartierten belegt, die man ihnen ungefragt hereingesetzt habe. Ja, diese Zwangsmieter, man stelle sich das nur vor, hätten sie selbst, die beiden Frauen, die Eigentümer, in die zwei – den Freunden schon bekannten – Zimmerchen im ersten Stock zusammengedrängt. Doch sei darüber natürlich nicht das letzte Wort gesprochen. Stephans Ankunft und die seiner Kameraden gebe ihr jetzt das Recht in die Hand, wegen Eigenbedarfes zu kündigen. Sie brauchten also morgen nur zu bestimmen, welchen Raum, welche Räume sie für sich anzufordern wünschten, und diese würden freigemacht werden, so oder so.

»Hier liegt ein Irrtum vor, Elisabeth«, erklärte Stephan auf das bestimmteste, wenn er auch bemüht war, das für die Abgrenzung Nötige möglichst ohne Kanten zu sagen. »Wird hier einmal ein Raum von selber, durch natürlichen Abgang, durch freiwilligen Auszug leer, so ist es gut, und dann soll er uns recht sein. Unseretwegen gekündigt aber wird niemand. Unseretwegen muß niemand auf die Straße. Ganz abgesehen davon, daß ich gar nicht einmal so sehr sicher bin, ob eine Kündigung, wie du sie vorhattest, auch wirklich den gewünschten Erfolg hätte. Besitz an sich zählt nicht mehr. Besitz für sich ist heute nur mehr durch ununterbrochene Leistung zu rechtfertigen. Wir drei aber haben hier vorerst noch nichts geleistet. Dein gutes Herz für uns in allen Ehren, Elisabeth! Wir danken dir für deine liebe, freundliche Absicht. Sie ist uns Geschenk genug. Jedoch, wir drei werden eine andere Lösung suchen – und finden«, sagte er und strich begütigend über ihren Arm.

Elisabeth fügte sich und schloß die kleine Tür innerhalb des wuchtigen Tores auf, das hinten aus der Halle unmittelbar in den Garten führte, in den großen, von einer mäßig hohen Ziegelmauer allseitig eingefaßten Hausgarten.

»Michel, also nun aufgepaßt!« wandte sich Stephan an seinen jungen Freund. »Wir stehen in deinem künftigen Reich. Wie wird dir denn? Fast möchte ich dich beneiden.«

Michels Augen wanderten auf und ab und in die Runde. »Du darfst es«, sagte er. »Wenn du die Aufgabe meinst. Und wie ich dich kenne, hast du sie gemeint.«

»Erraten! Nur sie. Um es genauer zu sagen: beneiden, gerade weil ich auch die Größe und Schwere der dir gestellten Aufgabe abschätzen kann. Allein, es gibt nichts Schöneres in der Welt, als eine Aufgabe, groß und schwer genug, um uns zwar alle Kräfte abzufordern, und doch wieder begrenzt genug, daß wir sie als unseren Kräften noch angemessen empfinden. Der Teil, der dir zufiel und abverlangt wird, ist: genau das bewältigen zu müssen, was du gerade bewältigen kannst.«

Der Garten wies immer noch genügend Spuren der einstigen Ordnung auf. Aber es war nicht zu übersehen, daß er zuletzt arg vernachlässigt worden war. »Sie müssen wissen, Herr Albert«, bezog Elisabeth nun auch diesen ein, »als wir Frauen im vorigen Sommer zurückkehrten, fanden wir eine Lage vor, die uns von da ab an den Garten nur nebenbei denken ließ, sehr am Rande. Jede Hand war eben anderswo nötiger. So blieb er in allem zurück. Wir hatten früher immer einen eigenen Gärtner, und der hatte bei der Weitläufigkeit der Anlagen reichlich zu tun. Obgleich er dabei von uns selber gern und oft unterstützt wurde; denn sowohl mein Vater als auch meine beiden jungen Brüder verwendeten manche freie Stunde darauf, in unserem Hausgarten rein aus Lust und Liebe zur Sache hier und dort mit anzupacken. Während der letzten Jahre war es ein uns zugeteilter Kriegsgefangener gewesen, der sich um ihn kümmerte, der mit einigem Interesse, sagen wir ruhig: sogar mit etwas Liebe noch an ihm hing. Aber Jan ist seit dem Zusammenbruch, der ihn befreite, wohl längst wieder in seiner polnischen Heimat. Während unserer Abwesenheit hatten sich den Großteil des Gemüsegartens die Wohnparteien nutzbar gemacht und ein paar unserer land- und forstwirtschaftlichen Arbeiter von drüben, aus dem Gesindehaus, sowie etliche unserer Sägereiangestellten; und zwar zusätzlich, da jeder von unseren verheirateten Leuten über einen eigenen Gartenanteil drüben, wie Sie sehen werden, verfügt. Nun gut, sie zogen davon ihren Vorteil. Warum schließlich auch nicht. Es war ihnen gegönnt. Darüber hinaus aber auch nur einen Handgriff für das Übrige zu tun, aus Liebe zur Sache selbst, daran dachte bis heute niemand. Die bloße Vorstellung hievon wäre ihnen wohl zu ‚romantisch‘ vorgekommen. Aber natürlich, ich weiß schon, man darf heutigentags von den Menschen gar nicht erst so viel erwarten.«

»Nein, das dürfen Sie wirklich nicht, gnädiges Fräulein ... Fräulein Elisabeth ... oder – verzeihen Sie, wie spreche ich Sie denn eigentlich am besten an! Gestatten Sie, daß ich wie der Bub da ‚Domina' zu Ihnen sage!« warf Albert ein. »Die Besten von uns haben sich jahrelang abgemüht, die Menschen ein klein wenig zu gemeinnützigem Denken und Handeln zu erziehen. Vergeblich. Es ist so gut wie alles wieder spurlos weg und fort und dahin. Was – gar heute! – nicht unmittelbar mit dem eigenen Wanst und Geldsack zu tun hat, das alles heißt in Bausch und Bogen kurzweg nur mehr ‚sentimental'.«

»Ja, und man tut sich viel auf seinen ‚Realismus' zugute. Da nun die Jahreszeit aber so plötzlich in den vollen Frühling rückte«, fuhr Elisabeth fort, »wären in den nächsten Tagen Monika und ich über den Garten gegangen, und ab und zu hätte uns sicherlich auch Dominik dabei geholfen, nicht wahr? Endlich habe ich vor kurzem in den Markt hinein zum Meister Kronik geschickt um eine Aushilfe, und damit er selber zugleich die nötigen fachmännischen Anordnungen treffe. Er kommt morgen hieher. Nun bin ich aber froh, daß Stephan uns für diesen Zweck heute Michel mitgebracht hat. So bin ich einer großen Sorge ledig.«

»Domina«, so sagte jetzt auch Michel zu ihr, »ich werde mich bemühen. Aber ich habe noch sehr viel zu lernen. Ich nahm mir daher vor, mich regelrecht als Lehrling aufdingen und ausbilden zu lassen, von Grund auf. Wenn ein Berufsgärtner im Ort ist, wie Sie sagen, so wird sich wohl eine Form finden lassen, daß ich das eine mit dem anderen dort und hier unter seiner Leitung vereinen kann.«

»Jawohl, das wird sich machen lassen«, erklärte Stephan. »Ich werde gleich morgen mit Meister Kronik auch darüber sprechen. Nur müssen wir jetzt, Herrschaften, weitergehen.

In Einzelheiten dürfen wir uns heute nicht verlieren. Die Zeit drängt.«

»So darf ich bitten«, sagte Elisabeth und ging voran.

Sie warfen noch einen kurzen Rundblick über den ausgedehnten Nutzgarten, den kleinen Ziergarten, den Streifen Wiese (zum Wäschebleichen), die Laube, über den Obstanger und die Zwischenpflanzungen mit den Beerensträuchern, über das Weinspalier, den Verschlag für das Werkzeug, über vieles noch, und wandten sich sodann dem Pförtchen in der Mauer zu, durch das man in den riesigen Wirtschaftshof hinübergelangte.

Zur Linken befand sich die Sägerei, hinter der man den Werkbach heute um so lauter rauschen hörte, weil diesen Nachmittag die Gattersäge, die Blockband- und Kreissäge, alle drei zugleich stillagen und die Männer mit dem Stapeln von soeben angekommenem Langholz und – wohl am Vormittag – frisch zugeschnittener Bretter beschäftigt waren. Die Männer sahen kaum auf, so sehr waren sie vertieft. Das verriet um so mehr, daß die Ankunft des neuen Herrn, den der älteste unter ihnen von früher her, von Jugend auf als einen unermüdlichen Arbeiter kannte, sich bereits durchgesprochen hatte.

Zur Rechten befanden sich die Stallungen. Doch die größere Hälfte des Stallgebäudes stand nur als Ruine da, ausgebrannt bis auf die rauchgeschwärzten Grundmauern. Erst die kleinere, vom Brand weniger versehrte Hälfte war wieder aufgebaut und eingedeckt und in Benützung genommen worden. Die vorderhand recht spärlichen, neu eingestellten Pferde und Rinder und Schweine waren, in gesonderten Abteilungen, alle darin vereinigt. Und noch war ein geräumiger Winkel frei. Ein Knecht hatte dort sein Bett stehen und sich eine Art Kammer eingerichtet. Das Schweizerehepaar war eben mit Ausmisten und Futterschneiden beschäftigt. Auch ihr Übereifer machte sich leicht verdächtig. Stephan erwiderte freundlich ihren Gruß.

»Wie wär's mit hier?« wandte sich Michel an ihn und zeigte in den Winkel mit dem Knechtbett, weil dort auch sonst noch eine Menge Platz war. »Ist bereits vorgemerkt«, erwiderte Stephan. »Doch wir müssen erst einmal weiter sehen.« Elisabeth protestierte kopfschüttelnd, aber sie machte sich schon jetzt auf einen schweren Stand gefaßt.

Sie gingen in den Hof zurück (mit dem Dunghaufen und der Jauchepumpe vor dem Stallgebäude) und nun auf das breite, mächtige Gesindehaus zu, das ihn abschloß. Es war als Durchhaus angelegt. Durch den wuchtigen Torbogen sah und fuhr man in den zweiten, äußeren Hof hinaus. Es war einstöckig, hatte zudem ein ausgebautes Dachgeschoß und quoll dennoch von Menschen über, das sagten einem die angeräumten Fenster; denn es enthielt sowohl die Kammern für die ledigen als auch die Kleinwohnungen für die verheirateten Dienstleute. Unten im Erdgeschoß befanden sich unter anderem noch ein Schüttboden für Getreide sowie die Schreibkammer und Wohnung des Verwalters. Elisabeth wehrte es aber heftig ab, hier einzutreten, bevor sie mit Stephan und Albert vertraulich gesprochen und sich mit ihnen beraten hätte; sie sei zwar sicher, daß sie schon auf Grund ihres Briefes einiges ahnten; doch das genüge nicht.

»Entschuldigen Sie bloß eine Frage, Domina«, warf Albert ein. »Eine ungeschickte Frage. Sie sagten ‚Verwalter'. Habe ich mir darunter am Ende gar – aber das hätte ich wohl schon von Stephan erfahren – einen öffentlichen Verwalter vorzustellen, weil –«

»Wo denken Sie hin! Nein. In unserer Familie gehörte niemand der Partei an. Ja, als streng bürgerliches Haus standen wir zu ihr vielfach in scharfem Gegensatz, und sie selber mißtraute uns und nicht mit Unrecht. Doch mußten wir im Kriege Staats- und Heeresaufträge durchführen, und das reichte für die Meute (aus rabiaten Fremdarbeitern und Einheimischen bunt gemischt) hin, uns als Kriegsverlängerer anzuprangern. Vermutlich damit sie so vor sich selbst ihre Beute rechtfertige, auf die allein es dabei ankam. Nein. Es handelt sich um unseren eigenen Verwalter. Er hatte ursprünglich, noch zu Lebzeiten meines Vaters, als Adjunkt – er ist Land- und Forstwirt – bei uns gedient und übernahm nach Vaters Tod und in unserer Abwesenheit mit Willen der Arbeiter- und Angestelltenschaft die gesamte Verwaltung.«

»Eine an sich recht verdienstliche Angelegenheit, Elisabeth«, bemerkte Stephan. (Vielleicht auch eine große Versuchung, mußte er denken.)

Sie durchschritten eben den Torweg, als sich die Tür der Schreibkammer hastig öffnete und die Kanzlistin heraus- und auf Elisabeth zutrat, zerfahren, ziemlich aus dem Scharnier. Ihre dunkelrot lackierten Fingernägel, auch ihre sonstige Bemalung und Halbwelt-Aufmachung bildeten einen so schreienden Gegensatz zur ländlichen Umgebung, daß Stephan und Albert einander unwillkürlich ansahen und Dominik zu Michel eine Gebärde des Unwillens machte, die leicht zu deuten war. Das Mädchen berichtete, daß der Herr Verwalter mit dem Rad in den Wald gefahren sei, daß er eigentlich um diese Zeit schon wiederum zurück sein wollte und es gewiß bedauere, gerade jetzt nicht hier zu sein und nicht persönlich die Führung übernehmen zu können. Sie wolle ihn zumindest aber entschuldigt haben. Außerdem lud sie durch eine Handbewegung und einen halben Blick über die Gäste zum Besuch der Schreibstube ein. Elisabeth nahm ihre Mitteilung gemessen entgegen, nickte dazu aber nur und setzte im übrigen ihren Weg außen fort; ohne weitere Erklärung, sodaß das Mädchen sich betreten zurückzog.

Die vier jungen Männer folgten Elisabeth hinaus in den zweiten, hinteren Hof. Dieser wurde links von der Scheune begrenzt, die sie nun aufsuchten. Sie war von neuerer Bauart. Elisabeth erklärte darum den Gästen, daß sie sich die alte, nach der ursprünglichen Einteilung, im vorderen Hof denken müßten, auf dem jetzigen Standort der Sägerei und des Holzlagerplatzes. Ein Jungknecht bediente eben die Häckselmaschine. Ein paar Hennen verliefen sich gackernd ins Stroh.

Auf der rechten Seite des Hofes erstreckte sich der halboffene Maschinen- und Geräteschuppen. Sein stark gelichteter Bestand machte, ähnlich wie der auf einen kleinen Bruchteil von einst zusammengeschmolzene Viehbestand, die Schwere des Substanzverlustes in den Umbruchtagen und die ganze gegenwärtige Not des Unternehmens in aller Härte offenbar.

In der Mitte des Hofes erhob sich der Taubenturm, der Brunnen, stand die Hundehütte, lag der Göpel. Weiterhin verschmälerte sich der Hof zur bloßen Zufahrtstraße, damit an deren beiden Seiten die Gemüsebeete der Hausleute sich ausdehnen konnten, bis zum Holzzaun und zum -tor, die Hof und Garten gegen das dahinterliegende freie Feld hin begrenzten. Dieses gehörte teilweise gleichfalls zum Besitz.

Elisabeth und die Gäste machten kehrt. Sie wandten sich wieder gegen den inneren Hof hin um. Von den Fenstern des Gesindehauses fuhr da und dort ein spähender Frauenkopf zurück und verschwand hinter den Gardinen. Im Torweg unten standen und lehnten neugierig ein paar Kinder herum.

Als die fünf so auf dem Rückweg den Innenhof überquerten, hatten sie nun (in einigem Abstand von der Sägemühle, angeschmiegt an die Mauer des Herrengartens) das kleine Spritzenhaus vor sich liegen, das sie zunächst im Herweg gar nicht weiter beachtet hatten.

Stephan ging kopfwiegend darauf zu. An der Flankenseite durch die verschmutzte, fast blinde Fensterscheibe hindurchblickend, sah er doch so viel, daß es leer war, und tat einen leisen Pfiff.

»Ja, auch unseren eigenen Pumpenwagen, den wir so notwendig zur Sicherung unseres Anwesens vor Schadenfeuer brauchen, auch den hat man uns fortgenommen und als Kriegsbeute weggeführt. Eine neue Motorspritze zu beschaffen, wird uns noch sehr lange, wahrscheinlich für immer unmöglich sein«, erklärte Elisabeth.

»Ich bitte um den Schlüssel«, sagte Stephan. Dominik lief darum.

»Was klar und offen in Kampftagen durch den Waffengegner geschieht und mit dem Recht des Siegers«, unterschied Albert scharf, »gehört auf ein völlig anderes Blatt als die feige, heimtückische Beuteschinderei des landeigenen Pöbels, der niemals Mann gegen Mann kämpft, aber stets hintenherum gewinnen will und dem es traurigerweise immer wieder und überall gelingt, bei jedem, aber schon wirklich bei jedem und dem berechtigtsten Umsturz gelingt, noch die strahlendste und reinste Idee durch sein Böses in kurzer Zeit unheilbar zu schwärzen und zu beschmutzen.«

»Natürlich bezweckt der simple Strauchdieb nichts anderes, als daß die Brieftasche des Überfallenen schlicht und einfach nunmehr in seine Hände kommt, und man muß ihm daher auf die langen Finger klopfen«, räumte Stephan ein. »Und doch, Herrschaften«, fuhr er fort, zögernd, widerstrebend, weil er zum lehrhaften Wort nur ganz selten seine Zuflucht nahm, als zum allerletzten Auskunftsmittel, »und doch dürfen wir uns alle miteinander nicht der tiefen Wandlung gegenüber verschließen, die der Begriff und die Funktion des Eigentums überhaupt in unserer Zeit erfährt. Eigentum als unbedingtes, uneingeschränktes Herrschaftsrecht des Einzelnen über eine Sache, gleichviel ob es und ob er pflichtig dienen will oder nicht, ist zwar immer noch und mit allem Fug eine fundamentale Angelegenheit des formalen Rechtes. Das Leben aber, das praktische Leben entthront den Souverän immer mehr zu seinem eigenen Ministerialen, bedingt und baut das abstrakte Eigentum ab zur Wirk-lichkeit, das ist Wirk-samkeit des bloßen Lehens. Je nach Standort nennen die einen es ein Leben aus Gottes Hand, und nennen die anderen es ein Lehen aus den Händen der Gemeinschaft. So wie Adel heute nur mehr als Dienstadel sinnvoll ist, wird auch das Bürgertum guttun, in diesem Belang auf das Christentum oder den Sozialismus hinzuhören. Besitz kann heute beides sein, Fug oder Unfug. Es kommt auch hiebei darauf an, was einer dienend daraus macht, also nicht nur für sich selber.«

(Oh, so habe ich, mußte Elisabeth zugleich belustigt und betroffen denken, das verlängerte Gewissen nunmehr im eigenen Haus, ganz nah bei der Hand, und wie erst wird der Doktor sich an solcher Geistesverwandtschaft erfreuen! Meine Hohe Schule hat also wohl begonnen. Ob ich mich sperren soll? Aber ich merke schon jetzt, daß er und wie sehr er recht hat. Vor allem darum, weil er seine Lehre lebt.)

Dominik kam und überreichte Stephan den Schlüssel; ohne Umschweife gleich Stephan selbst. Dieser öffnete die Schiebetür des Pumpenhauses, musterte den Raum, und obwohl der unsauber genug hersah, rief er doch sogleich: »Heureka! Albert, Michel und wer sonst noch will: ich glaube, der Würfel ist gefallen!«

»Jawohl. Mehr als das. Ich bin begeistert!« rief Michel aus.

»Einverstanden«, sagte Albert. Begeistert war er nicht. Aber er war eisern entschlossen, für ein gewisses Intermezzo diese Notlösung auf sich zu nehmen. so wie er eisern entschlossen war, und das für immer, mit den Kameraden jedes

Los zu teilen, das etwa ihrer noch harrte. Aber um Gottes willen, meine Herren, wollte Elisabeth einwenden, das ist doch Wahnsinn, und hat er gleich Methode.

Es kam nicht dazu. Stephan kam ihr nämlich zuvor. Er küßte ihr die Hand. »Ich weiß, Elisabeth, was ich dir da zumute. Du hast dir das alles sehr viel anders vorgestellt. Und doch, ich sage dir, wir kommen aus solcher Not, daß wir uns hier durchaus wohlfühlen werden; wohler jedenfalls als sonst irgendwo, wenn wir dort jemanden hätten verdrängen müssen. Es ist ein Anfang, gewiß, ein Übergang. Das versprechen wir. Und damit verzeih uns unsere fanatische, weil wach und wissend gewordene Liebe zum einfachen Leben! Zum allereinfachsten Leben. Nimm sie vorerst einmal, ohne zu grollen, ja nimm sie meinetwegen zunächst als jungenhafte Grille hin!«

»Fürs erste, Stephan, gut, will ich mich fügen. Aber kommt Zeit, kommt Rat, und nicht nur Rat, die Tat!« sagte Elisabeth. »Allerdings, wie ich es der Mutter beibringen werde, weiß ich noch nicht. Ich glaube, ich werde das dir überlassen. Sieh zu, wie du aus der Teigwanne wieder heraussteigst, in die du dich freiwillig und mutwillig hineinbegeben. Ich ahne, die Mutter wird dir helfen. Aber dir beim Herausziehen möglicherweise die Löffel ausreißen.«

Darüber mußte Michel lachen. »Somit bleibt nur die Frage offen«, zog er keck die Summe: »wo nehmen wir Aufstockbetten her? Sonst kommen wir nämlich mit dem bißchen Platz nicht aus. Zwei von uns dreien müssen ihr Lager wohl übereinander bauen. Der für oben Eingeteilte – ich will's gerne selber sein – muß eben beim Hinaufsteigen und Niederlegen achtgeben, daß er sich rechtzeitig duckt und sich nicht die Hirnschale einstößt. Stockbetten. Jawohl. Wie beim Vater Kommiß. Oder noch schmälere, wie sie in Luftschutzkellern standen. Das wäre fein!«

»Stockbetten. Die kann ich euch besorgen«, erklärte Dominik. »Drei braucht ihr also.«

»Nein, vier«, verbesserte ihn Stephan rasch. »Ich wünsche nämlich, Dominik, daß du aus dem Lager ganz zu uns übersiedelst. Monika ist es schon. Wir brauchen auch dich herüben. Hier am besten. Und immer zur Hand. Ich bitte dich darum.«

»Ja, wenn der Herr, wenn es Ihnen – ich muß es den Eltern sagen. Gern natürlich.«

»Dominik, ich bin hier niemandes Herr, merk dir das! So etwas kennt das Pumpenhaus nicht. Herr! Ich bin es kaum über mich selber. Und laß von jetzt an das vertrackte ‚Sie', hörst du! Es geniert mich. Ich will dein Kamerad sein. Das ist nämlich viel mehr. Und du sei meiner! Schlag ein!«

Der Junge stand wie begossen da. »Ja, aber –«

»Ja, aber wir brauchen auch Schränke, einen Tisch, zwei Bänke, eine Waschgelegenheit, meinst du«, unterbrach ihn Stephan, »und damit hast du recht. Woher willst du die Betten nehmen?«

»Ich gehe zum Lagerleiter. Nach dem letzten Transport haben wir zwei Baracken, die abgetragen werden, ganz leergeräumt. Wir haben die Einrichtung sauber machen und in der Zeugkammer aufstapeln müssen. Es sind auch militärische Zweimann-Spinde dabei, eine große Menge, schmale, wie sie hier hereinpassen, und viel haben wir ja alle miteinander nicht. Das bringen wir ein jeder leicht in einem halben Spind unter.«

»Ausgezeichnet!« frohlockte Stephan. »Ich komme mit. Und du glaubst, er darf uns von dem Gerümpel etwas borgen?«

»Ihnen schon. Hoppla – dir schon«, verbesserte sich Dominik. »Einem solchen Haus! Du kannst ihm ja auch wieder einen Gefallen tun. Aber es ist gar kein Gerümpel.

Was ich meine, wirklich nicht. Wir suchen uns schon die besten Stücke aus. Es sind sogar noch ein paar ganz gute Matratzen dabei, du wirst sehen. Einen Tisch gibt er uns auch mit und zwei kurze Bänke oder auch vier Hocker, was ihr wollt. Nur mit dem Waschtisch –«

»Den bekommt ihr von drüben«, mischte sich Elisabeth ein, »und Pölster und Bettwäsche; eine alte Kokosmatte als Bodenbelag kann ich euch auch geben, einen Kübel und was ihr an Kleinigkeiten braucht. Eigentlich ist's ja zum Lachen. Ich weiß nur nicht, warum es mir nun doch vergeht.«

(Weil du im Grunde zu uns gehörst, dachte sich Stephan. Du bist nämlich gar nicht nur die Tochter der Mutter! Du mußt bloß dich selber finden. Aber warte nur, diese Courage bringen wir dir bei!)

»Dann also vorwärts, ihr Weihnachtsmänner, ihr Gartenzwerge!« rief Stephan. »Alles hört auf mein Kommando! In eineinhalb Stunden steht die Sache Pumpenhaus klar zum Gefecht, will sagen: Stubendurchgang! Albert, du tröstest unterdessen Elisabeth mit einem einsichtsvollen Vortrag über den problematischen Wert von Wunschträumen! So nebenbei übernimm, bitte, die von ihr in Aussicht gestellten Herrlichkeiten und lege sie so zurecht, daß sie abgeholt werden können! Vergiß mir nicht auf den uns verheißenen dicken Perserteppich! – Ich hätte sonst in nächster Zeit hier einen Lärchenholzrost einbauen lassen. – Michel, du beginnst sofort mit dem Scheuerfest! Hole dir Kehrbesen, Schaufel, Wischtuch, Eimer, viel Wasser, immer wieder Wasser, du weißt, wie einst im Rekruten-Mai! Wedle mir auch die Decke, die Wände ab! Fort mit allen Spinnweben! Der Steinboden muß so rein sein, daß wir darauf essen, die Fensterscheibe so blank, daß wir sie, herumgeklappt, als Rasierspiegel verwenden könnten! Weh dir, wenn ich an der Tür außen wie innen, oben oder unten auch nur das geringste Stäubchen entdecke! Dafür gibt es Bau. Sieh die elektrische Zuleitung nach! Sie ist intakt, sagst du, Elisabeth? Um so besser! Gut, dann muß eine Birne her! Dominik, du spann augenblicklich ein! Lauf! Vielleicht findest du im Stall für jenen Wagen dort doch noch eine alte Schindermähre, die heute nichts zu tun hat! Wenn nicht, tut's auch ein Ziegenbock. Ja, du lachst über mich. Aber es wird dir noch vergehen. Los! Sieh eben zu, wie du klar kommst! hätte das beim Barras gelautet. Sei froh, Bub, er ist dir erspart geblieben! Reiß dich am Riemen! hätte der Spieß gesagt. Aber halt! Halt! Warte auf mich! Nimm's nicht so wörtlich! Und laß dich nicht durcheinanderbringen! Ich komme ja mit. Wir zwei fahren ins Lager. Auf allgemeines Wiedersehen, Herrschaften! Avanti allseits, avanti!«

Elisabeth, Albert, Michel gingen durch den Garten in das Herrenhaus zurück. Albert machte sich Sorgen um Elisabeth. Sie war noch blasser geworden. Ja, sie schwankte leicht. Er, der Mann, begann das Leid zu ahnen, unter dem sie fast zusammenbrach.

»Es fällt nicht schwer, sich ihm unterzuordnen«, sagte Albert zu Elisabeth, als ob er sie beschwichtigen müßte. »Mich hat er lange schon entwaffnet. Und das will etwas heißen. Ich war ein ewiger Aufbegehrer, bis ich auf den schwarzen Diamanten dieses Herzens stieß.«

»Schwarzen?« fragte Elisabeth bleich und ernst.

»Gut, sagen wir: dunklen. Das genügt. Er ist ein Sieger, Domina. Ein Überwinder. Was hat er aus seinem finsteren Leben voller Armut, Mühsal, Opfer und Verzicht für einen Lichtquell gemacht! Uns und den andern. Er gibt sich ganz in unsere Hand. Und was können wir ihm geben, wir kleinen, törichten Gefangenen des Ich? Ein bißchen Treue, das ist alles. Er teilt sich aus. Und was erhält er schon zurück? Ein paar abgenützte Kupfermünzen. Und selbst die behält er nicht für sich. Das Licht aber, das er widerstrahlt, wo wäre das noch ein irdisches?«

Elisabeth hielt mitten im Gehen inne. Ihre Augen füllten sich mit Tränen. »Ja. Ja. Ich hab's geahnt«, flüsterte sie, unhörbar fast, wie zu sich selbst. »Er hat uns überholt. Er hat uns alle weit hinter sich gelassen.« Sie hielt sich erschüttert eine kleine Weile an dem Stamm eines Baumes fest und schluchzte auf. »Albert, ich danke Ihnen. Trotzdem. Daß sie so unkonventionell zu mir gesprochen haben. So kühn. So wahrhaftig und wesentlich. Wie ein Kamerad.« (Vor welchem Irrwahn hast du mich da mit wenigen Worten bewahrt! mußte sie denken. Welch dummen Hoffnungen hätte ich mich etwa hingegeben!) »Ja. Er ist uns voran. Wer holt ihn ein? Er versteht uns. Aber wie sollen wir ihn verstehen?«

»Wir müssen darum beten«, sagte Michel leise.

*

Die Nacht zog herauf über L., und die Sterne wanderten hin über das Pumpenhaus, in dem zum erstenmal die Freunde friedlich schliefen.

Am glücklichsten, befreitesten war wohl Dominik diesen Abend zur Ruhe gegangen. Doch lag er noch lange wach.

Seine Sorge, fast schämte er sich ihrer, war in Nichts zerronnen. Es gab also Antriebe, die er bisher nicht gekannt! Es gab Liebe, die nicht begehrte!

Und ja, es war alles gut abgelaufen. Auch sonst. Der Lagerleiter hatte Stephan bereitwillig ausgeholfen, nachdem er begriffen, wer vor ihm stand. Sie hatten alles, was sie brauchten, von ihm bekommen.

Hernach hatten sie Dominiks Eltern und Geschwister in ihrer Barackenstube aufgesucht, die der vielköpfigen Familie tagsüber als Werkraum diente, und sie bei ihrer Heimarbeit angetroffen. (Sie verfertigten Haushaltsgegenstände aus Holz: Kochlöffel, Quirle, Fleischschlegel, Obstquetschen für Passiersiebe und ähnliches und vertrieben sie im Ort und in der Umgebung.) Sie saßen eben im Kreis beisammen. (Deshalb hatten sie ja auch absichtlich mit Strohsäcken vorliebgenommen. Diese konnten sie nämlich am Morgen in einer Ecke übereinanderschichten und bekamen so den Boden für ihre Arbeit frei.) Stephan hatte also Dominik vom Vater ganz für sich freigebeten, für hieher, und die Eltern waren sogleich einverstanden gewesen.

Endlich hatten Stephan und Dominik den ausgeborgten Hausrat zur Stelle geschafft, und noch vor der angenommenen Zeit war das Pumpenhaus blitzsauber gemacht und eingeräumt gewesen.

Als es dämmerte, waren sie bereits alle in der Küche drüben versammelt gewesen um den großen Tisch: Elisabeth und Stephan, Albert und Michel, Dominik und Monika, um das Nachtmahl einzunehmen. Und so wollten sie es von nun an immer halten, frühmorgens und mittags und abends.

Und dann hatten sich die vier zurückgezogen, hieher, da auch Stephan eingestanden hatte, rechtschaffen müde zu sein und abgespannt von den ungewohnten Erregungen des Tages.

Die Tür hatten sie auf Spaltbreite offen stehen, und ein Streifen von Licht, von ihrem Licht war hinaus in den nächtlichen Hof gefallen. Und da hatten sie auch schon ihren ersten Besuch gehabt: ein kleines Mädchen aus dem Gesindehaus mit einem Büschelchen Primeln in der Hand für den neuen Herrn. Nun standen die Blumen in einem Glas auf dem Tisch und regten sich manchmal, unmerklich fast, wenn sie ein Windhauch erreichte.

Die Tiere im Stall waren auch längst zur Ruhe gekommen. Kein Muhen war mehr zu hören. Kein Rasseln vor den Futterbarren. Die Lichter im Gesindehaus waren nacheinander ausgegangen. Nur ein Hofhund, abgekettet, kam einmal schnuppernd und schweifwedelnd vorbei, zwängte den Kopf zur Tür herein, die zwei Vorderpfoten, streckte sich, gähnte, schüttelte sich und zog sich wieder zurück.

Die Nacht stieg auf, gipfelte, stieg ab, sah mit vielen, vielen Augen her auf das kleine Menschenhaus, das kurz zuvor noch eine leere, schmutzige, verfallende Wagenhütte gewesen war, an die niemand mehr gedacht hatte. Sah her als auf eine Zelle der Ordnung jetzt. Aber schon im Morgengrauen sollte daran das Chaos pochen.

Stephan lag als erster, als einziger bereits wach und hatte seinen Blick durch den Türspalt hinaus ins Freie gerichtet, als im Türrahmen plötzlich eine junge Frau erschien, blaß, übernächtig, verzweifelt, die Augen schreckhaft und flehentlich nach ihm gewendet. Stephan erhob sich sofort, bedeutete ihr, sich die kurze Weile zu gedulden, bis er sich angekleidet habe. Er sprach so leise zu ihr, daß sie begriff: die Kameraden sollten dadurch nicht geweckt werden. Er trat zu ihr ins Freie hinaus.

»Ach, bitte, helfen Sie mir und ihm!« sagte zitternd und schluchzend die Frau. »Ich fürchte, daß er den Verstand verliert. Er tut sich noch etwas an. Spät am Abend ist er wie ein Irrer, ganz verloren aus dem Wald heimgekommen. Seit Tagen hat er nicht eine Stunde geschlafen. Jetzt wirft es ihn nur so im Bett.«

»Nervenzusammenbruch?«

»Ja. Mein Mann. Ich bin die Verwaltersfrau.«

»Kommen Sie! Rasch! Führen Sie mich zu ihm! Aber wird ihn das nicht erst recht beunruhigen?«

»Ich glaube, nein. Er hat nach Ihnen verlangt.«

Stephan setzte sich an das Bett des Kranken, durch dessen Körper zunächst erst recht ein paar heftige, zuckende Stöße fuhren. »Herr Just«, sagte Stephan, »legen Sie, bitte, Ihre Hand in meine Hand! So.« Der Kranke begann haltlos zu weinen. Aber er wurde ruhiger. »Sie haben lange nicht geschlafen«, sagte Stephan. »Unterdessen wird um den Arzt geschickt.« Er wandte sich mit einem Wink deshalb um zur Frau, die kurz zuvor im Zimmer daneben nach den beiden kleinen Kindern gesehen hatte; doch waren diese noch nicht erwacht. »Der Arzt wird kommen, und dann werden Sie schlafen. Fest und gut. Vielleicht vierundzwanzig Stunden lang. Dann werden Sie ein neuer Mensch sein.«

»Nein, nein«, wehrte sich der Kranke. »Es ist nicht möglich. Nicht mehr möglich.«

»Ich sage Ihnen: doch. Es bedrückt Sie irgendetwas. Hoffentlich ist es eine Schuld. Um so besser nämlich. Daraus kann etwas werden. Etwas sehr Positives. Das wird Frucht tragen.«

Der Kranke sah mit großen Augen auf Stephan her.

»Es ist alles nur wegen dieser Person«, flüsterte die Frau jetzt Stephan zu, bevor sie ging. »Die ist an allem schuld.«

Stephan begriff augenblicklich. »Sehen Sie, Herr Just, es war so. Es bedrückt Sie etwas. Sagen wir meinetwegen: eine Schuld. Da haben Sie nun von meiner Ankunft erfahren und diese mit Ihnen und ihr in einen Zusammenhang gebracht. Ein solcher besteht nicht in der Wirklichkeit. Ich bin nicht als Zornengel mit dem Flammenschwert hiehergekommen, um Sie davonzujagen, wie Sie meinten. Ich werde Ihnen im Gegenteil wahrscheinlich keum meine Anerkennung versagen können für das, was Sie hier her und her geleistet haben. Trotzdem. Ich weiß es einzuschätzen, was das alles heißt – in der Gegenwart. Wir werden Sie daher entbürden. Sie treten die Verwaltungsgeschäfte zur Gänze an meinen

Freund ab, den ich mitgebracht habe. Der wird die Sache in Ordnung bringen. Ja, gewiß, wir werden die Sache in Ordnung bringen. Wenn es sein muß, durch Arrondierung und Abstoß von Liegenschaften, wozu ich auch noch aus anderen Gründen entschlossen bin. Und Sie selber kehren zu Ihrer ursprünglichen Tätigkeit als Adjunkt und zur praktischen Arbeit zurück, und Sie versprechen mir, sich ihr ganz hinzugeben und so und dort alles wieder gutzumachen, soweit es in Ihren Kräften steht.«

»Doppelt, dreifach«, stammelte der Kranke erlöst.

»Sehen sie, Buchmann und Kaufmann sind Sie vielleicht wirklich keiner. Und mich wiederum dürfen Sie nicht für einen Staatsbüttel halten. Begreifen Sie?«

Der Kranke nickte.

»Ihre Kanzlistin wird – als überzählig, mein Freund macht sich nämlich alles allein – von sich aus kündigen, und ich werde sie für den Rest der Dienstzeit beurlauben. Sie kann jederzeit gehen. Verstehen Sie das auch?«

Der Kranke nickte.

»Und damit bleibt alles unter uns. sie haben eine entzückende junge Frau und, höre ich, zwei kleine Kinder. Also muß schon deswegen alles wieder gut werden. Nicht?«

Der Kranke nickte.

»Herr Just, und nun werden Sie sich zusammennehmen. Gelt! In der Zukunft. Und wenn Sie ausgeschlafen haben werden, dann werden Sie mir sagen, was Sie eigentlich so sehr bedrückt. Nein, nicht jetzt. Ich nehme die Hülle nicht so wichtig wie den Kern. Ich glaube an den Kern. Die Hülle ist bei uns allen lädiert in dieser Zeit. Werden Sie mir dann Ihr volles Vertrauen schenken? Ja? Gut so. Sehen Sie, und damit hat das neue Leben schon angefangen.«

Der Arzt trat ein. Er ging mit raschen Schritten auf Stephan zu und begrüßte ihn bewegt mit einer langen, langen

Umarmung. »Stephan! Mein Junge! Daß du da bist! Zwar habe ich mir unser erstes Wiedersehen ganz anders vorgestellt, aber –«

»– aber es könnte gar nicht schöner und sinnvoller sein, Onkel Doktor! Da wir beide, gemeinsam, gleich einem Menschen helfen können. Übrigens, keine übertriebene Sorge! Dem jungen Manne da kann zum Glück sogar recht leicht geholfen werden. Wir haben uns schon ausgesprochen. Sie geben ihm, bitte, ein kräftiges Schlafmittel, ein paar Löffel oder Pulver oder Pillen, was weiß ich, jedenfalls eine Dosis ein, die hinreicht, ihm für vierundzwanzig Stunden wohltätigerweise das Hirn auszulöschen. Alles andere wird sich von selber finden.«

Der Arzt untersuchte den Kranken erst gar nicht lang, der Fall lag wirklich klar, er nickte nur zustimmend. Der Kranke nahm zwei Eßlöffel einer Mixtur ein. Es dauerte nicht lange, und er war tatsächlich tief eingeschlafen.

Stephan und der Doktor saßen eine Weile noch vor dem Lager. Der Arzt gab der Frau eine Anweisung für den nächsten Tag und brach sogleich wieder auf. Er bat Stephan, ihn in den Markt hinein nach Hause zu begleiten.

Stephan hängte sich wie einst in den Arm des väterlichen Freundes ein.

Lange gingen sie so nebeneinander her, ohne ein Wort zu sagen, und doch auf eine geheimnisvolle Art miteinander von Wesen zu Wesen bis in die letzte Faser der Existenz hinein verbunden, wie sie dies schon mehrmals im Verlauf geistiger und geistlicher Gespräche empfunden hatten.

»Ja, ja«, sagte der Doktor nur, wie immer in solchen Momenten.

»Ja, ja«, bestätigte ihm Stephan – daß er sehr wohl verstehe, was damit gemeint sei. Ich weiß ungefähr, was du mir sagen und was du mich jetzt fragen willst, im voraus, dachte

Stephan. »Onkel Doktor«, äußerte er nun aber doch, »war es nicht immer schon ein kleines Wunder, eine große Gnade, daß wir uns gar nicht erst viel in Worten unseres Einvernehmens vergewissern mußten?«

»Ja, es genügte oft, einander mit den Voraussetzungen hiefür bekanntzumachen«, bestätigte ihm der Doktor. »Aber soviel ich über deinen Entschluß auch bisher schon nachgedacht habe, lieber Stephan, diesmal komme ich doch nicht ganz mit dir zurecht. Dem Motiv, dem Motiv muß ich in einem fort nachgrübeln, Stephan.«

»Bitte, fragen Sie mich nicht! Noch nicht«, wehrte dieser ab. »Noch nicht.«

»Du bist nämlich bereit, Stephan, Taten einer Selbstentäußerung so seltenen Ausmaßes zu setzen, daß diese ihre ganz besonderen Gründe, Beweggründe haben muß – letzten Endes.«

»L e t z t e n Endes, jawohl. Es handelt sich tatsächlich um letzte Dinge. Aber sehen Sie mich, bitte, gar nicht so großartig, lieber Onkel Doktor! Wie wäre es, wenn . . .«, sagte er und machte eine lange Pause, »wie wäre es, wenn es dabei ganz einfach um eine – Sühne ginge?«

Der Arzt hielt im Gehen ein. »Ja, dann weiß ich für den Anfang ohnedies genug. Und es erleichtert mich. Das bringt dich mir menschlich näher. Daß du schon immer eine Ausnahmenatur warst, ist für mich seit eh und je eine unverrückbare Gewißheit. Aber ein zu großer Opfermut, einer bis zur Selbstaufgabe, einer, der hinauf und hinein in die Sphäre des Heiligen reicht, würde mir Herzklopfen bereiten. Du warst mir unheimlich geworden, Stephan. Aber nun – oh, Stephan, mein Junge, das alles macht mich geradezu glücklich!«

Sie waren vor dem Doktorhaus angekommen. Stephan bat den Arzt, ihn in den nächsten Tagen einmal besuchen und in

Ruhe und für länger sprechen zu dürfen. Sie vereinbarten die für diesen Besuch gelegenste Stunde und waren eben dabei, sich zu verabschieden. Da ging der Bürgermeister an ihnen vorüber. Er grüßte, da er Stephan von früher her entfernt kannte. Er trat näher und ersuchte diesen um eine Unterredung.

»Von Herzen gern, Herr Bürgermeister«, sagte Stephan. »Doch nicht jetzt und nicht hier, wenn ich bitten darf. Ich bin, daß Sie es wissen, umständehalber heute noch ungewaschen, unrasiert und ungekämmt und muß darum und aus noch anderen Gründen auf der Stelle nach Hause zurückkehren. Aber ich würde Ihnen vorschlagen, daß Sie mich am kommenden Sonntag vormittag aufsuchen. Meine Tante wird damit einverstanden sein.«

Der andere begriff sofort, daß ihm hiemit die Hand zu einem Brückenschlag geboten wurde, zugleich aber in einer Form, welche die Familie rehabilitieren sollte, ihr Genugtuung durch die öffentliche Hand verschaffte, ohne daß diese sich dabei etwas vergab.

»Ich werde kommen, Herr Schmidt«, sagte der Bürgermeister. »Ich vertraue darauf, daß wir in einer Aussprache von Mann zu Mann –«

»– sachlich und vernünftig einen Knäuel Schicksalswolle entwirren werden, der sich durch ungefüge Menschenhände ein bißchen schon sehr verfilzt hatte«, schloß Stephan und reichte dem Bürgermeister und dem Arzt die Hand.

Auf dem Heimweg ins Pumpenhaus sah er noch einmal kurz in der Verwalterwohnung nach dem Rechten. Der Kranke schlief fest und gut. Dafür waren die beiden Kinder, ein dreijähriger Knabe, ein fünfjähriges Mädchen, um so lebendiger und freundeten sich mit dem neuen Onkel bereits ein wenig an.

Dann suchte Stephan das Pumpenhaus auf. »Weitermachen!« sagte er lächelnd beim Eintritt und: »Guten Morgen, meine Herren!« Die Kameraden waren unterdessen aufgestanden und gerade beim Bettenbau, Waschen und Rasieren.

»Du warst ausgeflogen, und wir hatten es lange nicht gemerkt«, sagte Albert.

»Was den Schluß zuläßt, daß ihr die erste Nacht im Pumpenhaus ganz gut geschlafen habt, Jedenfalls recht begabt für den Anfang. Nicht wahr, Dominik? Du speziell erzählst mir einmal, was du in dieser deiner ersten Nacht hier geträumt hast. Ich bin nämlich abergläubisch. Und was mich sonst betrifft, ja, Herrschaften, ich habe mich inzwischen schon ein bißchen herumgetrieben. Es ist wahr. Und etliches angerichtet. Hoffentlich zum Guten.« Und nun ging er selbst über sein Bett, ordnete es, und an die eigene Toilette. Dann begaben sich die vier zum Frühstück hinüber ins Herrenhaus.

»Herrschaften, wir machen das heute so«, teilte Stephan ein. »Dominik geht an die ihm für diese Woche vom Herrn Verwalter zugewiesene Arbeit, gelt? Wir drei aber wandern, erst einmal am Vormittag, und fahren, damit es Albert nicht zu viel wird, auch nach dem Mittagessen nochmals hinaus in unseren Flur- und Waldbesitz, damit ihr auch den kennenlernt. Auf dem Hinweg schauen wir zum Meister Kronik hinein und besprechen gleich dort alles mit ihm, was Michel betrifft. Das schließt nicht aus, daß der Meister ein andermal doch auch hieher kommt. Auf dem Rückweg sollt ihr auch noch drinnen im Markte das Kaufhaus besehen, das uns gehört; nämlich den Rest, den es heute darstellt. Ich habe schon einen Blick darauf werfen können. Elisabeth, dich brauchen wir heute nicht zu bemühen, wenigstens nicht am Vormittag. Das Weitere wird sich finden. Und nun entschuldigt ihr mich, bitte, für eine Weile! Ich schaue jetzt etwas zur

Tante hinauf«, sagte Stephan und führte das in der Tat sofort aus.

Er klopfte, mit seinem Zeichen, dem lange so vereinbarten Zeichen, dreimal, drei Schläge in gemächlichem Abstand, und Frau Marianne rief dann gleich: »Nur herein, du Bösewicht! Aber du hast wenigstens auch im Zivil Courage. Betritt sie nur, die Höhle der Löwin!«

Stephan tat es, seinen Kopf scherzhaft mit Armen und Ellbogen schützend. »Ich wußte es, liebe Tante, daß du Grazie genug hast, um die neuesten Bocksprünge meiner Laune in so entzückender Weise aufzunehmen. Du warst immer eine Frau von apartester Phantasie, mit einem ganz seltenen Verständnis für das Ausgefallene, für alles, was die Schablone der Dutzendmenschen vermied, daß ich sehr wohl darauf gefaßt war, du würdest meinen neuesten Einfall und die schrullige Lösung, die wir für unser Biwak gefunden haben, mit so viel Humor akzeptieren. Und mit diesem kleinen, feinen Schmunzeln, das dir immer schon so gut zu Gesicht stand.«

Frau Marianne schmunzelte jetzt wirklich. »Stephan, ich schicke mich darein. Ich sehe, dir komme ich ja doch nicht auf. Du bist mir über. Weißt du was? Mach hier, was du willst! Es wird schon so richtig sein. Ich bin zu alt, um noch mehr zu wollen, als dir dabei zuzuschauen. Wenn du auch ein elender, windiger Schmeichler bist, ein öliger Taktiker und Diplomat, so weiß ich auch, daß das nur die äußerste Puppenhülle ist und daß sich darunter aber auch wirklich etwas Herrliches verbirgt und vorbereitet, etwa ein Apollofalter. Aus dir wird etwas werden, das weiß ich ganz bestimmt. Wenn du jetzt auch nur ein dummer Junge bist.«

»Oh, das ist mein Stichwort, liebe Tante«, sagte Stephan, aber nun wurde er ernst, sehr ernst. »Liebe Tante, ich komme mit einer großen Bitte zu dir. Eben darum. Du weißt, ich habe lange Zeit keine Mutter mehr. Ich sehne mich nach etwas Mütterlichkeit. Erlaube mir, schenke mir manchmal vor deinem Einschlafen die letzte Viertelstunde deines Tages, daß ich hier ganz allein an deinem Bett bei dir sitzen darf, mit dir sprechen, mich aussprechen darf über Dinge, so zart, so spinnwebenfein, daß sie nur in der Dämmerstunde gedeihen. Darf ich hoffen?«

»O du Seelenfänger«, sagte sie. »Aber selbstverständlich, komm nur, bitte! Es wird ja doch langsam Zeit für mich. Auch ist es dein Beruf.«

Ja – so gut verstanden sich die beiden, und so plänkelten sie noch eine Weile weiter. Aber aus Scherz und Ironie wuchs doch immer etwas tiefere Bedeutung, die sie bereit waren, mit allem Ernste anzunehmen. Auch konnte Stephan es sehr wohl ermessen, was eine Frau mit so viel Geist während ihres ganzen Lebens inmitten einer solchen Umgebung gefroren, was sie sich gelangweilt haben mußte inmitten eines Kreises von Menschen, die ihr allenthalben nicht gewachsen waren.

»Wir zwei beide hätten, gleichen Alters, einander ehedem begegnen müssen und auf anderem Parkett, lieber Stephan«, bedauerte Frau Marianne. »Wir hätten, zusammen, unser halbes Jahrhundert in die Schranken gefordert.«

»Vielleicht, Tante. Vorausgesetzt, daß du mich da nicht überschätzest. Schade, jedenfalls.«

»Jammerschade, du Lausebengel«, sagte sie. »Aber gib mir trotzdem einen Kuß!«

*

Schon vom nächsten Morgen an rückten die Dinge ins Gleichmaß. Der Alltag hob an. Es sollte kein grauer, kein sturer werden. Dafür zu sorgen war Stephan entschlossen, indem er die Abende zu kleinen Festen erheben wollte. Er liebte die Arbeit, aber er war gewillt, für sich und seine Freunde auf der Hut zu sein vor ihrer Häresie.

Am gefährdetsten war wohl Albert, und darum gerade wollte Stephan ihn wenigstens noch eine Zeitlang im Pumpenhaus festhalten und seiner Kameraderie, bevor er ihn freigab – in die Einsamkeit, die er insgeheim suchte.

Gleich in der Frühe trat Albert, von Stephan eingeführt, sein Regiment in der Schreibstube an. Die Kanzlistin übergab und – verschwand, in der vorgesehenen Reihenfolge. Sie kündigte, als überzählig; ihre Kündigung wurde angenommen; sie wurde abgefertigt und beurlaubt. An Widerstand oder Widerrede dachte sie nicht, seitdem sie Stephan erst einmal so richtig in die Augen gesehen hatte. Sie mochte im Gegenteil ihren Abgang nun selbst als außerordentlich glimpflich empfinden. Beweglich wie eine Bachstelze wippte sie fort und davon.

Albert vergrub sich sogleich in die Sucharbeit. Er wollte den wunden Punkt aufspüren, die schwärende Wunde, an der das Unternehmen litt. Er setzte offenkundig allen Ehrgeiz darein (einen Ehrgeiz, den Stephan stillschweigend respektierte), noch vor dem Geständnis des Martin Just von selber dahinterzukommen, und bat Stephan, ihn bis dahin allein zu lassen.

»Nicht bevor wir uns über dein Gehalt geeinigt haben, Albert. Denn nun beginnt für uns beide Teile der volle Ernst«, erklärte Stephan.

Albert, der sich darunter einen Betrag vorgestellt hatte, der ihm gegenwärtig im öffentlichen Dienst zugekommen wäre, war angenehm überrascht, ja beinahe ein wenig erschrocken, da Stephan auf dem Anderthalbfachen bestand, die Deputate nicht mitgerechnet. Albert hatte für immer ausgesorgt. Er drückte Stephan fest und lange die

Hand. »Purer Egoismus«, schwächte Stephan ab. »Ich weiß nur zu gut, wie sehr sich dieser vermeintliche Aufwand durch deinen Charakter verzinsen wird, Albert.«

Und nun ließ Stephan ihn wirklich allein und begab sich zu Michel in den Hausgarten hinüber.

Beim Vorbeigehen am Sägewerk war er zunächst zwei Männern beim Verlagern eines für sie fast zu schweren Balkens behilflich und kam mit dem einen von ihnen, der ihn von früher her kannte, in ein kurzes, sachliches Gespräch. Ja, die Sägen hätten sie freilich in jenen Tagen vor dem Zugriff und Abtransport retten können, gottlob. Der Betrieb sei zu notwendig gebraucht worden, erst von der Besatzungsmacht selbst und nachher für die Ortsbedürfnisse, für die Wiederaufbauarbeiten als der einzige seiner Art. Überholt gehörten sie natürlich alle, besonders die Blockbandsäge. Aber was nicht ist, das könne werden. Es werde ja von jetzt an manches anders werden hier, das wisse er, sagte der Arbeiter. Stephan grüßte und ging.

Er hatte kaum das Pförtchen zum Garten hinter sich geschlossen, als ihm Elisabeth entgegenkam. »Oh, laß ihn heute noch allein!« rief er ihr zu. Sie wollte sich zu Albert in die Schreibstube begeben, wie sie vereinbart hatten.

Albert hatte sich vorgenommen, seinen Laden, wie er sagte, ganz neu aufzubauen, und Elisabeth sollte ihm dabei täglich einige Stunden assistieren. Sie wolle eben ihren ‚Dienst antreten', meinte sie lächelnd.

»Domina!« hatte Albert gesagt, »es ist unerläßlich, daß Sie einmal in das Lohn- und Steuerwesen, die Buchhaltung, in jede Art Rechnungsführung und Rechnungsprüfung, in die Bilanzarbeit, in alle Sparten geschäftlicher Korrespondenz von Grund auf eingeführt werden, daß Sie darin wirklich zu Hause sind und daß Ihnen künftig niemand mehr in dieser Hinsicht ein X für ein U vormachen kann. Sie müssen darum jeden und den kleinsten Kanzleibehelf einmal wirklich selbst in der Hand gehabt und richtig angewendet, müssen mir gleichsam von der Pike auf bei der Neuaufstellung der Kartei genauestens zugeschaut haben. Was Sie zu sehen bekommen werden, ist zwar nicht das Allerneueste unseres Faches, aber das für Ihre Gegebenheiten hier Zweckmäßigste. Sie sind neben Ihrem Vater, neben Ihren zwei Brüdern, also neben drei Männern aufgewachsen als die einzige Tochter des Hauses, und wer hätte auch nur im entfernten ahnen können, was das Schicksal mit Ihnen vorhat, auf welchen Platz es Sie stellen wollte. Nun aber müssen Sie endlich, es ist ohnehin viel kostbare Zeit verpaßt worden, in Ihr Schicksal und Ihre Aufgabe mit Ihrer ganzen Existenz hineinwachsen, und ich will meinen bescheidenen Teil hiezu beitragen, ja ich muß es, verantwortlich und gewissenhaft.«

»Ich habe ihn selber kurz zuvor allein gelassen, auf seinen ausdrücklichen Wunsch«, erklärte ihr jetzt Stephan. »Er ist nämlich eben darüber, die Unzukömmlichkeiten aufzudekken, die dir so sehr Sorge machten, und das mit Recht. Dabei wollen wir ihn nicht stören. Aber gerade darüber wollte ich mit dir sprechen, Elisabeth, und muß es. Ich stelle dir die endgültige Entscheidung anheim, was mit Martin Just geschehen soll. Ich bin dafür – aber, bitte, sprich das Urteil selbst!«

Elisabeth, welcher der Verwalter schon vor ein paar Tagen mehr erbarmt hatte, als sie ihm zürnen konnte, sagte nach kurzer Überlegung: »Ich entscheide mich im Sinne des Vaterunser.«

»Das ist schön! Das freut mich!« rief Stephan. »Ich sehe, du bist doch auch die Tochter deines Vaters. Ich bin nach reiflicher Überlegung zum gleichen Entschluß gekommen, Elisabeth. Mit Rücksicht auf Frau und Kinder. Er wird in seine frühere Verwendung zurückgenommen und Wiedergutmachung leisten, wenigstens symbolisch. Die Kanzlistin ist bereits fort. Du bist einverstanden?«

»Hier hätte ich freilich einiges einzuwenden, Stephan. Sie ganz einfach laufen lassen, geht das an?«

»Sie würde kaum zu fassen sein, sehe ich voraus. Frauen dieser Art vermeiden es sorgfältig, selber die strafbare Tat zu setzen. Dafür ist ja gerade der andere da. Aber schließlich zerstören sie sich trotzdem selbst. Man kann dieses dämonische Uhrwerk sich selber überlassen. Es schnurrt auch so zu seinem Ende ab. Leicht ist's auch mir nicht geworden. Aber der Fall ist so verquickt, daß man nicht die eine Wurzel roden kann, ohne nicht auch die andere mit auszureißen.«

Stephan und Elisabeth gingen dabei auf einem der Gartenwege hin und her.

»Und im übrigen habe ich dir wohl großen Kummer mitgebracht, liebe, gute Elisabeth?« befragte er jetzt unmittelbar ihr Herz.

»Verwindlichen«, sagte sie gefaßt. »Dumme, kleine Mädchen denken dies und das, träumen viel, aber sie sterben deswegen nicht, wenn sie zur Wirklichkeit erwachen.«

»Es ist eine besondere Wirklichkeit, Domina. Wo immer ich kann, werde ich sie dir tragen helfen. Es ist eine harte Wirklichkeit. Das schließt nicht aus, daß sie trotzdem ihre – harten – Freuden birgt.«

»Nun zu etwas Handgreiflicherem, Stephan«, sagte Elisabeth ablenkend. »Nach dem Mittagessen kommt der Schneider und eine Weißnäherin zu uns. Ich habe sie hieher bestellt; denn ihr müßt so bald wie möglich aus eurer Kluft heraus.«

»Oh, die soll uns noch manchen Dienst tun«, wandte Stephan ein.

»Bei der Arbeit, meinetwegen. Aber höre mich an! Ich habe nämlich in einem ausgezeichneten Versteck einen

Großteil der Habe meines Vaters und der Brüder über das Jahr des Zusammenbruches hinüberretten können.«

»Ja, das hört sich allerdings freundlich an. Ich dachte an Neues.«

»Nein, das wäre zu miserabel. Bis du jetzt zu einem neuen Anzug oder neuer Wäsche kommst, stehen dir zunächst ein paar Schreibtische im Weg. Wenn du endlich Lieferzusage und Bezugschein hast und endlich die Ware selbst, so frohlocke nicht zu früh! Nach kurzem Tragen oder nach dem ersten Waschen weißt du gründlich Bescheid. Nein, das meinte ich nicht. Dazu würde ich auch nicht raten. Aber du kennst unsere beiden Dachbodenkammern, nicht?«

»Ja, die kenne ich.«

»Nun gut. In einer dieser Bodenkammern befindet sich eine völlig unauffällige, weil ganz in die Wandmalerei einbezogene kleine Tapetentür, hinein in einen Dachwinkel, in so etwas wie einen Verschlag.«

»Stimmt! Ich erinnere mich daran von unseren Kinderspielen her, von den Versteckspielen mit dir und Franz und Ludwig.«

»Jawohl. Und dort hinein hatte ich in Kisten und Körben die beste Leib-, Tisch- und Hauswäsche sowie ziemlich viel Kleidung geborgen. Schuhe waren auch dabei. Die Tapetentür selbst wurde durch einen Kasten verstellt. Mit Absicht hatte ich in diesen Kasten andere, weniger wertvolle Wäsche und Kleider hineingeschlichtet und hineingehängt. Als Köder, sozusagen.«

»Oh, Frauenlist! Wie ist sie uns im Männerkriege abgegangen!«

»Pünktlich wurde der Kasten ausgeplündert. Das eigentliche Versteck dahinter aber bis zu unserer Rückkehr übersehen. Diese geretteten Bestände nun werden heute, soweit es sich um Herrenwäsche und -kleidung und passendes

Schuhwerk handelt, unter euch dreien aufgeteilt. Die sollt ihr zur Ausstattung bekommen. Es wird einiges zu richten, zu ändern sein. Darum wollen wir nach dem Mittagessen die Anprobe halten. Ist's euch recht?«

»Über und über recht, gute Elisabeth! Wir danken dir von Herzen. Die beiden Kameraden sind ja um fast alles gekommen.«

»Und du selbst?«

»Ja, ich selbst«, mußte Stephan lachen, »ich selbst habe eigentlich nie so recht etwas besessen. Und somit hatte ich auch nichts zu verlieren. Aber nun? Schönen Dank im voraus, Elisabeth!«

Sie gingen eine Weile stumm nebeneinander her. Dann sagte Stephan: »Und nun drückt mich noch ein Kummer, Elisabeth. Es ist Alberts wegen.«

»Was für ein Kummer, Stephan?«

»Er ist Nationalsozialist gewesen. Einfaches Mitglied ohne Funktion. Immerhin, er war bei der Partei. Er wird sich hier registrieren lassen müssen.«

»Allerdings. Und das wird er sich auch, wie ich ihn kenne. Er ist die Korrektheit in Person.«

»Ja. Auch nimmt er alles furchtbar ernst. Die menschlichen Satzungen genau so, als ob es göttliche wären.«

»Ich mag ihn gern«, gestand Elisabeth, »diesen Ernst. Doch was meintest du mit deiner Sorge?«

»Ich wollte dich fragen, Elisabeth, was ihm hier wohl geschehen wird. Sein Ehrgefühl ist so außerordentlich verletzlich und verwundbar.«

»Gar nicht viel wird passieren.«

»Ich selber verfüge da über keinerlei Erfahrung. Doch was darüber in unsere Gefangenenlager hereinsickerte, war freilich befremdend und entmutigte, das muß ich sagen.«

»Gott, die Menschen treiben eben immer den Teufel mit

dem Beelzebub aus! Der Fall liegt so. Seinen Posten hat er ja sowieso verloren. Wohnung und Habe auch. Er würde demnach hier vom Arbeitsamt als Bauhilfsarbeiter – ein Drittel des Marktes ist ja durch die Kampfhandlungen und Racheakte zerstört worden – eingesetzt und am Sonntag zum Schuttschaufeln und ähnlichem herangezogen werden. Nun ist er aber Kriegsinvalide. Mithin sieht man von dem allen ab. Du kannst ihn also ruhig beschäftigen. Offiziell natürlich nur als Hilfsarbeiter. Wie du das dann praktisch und faktisch machst, bleibt dir überlassen. Die Behörde sieht in solchen Fällen absichtlich etwas weg. Unsere Besatzungsmacht aber ist an den kleinen Mitläufern überhaupt nicht interessiert. Im Gegenteil, sie werden in unserer Zone mitunter glimpflicher behandelt als anderswo.«

»Das ist mir eine große Beruhigung, Elisabeth«, sagte Stephan und geleitete sie ins Haus zurück. »Auf Wiedersehen dann zu Mittag!« empfahl er sich. »Ich habe nun noch mit Michel zu sprechen.«

Die nur angelehnte Tür zum kleinen Werkzeugschuppen, in dem die Gartengeräte verwahrt wurden, ließ Stephan mit Recht vermuten, daß er den Gesuchten darinnen antreffen werde. Und es war auch so. Michel musterte gerade seine Gerätschaften durch, was davon noch zu gebrauchen, was dringend zu reparieren, was an Fehlendem nachzuschaffen war; denn auch hier war manches Notwendige, ja Unentbehrliche abhanden gekommen oder durch mangelnde Obsorge heillos verludert worden, sodaß man es jetzt am besten gleich auf den Abfallhaufen warf. Michel schärfte eben eine Grassichel nach. Das Dengelgeräusch brachte Stephan mit auf die Spur.

Er trat ein und setzte sich auf ein Bänkchen, das eigentlich nur ein kurzes Brett auf zwei Pfosten war. »Michel«, sagte er ohne weitere Einleitung, »ist es dir nun recht, wenn ich dich, da du doch vorerst noch Lehrling bist, als Hilfsarbeiter auf die Lohnliste setze?«

»Selbstverständlich, Stephan, mit Haut und Haar.« Er lachte zufrieden und glücklich über sein ganzes Jungengesicht. »Alles ist mir so recht.«

»Schön ist's ja nun wirklich, das mit dem Garten. Ich fühle es dir nach. Das mit dem Garten, zu dem die Lateiner –«

»– hortus sagen«, beendete Michel Stephans Satz.

»Richtig. Und unser wurzelverwandter ,Hort' meint auch den Schatz und den Schutz. Hortus, jawohl. Den die Lateiner auf portus reimen; das ist der Hafen, also abermals das Bergende, die Zuflucht. Gewisse Reimpaare sind nämlich nicht Zufall, lieber Michel, sondern fortzeugende Magie der geistgezeugten Sprache.«

»Ja, ja, ich weiß. Wie unser Brust – Lust, Sonne – Wonne, Herz – Schmerz sich auch nicht von ungefähr zusammenfanden.«

»Hortus – portus«, spann Stephan fort. »Garten, das ist Schutz und Schirm vor den andrängenden Gewalten draußen, jenseits der Mauer, jenseits des hegenden Zauns, und ist doch nicht feige Flucht vor der Natur, sondern selbst Natur, allerdings deren Bewältigung zum geistgebundenen Gesetz hin. Garten ist Gleichgewicht zwischen Geist und Natur. Überwuchert die Natur, verfällt der Garten zurück in die Wildnis. Überwuchert der Geist, wie in den zu sehr gestutzten und geputzten Rokokogärten, entartet die Natur zur Karikatur. Das rechte Maß in beidem, die rechte Mitte, das ist der Garten.«

»Und die englische Parklandschaft zählt am Rande mit dazu«, warf Michel ein.

»Wundert es uns daher, daß der Garten auch ein häufiger Vorwurf der klassischen Dichtung wurde, der Dichtung des Maßes und der Mitte? Und ist er nicht auch ein ewiges

Sinnbild des abendländischen Menschen überhaupt? Denn unser Garten meint immer auch den Menschen. Und Gott. Hier haben ihn die Klostermönche geschaffen. Der Orient erbaute die dämonische Exotik der Hängenden Gärten der Semiramis.«

»Stephan, ich danke dir recht sehr für diese Aspekte«, sagte Michel. »Es ist wahr, ich neige dazu, manchmal nicht weiter als gerade über meine Nase hinaus zu sehen.«

»Ja, und das bei hohen Geistesgaben, Michel, die nicht abstehen, die nicht kleinbürgerlich versulzen dürfen. Hörst du? Zufriedenheit ist eine Tugend. Selbstzufriedenheit aber ist bedenklich. Noch dazu in deinen Jahren. Du mußt dich weiterbilden, und du wirst es auch. Gerade der von dir erwählte Beruf ist, zu deinem Glück, sehr geeignet hiezu. Wer sollte auch dem vielschichtigen Wunder eines erblühten Rosenkelches in die Tiefe, in einen solchen Purpurhimmel sehen und sich dabei nicht Gedanken über den Schöpfer machen? Gärtnern, gottlob, ist Handwerk, Geistwerk, Herzwerk zugleich, wie die Kunst, und es richtig betreiben führt von selber zur menschenmöglichsten Harmonie. Mir ist um dich nicht bang. Aber ich habe dir gegenüber eine Verantwortung auf mich genommen, die es mir heute zur Pflicht machte, einmal ganz offen mit dir darüber zu reden. Ich komme von jetzt an nicht mehr darauf zurück. Und wie gefällt es dir sonst hier?«

Prima, wollte Michel sagen. (Er verfiel mitunter noch in den Wehrmachtjargon.) Er besann sich jedoch gerade noch und erwiderte: »Ausgezeichnet. Das hat nämlich auch noch einen sehr intimen Grund. Ich glaube nämlich, Stephan, ich glaube, ich glaube, hier das Mädchen zu finden, das zu mir paßt.«

»Oho!« rief Stephan. »Nun aber nicht gleich so hitzig! Mir scheint, du fällst hierin gern von einem ins andere Extrem.

Ich nahm eher an, du machst dir überhaupt noch nichts aus den Weibern.«

»Eine gewisse Sorte kann mir sowieso gestohlen bleiben. Als ich einrücken mußte, war ich darin noch so gut wie unerfahren. Meine ersten Erlebnisse sammelte ich dann in Wehrmachtbordellen in Frankreich. Sie waren danach. Verzeih, wenn ich zu dir darüber so derb und offen spreche, Stephan! Jedoch, zu wem sollte ich es sonst?«

»Aber, Michel, lächerlich! Ich danke dir doch für dein Vertrauen.«

»Einmal befürchtete ich schon, es sei mir was passiert. Der Stabsarzt lachte mich dann freilich aus. Die Sache war harmlos, ein wenig Reismehl, und sie heilte ab. Aber ich habe damals Höllenqualen ausgestanden und mir eine Lehre daraus genommen. Seitdem war ich vorsichtig und ließ mich in nichts mehr ein. Jedoch, ich suche und brauche ein Mädchen. Ein anständiges Mädchen. Dagegen kannst du nun nichts machen. Das ist nicht bei einem jeden gleich.«

»Ja, dann«, sagte Stephan, »wirst du eben früh auf die Freite gehen. Ich wünsche dir von Herzen, daß du findest, was du suchst, und daß es dir zu deinem Glück gerät. Und um deiner Offenheit willen hab' ich dich, deinen Menschen, nun doppelt gern. Das muß ich dir auch noch sagen. Es wird schon recht werden, das spür' ich. Und jetzt laß dich nicht weiter stören!«

Stephan machte noch eine Runde durch den Garten, durch die beiden Wirtschaftshöfe, sah im Stalle nach, sprach den und jenen Arbeiter an, besichtigte das Gesindehaus von unten nach oben, auch den Eßraum, in dem die Ledigen ihre Gemeinschaftsküche hatten, bis es Zeit zum Mittagstisch geworden war. Dazu holte er Albert ab.

Albert war etwas verdrießlich. Er hatte noch nichts gefunden. »Die Bilanzen stimmen«, sagte er. »Das heißt, sie sind ausgezeichnet frisiert. Das ist eine ganz durchtriebene Sache! Na, wir werden ja nachmittags weiter sehen!«

Nach dem Mittagessen hielten sie Anprobe. Es stellte sich heraus, daß sie vieles gleich so tragen konnten, ohne Änderung. Was eine solche verlangte, nahmen Schneider und Näherin sofort mit. Die Freunde räumten ihre Sachen ins Pumpenhaus und in die Spinde hinüber. Doch hatten Stephan, Albert und Michel darauf bestanden, daß auch Dominik sein Teil abbekomme, der es genau so notwenig, wenn nicht noch notwendiger brauchte.

Es war um die vierte Nachmittagsstunde, als Albert Stephan und Elisabeth zu sich in die Schreibstube bat. »Ich hab' sie schon«, erklärte er ohnen beim Eintreten. »Leicht war es aber nicht, dahinterzukommen. Die beiden haben gewisse Reserven, die sich naturgemäß zum Teil verbraucht hatten, nicht abgeschrieben, sondern einfach in voller Höhe weiter mitbilanziert. Gestützt mit auf diesen Scheinwert, wurden Belehnungen vorgenommen, die Gelder aber nur teilweise ihrem Zweck: dem Wiederaufbau des Stallgebäudes, der fristgerechten Abstattung von Fälligkeiten zugeführt. Die Gelder wurden zum andern Teil, und zwar ungefähr in dem Ausmaß jenes Scheinwertes, von den beiden wohl flott durchgebracht, und nun sollte das Loch durch Schleichhandelsgeschäfte im großen gestopft werden.«

»Eine ganz raffinierte Sache«, warf Stephan ein, »die unmöglich auf seinem Mist gewachsen ist.«

»Ganz recht«, bestätigte ihm Albert, »das haben die rotlackierten Fingernägel eingefädelt. Dabei aber hat sich die Dame sorgfältig davor gehütet, ihre eigenen Finger zu kompromittieren. Das überließ sie seelenruhig den braven, dummen Arbeitstatzen des ausgebeuteten und irregeleiteten Mannes.«

»Aha«, unterbrach ihn Stephan. »Da hast du es, Elisabeth. Was habe ich dir gesagt?«

Elisabeth nickte nur dazu. »Meine Herren«, sagte sie dann, »ich kann es nicht unterscheiden, ob mich das Ganze nun anekelt oder mich nur traurig macht.«

»Doch ist der Schaden zum Glück noch nicht sehr beträchtlich«, fuhr Albert fort. »Die beiden hielten erst am Anfang ihrer Laufbahn, wären wahrscheinlich aber nach und nach auf den Geschmack gekommen. Größer ist wohl der Schaden, der dem Unternehmen indirekt zugefügt wurde, durch gewisse, dadurch bedingte Schludrigkeiten der Betriebsführung überhaupt. Der Herr Verwalter war eben zu stark in ‚Liebe' engagiert, als daß er für die Arbeit die rechte Lust und Augen und Ohren für seine Pflichten offen gehabt hätte. Und zuletzt hat er, ohne hinreichende Erfahrung auf solchem Glatteis, überhaupt die Balance und seine Nerven verloren. Der direkte Schaden, wie gesagt, ist durch eben dein Vorhaben leicht, ja durch einen Zipfel deines Vorhabens schon zu beheben. Mißliebige Weiterungen werde ich abwenden. Du hast dich dafür entschieden, Stephan, dich als nicht geschädigt zu betrachten und den Täter, da er reuig ist und wiedererstatten will, laufen zu lassen. Nun, ich habe mich nicht in deine Entschlüsse einzudrängen. Du weißt, ich nehme hier einen anderen Standpunkt ein. Du weißt vor allem auch, wie ich diesbezüglich meinen eigenen Bruder beurteile und verurteile. Doch jeder, wie er muß und kann!«

»Causa finita!« erklärte nun auch Elisabeth. Sie trat ans Fenster, wie um frische Luft zu schöpfen. »Wer aber befreit mich von dem bitteren Nachgeschmack?« fragte sie.

»Ich«, sagte Stephan. »Indem ich dich nämlich für den heutigen Abend zu einer besinnlichen Stunde ins Pumpenhaus einlade. Ja, ich habe nichts Geringeres vor, als heute abend dort aus Goethes ‚Wahlverwandtschaften‘ und danach Stifters Betrachtungen ‚Über das Freiheitsproblem‘ vorzulesen.«

*

Der Bürgermeister war gekommen, wie sie vereinbart hatten.

Stephan empfing ihn mit Absicht vorerst im Pumpenhaus, das sonntäglich sauber gemacht und mit einfachem Bild- und frischem Blumenschmuck versehen war. Die Freunde waren nicht zugegen.

Der Bürgermeister setzte sich, sah herum, verstand und begann sogleich von sich aus: »Urteilen Sie selbst, Herr Schmidt, was ich damals hätte tun sollen! Durch die Kampfhandlungen und den Ausbruch der Straflagerinsassen wurde etwa ein Drittel des Marktes zerstört, und das heißt: war damit ein Drittel der Bewohner obdachlos geworden. Wohin mit ihnen? Von der Besatzungsmacht kaum in mein Amt eingesetzt, erhielt ich Befehl, durch Zwangseinweisung diesem Übel sofort und gründlich an den Leib zu gehen. Mein Hinweis auf das Lager zählte nicht; denn dieses war bereits zu anderen Zwecken vorbestimmt. Und so mußte ich natürlich auch Ihrer Familie hier hereinstopfen, was irgend unters Dach ging, und es ist wahr, es ist dabei ziemlich rauh zugegangen.«

»Das kann man wohl sagen«, pflichtete ihm Stephan bei. »Und leider auch ziemlich unter den Augen und unter Duldung der neuen Ortsbehörden. Und alles, obwohl mein ermordeter Onkel noch auf der Bahre lag. Ich habe inzwischen auch erfahren, wem allein es zu verdanken ist, daß damals nicht mehr geschah. Nicht von ihm selbst freilich, dem Freund und Helfer, habe ich das erfahren, denn davon hätte er nie gesprochen; wohl aber von anderen, die dabei waren, damals. Um wieviel größer also der Schaden noch geworden wäre ohne das entschlossene Dazwischentreten des Doktors, unseres Arztes hier. Stimmt's?«

»Sie haben recht. Die Leidenschaften gingen sehr hoch in jenen Tagen. Die parteipolitischen sowohl –«

»Die waren hier fehl am Platz«, unterbrach ihn Stephan. »Das wußten Sie genau, Herr Bürgermeister; als einstiger Schulmann und Intelligenzler. Sagen wir also zutreffender: die sozialpolitischen, die – ökonomischen, und damit drücke ich mich höflich genug aus. Was nun aber in dieser Hinsicht mich selbst betrifft, so kann ich Sie sogleich beruhigen. Ich bin weitaus ärmer als all das, was Sie einen Proletarier nennen, und habe dennoch nicht vor, diesen Zustand, in dem ich mich wohlfühle, abzuändern. Ich bin kein sturer Konservativer, also kein Reaktionär. Ich bin freilich auch kein Revolutionär, und das auf Grund gewisser Geschichts- und Menschenkenntnis. Ich habe aber trotzdem Ihrem Gemeinwesen hier schon demnächst einige soziale, sogar sehr weitgehende soziale Vorschläge zu unterbreiten, die Sie vielleicht überraschen werden. Um vorderhand jedoch fortzufahren: die eingewiesenen Parteien bleiben. Selbstverständlich. Sie bleiben, wo sie einmal sind. Sehen Sie sich, bitte, hier um, und Sie kennen – meinen Eigenbedarf und den meiner Freunde!«

»Ja, ja, ich habe schon gehört«, stammelte der Bürgermeister etwas betreten. »Es ist mir peinlich.«

»Mir nicht. Mir ganz und gar nicht. Aber sagen Sie Ihren Leuten, daß sie sich von jetzt an gegenüber den beiden Frauen anders zu betragen haben. Es muß Friede ins Haus kommen. Böswillige Nachreden, hämische Quertreibereien würde ich sofort abstellen, aber schon gründlich. Status quo, Herr Bürgermeister, jedoch in erneuerter Gesinnung.«

»Ich werde die Leute persönlich verwarnen«, versprach

der andere. »Ich danke Ihnen für Ihr Verständnis und Entgegenkommen, Herr Schmidt.«

»Gut, Herr Bürgermeister, dann darf ich Sie bitten, mir jetzt in das Haus hinüber zu folgen«, sagte Stephan. Er führte den Gast durch den Garten hindurch. »Meine Tante und Elisabeth erwarten Sie und mich zu einem winzigen Imbiß – oh, bitte, mehr symbolisch als sonstwie – und zu einem Glas Wein. Es wird übrigens, dessen seien Sie versichert, nicht mehr von olim die Rede sein. So weit habe ich die beiden gebracht. Es war nicht ganz einfach. Frauen sind eben Frauen. Aber gerade das hätte man hier denn doch manchmal nebstbei bedenken sollen. Doch nun endgültig Schluß damit!«

Frau Marianne erwies sich der geänderten Lage durchaus gewachsen, viel mehr jedenfalls als Elisabeth, die ziemlich unsicher vor sich hin oder auf die Hände im Schoß blickte. »Ich kann mich umstellen«, hatte Frau Marianne angekündigt. Und sie konnte es in der Tat. »Laßt den neuen Tribun nur kommen!« hatte sie gesagt. »Ich glaube, ich wäre selbst mit dem Serenissimus von gestern fertig geworden.«

Monika bediente, vorbildlich korrekt und geräuschlos. Nur zwinkerte sie einmal Stephan verstohlen von der Seite an.

Stephan und sein Gast brachen bald wieder auf. Zu weiteren Besprechungen in der Schreibstube, wo sie Albert mit seinen Kartenwerken erwartete. Der Bürgermeister, dem solche Besprechungen zuvor wohl in Aussicht gestellt worden waren, wußte, ja ahnte noch nicht ihren Inhalt und blickte daher etwas zerstreut und wie nach Halt suchend um sich.

Elisabeth lehnte es ab, mitzukommen. »Du hast unsere Generalvollmacht, Stephan«, sagte sie. »Es war für uns Frauen nicht einfach, deinen Gedankengängen in allem zu folgen. Wir haben uns jedoch zur Erkenntnis durchgerungen, daß, was du vorhast, zugleich uns und der Gemeinschaft am besten und zeitgemäßesten dient. Die Herren entschuldigen mich also. Ich verstehe zu wenig von Nationalökonomie; verlasse mich aber ganz und gern auf die reinen, die reinsten Absichten meines Vetters. Ich stimme deinen Entschlüssen, Stephan, im voraus zu.«

»Und ich alte Vogelscheuche erst recht«, warf Frau Marianne wie leichtfertig hin. »Ich Jammerbild im letzten Wind.« Aber sie verwinzigte sich so anmutig, daß alle ins Lächeln kamen. »Meine immer noch viel zu langen, zerrauften Haare reichen allein auch nicht aus, um da ganz mitzukommen. Der Verstand, der Verstand ist und bleibt zu kurz.« (Dabei hatte sie Stephans Plan sehr wohl begriffen und ihn als klug zu innerst gebilligt. Gebilligt, daß er die Vorwerke preisgab und sich auf den Kern der Festung zurückzog, den es stark und sturmsicher zu machen galt. Auch ihr war ein kräftiger, lebensvoller Sperling in der Hand lieber als ein paar imaginäre Traum-Tauben auf dem Dache. Auch sie war jetzt für den Kaiserschnitt, wenn dadurch die Zukunft zu retten war. So unwissend sie sich stellte, sie hatte sich alles doch sehr gründlich überlegt, bevor sie ihre Zustimmung gegeben hatte. Auch kannte sie genau ihren Zustand, wenn sie auch nie darüber sprach, so gut, wie der Arzt und Stephan ihn kannten: diesen todsicher fortschreitenden Verfall der letzten Kräfte.) »Mein Teil, Herr Bürgermeister«, verabschiedete sie liebenswürdig den Volkstribun, »ist es nur mehr, Patiencen zu legen. Wenn Sie aber einmal sehr viel Zeit übrig haben, spielen wir Schach miteinander, wir zwei. Seien Sie dann auf der Hut! Das ist ein Feld, auf dem ich Ihnen noch eine Partei, ich versprach mich: eine Partie hinlegen könnte, daß Ihnen die Augen auf-, ich wollte sagen: übergehen.«

Die beiden Männer zogen sich daraufhin erheitert mit einer Verbeugung zurück und mit dem befreienden Gefühl, daß hier und heute ein ganzer Eisstoß gebrochen worden war und nun stromabwärts donnernd von hinnen sauste.

Monika begann diskret abzuräumen.

Albert erwartete Stephan und den Bürgermeister in der Kanzlei. Auf dem Tisch hatte er die Gemeindekarte und die der betriebseigenen Liegenschaften vorbereitet. Er sah nun recht stattlich aus, so in friedensmäßiger Wäsche und Kleidung.

Als die beiden Männer eintraten, machte er Anstalten, ihnen bis zur Türe entgegenzuhopsen. Es kam aber nicht dazu. Der Bürgermeister bat ihn, sich sogleich wieder hinzusetzen. Er reichte ihm, ein bißchen zu huldvoll, die Hand. Albert war darüber einen Moment verstimmt, fand jedoch bald auch innen wieder sein Gleichgewicht.

»Herr Bürgermeister«, begann Stephan unvermittelt, »die Zeit der Gutsherrschaften ist vorüber. Für grundherrliche Großwirtschaften ist wenig Platz mehr in der Härte unserer Gegenwart, deren sozialrechtliche Spannungen sich der Zerreißprobe nähern. Fast hätte ich gesagt: kein Platz mehr. Aber das deckte sich nicht, noch nicht mit den Wirklichkeiten.«

Der Bürgermeister hatte Stephan für einen Augenblick angesehen, als sei er in ihm dem Mondkalb begegnet. »Es überrascht mich etwas, das gerade von Ihnen zu hören, Herr Schmidt.«

»Darum machen wir uns unsere Bodenreform selbst, ohne erst irgendeinen Auftrag vom Gesetzgeber her abzuwarten«, fuhr Stephan unbeirrbar fort. »In Frieden, bei Sonnenschein und noch vor dem Gewitter. Gehen wir nur ruhig einmal den Ereignissen, die über kurz oder lang ja doch eintreten, voran. Sollen einmal sie das Nachsehen haben!«

Der Bürgermeister rückte mit seinem Stuhl etwas näher an den Kartentisch heran, weil schon interessierter. Enteignung war für ihn, den Klassenkämpfer, ein recht geläufiger Begriff. Aber das freiwillige Angebot kampflosen Sich-selbst-enteignens war eine so unvorhergesehene Wendung, daß sie ihn doch etwas aus dem Konzept brachte. Er ermahnte sich zur Vorsicht. Da konnten irgendwelche Fußangeln dahinterstecken!

»Es hat dem Schicksal gefallen«, setzte Stephan fort, »die Familie Schmidt so gut wie auszurotten; bis auf Elisabeth.«

»Und bis auf Sie«, warf der Bürgermeister ein wenig spöttisch ein.

»Ich zähle nicht mit bei bürgerlichen Aspirationen«, kam es prompt zurück. Die Worte fielen hart und klingend wie Münzen auf den Tisch.

In diesem Augenblick riß auch im Bürgermeister ein bisher festgehaltenes Vorstellungsbild entzwei. Die Begegnung mit dem Außergewöhnlichen zwang ihm einen kleinen Seufzer der Beklemmung ab. Sein Fuß betrat gleichsam Neuland – und schwankte etwas. Albert studierte mit Anteilnahme das widerspruchsvolle Mienenspiel ihres Gesprächspartners. Er erinnerte sich daran, wie es ihm selber einst Stephan gegenüber ergangen war.

»Ja – dann«, sagte der Bürgermeister nur, »dann freilich bis auf Fräulein Elisabeth.«

»Ich bin ursprünglich in der Absicht hiehergekommen«, fuhr Stephan fort, »den ganzen Betrieb zu vergenossenschaften.«

Der Bürgermeister mußte etwas geringschätzig lächeln. (Was Stephan nicht entging.)

»Zum Unterschied von Ihnen halte ich diesen Weg nämlich an sich für gangbar«, erklärte dieser. »Daß er problematisch ist und ein Experiment bedeutet, weiß ich natürlich so gut wie Sie. Es kommt auch hiebei auf die Menschen an, mit denen man es unternimmt. Ich habe sie mir angesehen. In den wenigen Tagen, die ich hier bin. Ich bin von meinem Vorhaben abgekommen.« Stephan schwieg mit einemmal. Es war ein sehr beredtes Schweigen.

Du hast ganz recht, stimmte ihm Albert in Gedanken zu. Diese recht gemischte ‚Gefolgschaft' verdient das nicht. Sie hat, mit Ausnahmen, versagt. Im Jahre der Bewährung versagt. Bei aller Einsicht in die Schwächen der menschlichen Natur und bei dem wohlwollendsten Verständnis für die Schwere der Versuchungen gab es an der Tatsache selber nichts zu rütteln. Zum Vogel Strauß aber, das wußte Albert, war Stephan nicht geschaffen; fehlten ihm alle Voraussetzungen, Eignung wie Neigung. Und Vertrauen ist etwas, das man nicht verschenkt.

»Ich habe mich daher anders entschlossen«, nahm Stephan das abgerissene Gespräch wieder auf. »Nämlich den Betrieb weitgehend in Gemeindebesitz zu überführen. Ich denke da zunächst einmal an die Waldungen, an sie fast zur Gänze; bis auf einen kleinen Hauswald allenfalls für den eigensten Winterbedarf. Ich habe übrigens zu meinem Entsetzen festgestellt, daß einige Bestände auch des anrainenden Gemeindewaldes von der ‚Nonne' befallen sind. Wurde schon etwas zur Rettung vorgekehrt, Herr Bürgermeister? Ich meine: außer den bisher vorgenommenen Ausschlägerungen Hals über Kopf?«

»Ja«, sagte der Bürgermeister, über die Karten gebeugt. »Wir werden demnächst zu einem Großangriff mit dem neuen Vertilgungsmittel ansetzen. Es wird uns, zum Besprühen, von einer Besatzungsmacht ein Sonderflugzeug zur Verfügung gestellt und auch vom Boden her mit entsprechenden Vernichtungsraketen und ähnlichem vorgegangen werden. Sie wollen also wirklich Ihren Waldbesitz kommunalisieren?« fragte er, noch etwas ungläubig. »Und was sind Ihre Bedingungen, Herr Schmidt?«

»Darüber später«, antwortete Stephan.

»Das würde allerdings eine sehr rationelle Abrundung ergeben«, meinte der Bürgermeiser. Sein Finger fuhr die vorgedachten Grenzen ab.

»Es ist so«, sagte Stephan. »Und die Sägerei würde im verringerten Ausmaß – nicht mehr auf das eigene Hinterland, auf die betriebseigene Rohstoffbasis gestützt – als bloßes Lohnsägewerk fortgeführt werden, und zwar so verselbständigt, daß sie gleichfalls in jedem gewünschten Augenblick ausgegliedert werden kann, was auch rein räumlich keine Schwierigkeiten bereitet, da sie von der vorüberziehenden Seitenstraße her über die Mühlbachbrücke hier, sehen Sie, jederzeit auch mit Umgehung der übrigen Hofanlagen zu erreichen ist.«

Der Bürgermeister bestätigte dies.

»Ich habe ferner vor«, sagte Stephan, »alle vom Gehöft aus weit abseits liegenden, alle dahin und dorthin versprengten Ländereien in der gleichen Weise abzustoßen, gerade auch, wo wir Sie teilweise ohnehin schon zum Nachbarn haben, hier also und hier und hier«, sagte er und zeigte die Areale an auf der Karte, »Wiesen und Äcker, mitsamt dem alten, längst nicht mehr so recht ausgenützten Meierhof.«

»Wenn ich Sie recht verstehe«, sagte der Bürgermeister, »wollen Sie das Schmidtsche Landgut einschneidend verringern, es auf einen rein bäuerlichen Mittelbetrieb zustutzen.«

»Jawohl; nur auf einen solchen; aber einen wirtschaftlich gesunden, in sich gefestigten, zur Gänze wieder aus- und aufgebauten, völlig lastenfreien; jederzeit überschaubar – für eine Frau, seine Herrin«, entgegnete Stephan. »Zu dem allen brauche ich Geld.«

Geld? Das ist eine einmalige Gelegenheit! mußte der

Bürgermeister denken. Wertbeständigen Grund und Boden, Wald und Ackerland für Geld, heutigentags, für Geld, das dauernd an Wert verliert, zusehends abbröckelt wie ein altersschwacher Damm vor der Hochflut? Her damit! mußte er denken. Die Sozialisierungsbestrebungen der gegenwärtigen Gemeinderatsmehrheit bekämen damit neue Nahrung!

»Ihre Bedingungen?« fragte der Bürgermeister wieder.

Albert überreichte ihm die vorbereiteten Unterlagen.

Das war nun freilich viel Geld, sehr viel Geld. Trotzdem ließ sich darüber reden. Ja, die Annahme des Antrages, mit gewissen Abstrichen vielleicht, im Gemeinderat war von vornherein gewiß.

»Ich benötige ferner bevorzugte Baustoffzuteilung«, ergänzte Stephan. »Ich will bis zum Sommer das Stallgebäude ganz wiederaufbauen, um den Viehstand, koste es, was es wolle, im Rahmen der uns verbleibenden Möglichkeiten zu ergänzen. Wir sind das ein jeder auf seinem Platz zu tun verpflichtet, gar nicht so sehr für uns allein, sondern vor allem für die notleidende Stadt, für ihre hungernden Kinder. Ich will ferner den entsetzlich gelichteten oder heruntergelumpten Bestand an landwirtschaftlichen Maschinen und Transportmitteln um jeden Preis aufstocken oder erneuern. Sie kennen weiters, Herr Bürgermeister, den ruinenhaften Zustand unseres Handelsgebäudes im Markt. Der ganze Komplex ist ja eingeäschert worden, uns zum Schaden und gewiß niemandem zum Vorteil. Aber die Grundmauern sind vorhanden. Ich will ihn sogleich wiederaufbauen. Vielleicht muß ich Sie hiezu auch um bevorzugte Zuteilung von Arbeitskräften bitten. Sie wissen, der ganze Betrieb besteht zur Zeit aus nichts anderem als aus einer kleinen Notbaracke im Hof, einer Gemischtwarenhandlung für die aufgerufenen Lebens- und Waschmittel mit einer einzigen Ladnerin. Die Konzessionen für die Reparaturwerkstätte, den Maschinen-, Frucht- und Viehhandel ruhen still. Wie notwendig gerade die Reparaturwerkstätte für den Markt ist, wissen wir alle; denn die nächste – in der Bezirksstadt – liegt weit genug ab. Auch dieser gewerblich-kaufmännische Betrieb der Familie Schmidt wird verselbständigt werden. In welcher Weise, steht noch nicht fest. Vorderhand muß er wieder da sein. Daran sind wir alle interessiert; die private wie die öffentliche Hand. Es geht damit zugleich auch um die Ermöglichung zahlreicher Familienexistenzen.«

(Ist nun Hugo ein ausgewachsenes Kamel, ein zweihökkeriges, oder nicht? dachte sich Albert dabei.)

»Die von Ihnen nicht mehr benötigten, in Ihrem Betrieb künftighin überzähligen forst- und landwirtschaftlichen Arbeiter sollen wohl unter einem von der Gemeinde mit übernommen werden?« fragte der Bürgermeister.

»Das versteht sich von selbst«, warf Albert ein. »Wir halten übrigens zwei Arbeitsplätze für noch nicht aus der Kriegsgefangenschaft heimgekehrte Männer offen.«

»Und den von Ihnen überstellten Arbeitern bleibt, solange hier noch die katastrophale Wohnungsnot fortbesteht, unter allen Umständen die Unterkunft in Ihren Gebäuden gesichert?«

»Rechtens sowohl als auch von Herzen«, erklärte Stephan und wies durch das Fenster über den Hof hinüber zum – Pumpenhaus.

Der Bürgermeister erhob sich. »Meine Herren, Sie werden schon demnächst wieder von mir hören. Ich bringe die Angelegenheit bereits vor die morgige Sitzung.« Er verabschiedete sich und ging.

Stephan pendelte nachdenklich ein paarmal in der Schreibstube auf und nieder. Dann blieb er vor Albert stehen. Dieser klopfte dreimal auf Holz.

»Nein«, sagte Stephan, »das ist eine viel solidere Sache! Wenn jedoch Aberglaube, dann wäre viel mehr der Einspruch der Penaten zu befürchten. Ach, wer solche Entscheidungen zu fällen gezwungen ist, welche Last lädt er sich auf sein Gewissen!«

»Ja, und ich frage mich dann manchmal«, sagte Albert, unterbrach sich jedoch und sprach den Satz nicht zu Ende. Warum tust du das alles? mußte er denken. Zwar ich weiß es ja, ich kann mir selber darauf antworten, aber manchmal werde ich unsicher und frage mich dann doch, denn du bist schließlich auch nur ein Mensch wie wir alle: geschieht es etwa – aus Liebe zu Elisabeth? Und aus welcher Art Liebe?

»Welche Erfahrungen machst du eigentlich beim Anlegen der Personalakte?« wollte Stephan wissen und nahm einen der schon ausgearbeiteten vom Tisch auf.

»Da du zum Familienlohn übergehen willst, sind sie unerläßlich. Ich habe mir gestern bereits die ersten Dienstleute vorgenommen. Selbstverständlich sind diese kleinen Verhöre, oh, das ist natürlich ein viel zu hartes Wort, diese kurzen Unterredungen also auch sonst sehr aufschlußreich. Sie verschaffen mir Einblicke, die ich nicht erwartete. Auch legt mir dabei jeder und jede ungewollt seinen und ihren Charakter dar, wenigstens zum Teil. Das wird uns von Nutzen sein, wenn wir die Auswahl treffen.«

»Wir werden die Bedürftigsten behalten«, entschied sich Stephan. »Sieh vor allem darauf, Albert! Die Bedürftigsten.«

»Ich verstehe«, sagte Albert. »Und es wird so geschehen, wie du es willst.«

»Ich gehe nun bis zum Mittagessen noch ein wenig in die Felder hinaus«, erklärte Stephan. »Ich muß eine kleine Weile mit mir allein sein. Auf Wiedersehen, Albert!« sagte er. Es klang fast etwas traurig.

Als Stephan aus der Kanzlei in den Durchgang des Gesindehauses hinaustrat, sah er eben einen Berufshamsterer mit vollem Rucksack dieses verlassen. Er stellte ihn. Der langmähnige Tangojüngling wollte ihm zunächst ein Maul anhängen, denn er vermutete in Stephan alles eher als den Herrn. Da dieser aber überlegen höflich blieb, ihn nur zu gehen und nicht wiederzukommen aufforderte, mochte er Stephan vielleicht für einen Wirtschaftspolizisten halten, der ihn für diesmal laufen ließ, weil zufällig Sonntag war, und so verzog er sich still und rasch. Stephan aber kehrte unverzüglich in die Schreibstube zurück und sagte zu Albert: »Albert, ich bitte dich um einen Anschlagzettel auf das Mitteilungenbrett, daß ich hier von allen die genaue Einhaltung der staatlichen Bewirtschaftungsvorschriften verlange. Wir sind hier ohnehin alle miteinander in dieser Hinsicht günstiger gestellt als die vielen Bedauernswerten, die lediglich auf ihre Karten angewiesen sind. Schwarzhandel wird von mir weder im großen noch im kleinen geduldet. Ich habe nämlich gerade so einen Schleichenden vom Hof gewiesen!«

»Da hast du recht getan. Die Brüder sind schon lange fällig und, wie du weißt, meine besonderen Lieblinge. Wird sogleich besorgt«, sagte Albert und wollte sich an die Schreibmaschine setzen.

»Nein, bitte, morgen«, wehrte Stephan ab. »Du warst mir heute schon genug zu Diensten. Ich danke dir. Morgen dann!« Er entfernte sich.

Stephan ging durch den äußeren Hof, sah in der Garage, einem Teil des großen Maschinen- und Geräteschuppens, nach den Kraftwagen, die heute auch einmal Ruhe hatten und zu Hause waren, schüttelte den Kopf über ihren Zustand und ging durch das Holztor hinten ins Freie, in die Felder und Wiesen hinaus, sehr langsam, sehr nachdenklich. Er blieb vor einer Zeile frischer Maulwurfshügel stehen. Die mußten geebnet werden. Sah schärfer hin, sah die zunehmende Vermoosung der Wiese. Sie mußte nächste Woche scharf geeggt werden. Ja, was mußte nicht alles geschehen! Die Erbsen mußten in der kommenden Woche gesät werden, der Hafer war anzubauen, die Gerste. Vieles war zu tun. Der volle Frühling drängte.

Dann sanken seine Gedanken tiefer und tiefer in sich selbst hinein, außerweltlicher Samen in anderes Erdreich.

Herr, mein Gott! dachte er im Gehen so vor sich hin. War, was ich bisher zu ordnen und anzuordnen hatte, war, was ich getan, immer nach deinem Sinn, war es das Rechte? Ich habe das Beste gewollt. War es aber auch in der Tat das Beste? Oder irrte ich? Wo irrte ich? Gib mir ein Zeichen, Gnädiger, Gütiger, und laß mich nicht fallen, ohne mich wieder aufzuheben! Überlaß mich nicht schutzlos den Feuern des Zweifels! Und das andere – verbirg es ihr! Sie soll es nicht wissen, nicht einmal ahnen. Es ist an der einen Unruhe genug. Und es genügt, daß Du allein darum weißt – und was es mich kostet!

*

Immer mehr rückten die Tage ins Gleichmaß.

Elisabeth arbeitete täglich ein paar Stunden an Alberts Seite. es entwickelte sich ein gutes, kameradschaftliches Verhältnis zwischen beiden; klar, ohne Nebentöne. Albert durfte es wagen, sie ohne Scheu nach Dingen zu fragen, die ihr eigenstes Selbst und Sosein betrafen. Sie hätte für einen andern darauf keine Antwort gehabt.

»Ich stelle fest«, sagte er einmal zu ihr, »daß Ihre innere Figur etwas blaß und blutleer geraten ist, Domina. Das muß seine Gründe haben. Wie sind Sie eingentlich, ein Mädchen unserer Zeit, um die Jugendorganisation mit Lager und

Fahrten, um den Arbeitsdienst herumgekommen? Denn das sind Sie wohl, das spüre ich auf Schritt und Tritt.«

»Sie sind ein Frechdachs, Albert«, antwortete Elisabeth. »Aber nun gut, wenn's etwa zu meinem Personalakt gehörte, Sie unvermeidlicher Federfuchser –«

»Bravo, bravissimo! Nur weiter so!« rief ihr Albert ermunternd zu. »Schimpfen Sie sich einmal aus! Das gibt Ihnen Farbe.«

»Ja? Also um das eine bin ich mit ärztlichen Zeugnissen (nein, nein, nicht von hier, wo denken Sie hin!), mit Gefälligkeitszeugnissen von auswärts herumgekommen, wie Sie das nannten; es ist wahr. Um das andere durch eine Art Scheindienst hier im Ort. Und beides auf Wunsch und Befehl der –«

»– Herzogin«, ergänzte Albert. »Das dachte ich mir. Und was sagte Ihr Vater dazu? Sie sind doch auch die Tochter Ihres Vaters, Domina, ebensoviel, nicht? Drum seien Sie es auch! Sonst leben Sie zur Halbscheid an Ihrer Aufgabe vorbei.«

»Ja – wenn's in diesem Hauptbuch akkurat so zuginge wie mit Ihren Soll- und Haben-Buchungen, Albert! Halbscheid! Wo stimmt das schon! Also das kam so. Als uns seinerzeit der Ortsgruppenleiter besuchte wegen meines Arbeitsdienstjahres, da war er zunächst an die Mutter geraten. ‚Was?' hatte sie ihn gefragt. ‚In den Arbeitsdienst? Meine Tochter? Sie sind wohl verrückt!' Der hohe Herr schnappte etwas nach Luft wie – nun, Sie kennen die Fischart. Er wandte sich nachher an meinen Vater. Doch der resignierte bald: ‚Schade. Ein Jahr Arbeitsdienst hätte dem Mädel gut getan.' Und beide Männer kapitulierten. Um dem Gesetz Genüge zu leisten, wurde ich hier im Ort einer kinderreichen Familie als häusliche Hilfe zugewiesen. Es war genau besehen ein Schwindel, wenn ich ehrlich bin. Ich ging für ein, zwei Stunden des Tages hin, holte manchmal Einkäufe zusammen oder fuhr mit dem Kleinsten aus. Im Grunde aber verrichtete alle gröbere Arbeit sowieso die älteste Tochter.«

»Gestatten Sie mir noch eine Zusatzfrage!« sagte Albert. »Es war wohl auch der Wunsch der Mutter, daß man Sie bei der Taufe nach der einstigen – Kaiserin benannte?«

»Jawohl, Albert. Justament. Gleichsam der Republik zu Trotz. Sie merken wirklich alles.«

»Man hätte Sie gleich Nolimetangere oder Mimosa benennen können. Und Sie selber haben sich lebenslang als Prinzeßlein auf der Erbse wohlgefühlt?«

Elisabeth schwieg eine Weile. »Auf der Erbse ja nun gerade nicht. Aber sonst manchmal schon. Wenn ich Angst vor dem Leben fühlte, war mir die schützende Hecke recht.«

»Und manchmal wieder hätten Sie gerne ausbrechen wollen, aus Durst nach ihm?«

»So ungefähr. Ich kenne mich mit mir selber nicht aus. Ich bin wohl noch nicht ... Nein, Sie sind wirklich unverschämt, Albert.«

»Fahren Sie doch ruhig fort, Domina! Oder haben Sie schon wieder Angst – vor dem Leben?«

»Ich bin wohl noch nicht gar«, sagte Elisabeth fest. »Bei manchem und mancher dauert es etwas länger.«

»So ist's auch wirklich, Domina. Haben Sie Vertrauen zu Stephan, zu mir, zu sich selbst, zur Zukunft! All die vier wollen wir nur Ihr Bestes.«

»Vergessen Sie dabei nicht den kleinen Dominik?«

Albert mußte lächeln. »Ja – der!« meinte er vielsagend. »Dem wären Sie schon so recht, wie Sie jetzt eben sind. Aber nun wird's Zeit, daß wir uns wieder unserem heutigen Pensum zuwenden, Domina. Der karteimäßigen Verbuchung unserer Schuldner und Gläubiger. So zwar, sehen

Sie, bitte, her, daß aus diesen Merkkarten, nämlich bereits aus den Vordrucken, der Fälligkeitstag unserer Schuld oder Forderung sofort ersichtlich ist.«

Und sie arbeiteten weiter. –

Stephan und Dominik fuhren jeden Morgen zusammen aufs Feld. Das Gesinde war es nun schon gewöhnt, daß der neue Herr mit ihnen arbeitete, so, wie irgendeiner von ihnen auch. Erst war es ja reichlich unbequem. Nicht für ihn, sondern für sie selber. Man legte sich vor ihm doch ganz anders in die Riemen. Aber ihm war es wohl eine klare Selbstverständlichkeit, und allmählich wurde es eine solche für die übrigen auch.

»Woher kannst du das?« fragte manchmal Dominik verwundert.

»Ich bin von meinem dreizehnten Lebensjahr an fast alle Sommerferien hier heraußen beim Onkel gewesen, Dominik, bis der Krieg kam«, antwortete Stephan. »Was gab es da Schöneres für mich Stadtkind, als die Augen offen zu haben und mit beiden Händen zuzupacken? Wie ich das erstemal ein Paar Pferde richtig anschirren und vor den Wagen spannen konnte, war's ein Fest; so gut wie für dich auch.«

Solange der Boden noch winterfeucht war, wurde auf den mit Korn und Weizen bestellten Feldern der Klee nachgesät. Nun waren auch der Sommerroggen und der Sommerweizen endlich in der Erde. Langsam wurde es Zeit, die Kartoffeläcker vorzubereiten. Die hiefür bestimmten Felder wurden nochmals vorgeackert und übereggt. Die Rübenäcker wurden vorgeeggt, hernach die Pflanzschulen angebaut, schließlich wurde zur Rübensaat selbst geschritten.

Martin Just, nunmehr Adjunkt wie zuvor, hatte den Feldbau wieder ganz in die Hand genommen – und damit sich selber. Er war wie einstens umsichtig, gewissenhaft und begann aufs neue, aus seinem besseren Kern heraus zu leben. Bei dem Mangel an voll brauchbarem Ackergerät und den großen Schwierigkeiten, zusätzliches Saatgut zu beschaffen, war das Einteilen der Frühlingsarbeiten auch für ihn kein Leichtes. Seinem Wissen, seiner Erfahrung ordnete sich Stephan gern und lernend unter, wie er überhaupt bestrebt war, dem Adjunkten bei der Wiederherstellung seines Ansehens behilflich zu sein. Die Mitteilung von den geplanten Grundverkäufen hatte Martin Just zunächst schwer beunruhigt, und er hatte anfänglich seine Stellung für erschüttert, ja für verloren betrachtet. Doch Stephan überzeugte ihn bald davon, wie sehr er trotz allem an ihm festhalte. Die Übergabe der Forste und Außenfelder vorzubereiten, die gerade heuer um so sorgfältiger zu bestellen waren, verschaffte dem Verwalter (und sein Ehrgeiz trachtete nach einer möglichst guten Nachrede) so viel neue Arbeit zur gewohnten alten hinzu, daß er kaum zum Nachdenken kam über das jüngst Vergangene, das dadurch wohltätigerweise für ihn immer wesenloser wurde und allmählich ganz hinter ihm versank. Ein Geretteter, war er nun viel umgänglicher und bescheidener geworden, und seitdem auch Frau Marianne mit ihm Frieden gemacht, ihn im Beisein Stephans abends einmal empfangen hatte, glich er einem wieder blanken und beruhigten Teich nach dem Gewittersturm. –

Im Hausgarten aber werkte Michel, unermüdlich, und die Spuren seiner Tätigkeit wurden von Woche zu Woche offenkundiger. Frau Marianne sah ihm von ihrem Fenster aus gerne zu, beriet ihn, lobte ihn oder neckte ihn, wie er so, sein Gesicht und Rücken, von der Sonne immer mehr erst rot und dann braun wurde, ob er es denn heuer richtig bis zum Aschanti bringen wollte. Er sei, gab er zurück, zwar keineswegs besonders kunstfertig noch von sich aus kriegerisch wie jener edle Stamm, aber sei es drum, auf diese Art werde wenigstens etwas hier, nämlich er selber entfernt an Schokolade erinnern; auch bissen dann die Mädchen lieber an. Ob es gleich mehrere sein müßten, spottete Frau Marianne. Nein, gerade das nicht, sondern nur die eine, meinte er; er habe bloß dumm übertrieben.

Michel hatte wieder vom gesamten Gemüsegarten für das Haus Besitz ergriffen; doch sollte von der Ernte die Werksküche der Ledigen reichlich mit abbekommen. In den zurechtgemachten Beeten hatter er Spinat, Salat, Karotten, Sellerie, Petersilie, Kohlrüben angebaut sowie Knoblauch und etwas Schnittlauch verpflanzt, Früherbsen und Zwiebel gesät, sich ein kleines Mistbeet neu angelegt und ein großes von früher wieder ganz instandgesetzt – das Glas hiefür war sehr schwierig und nur im Kompensationsweg zu erhalten gewesen – und Gurken- und Karfiolpflanzen dort eingestupft, die er sich, wie alles Fehlende, von seinem Lehrherrn geholt hatte.

Monika unterstützte Michel, wann immer es ihr möglich war; besonders im Blumengarten. Der Rasen wurde sauber abgeharkt und mit Komposterde überstreut oder, wo er zu kahl, zu lückenhaft war, ganz umgestochen und neu angesät. Die Rosenhochstämme wurden aufgedeckt und nach der Anweisung des Meisters beschnitten und angebunden, Gladiolen gepflanzt, im Mistbeet Petunien, Levkojen, Astern und Nelken gesät und von Fuchsien und Pelargonien Stecklinge gemacht.

Für den Obstgarten war bald einmal Meister Kronik selbst angerückt mit noch zwei weiteren Lehrjungen außer Michel. Unter seiner Anleitung und Aufsicht wurden, wozu es die allerhöchste Zeit geworden war, die Obstbäume beschnitten und in einem lockeren Beet Beerenobstschößlinge in den Boden gesteckt. Die Burschen übten sich weiters, da ein besonders warmer Tag war, im Veredeln von Wildlingen und im Stutzen der Bäume, die vom Frost gelitten hatten. Sie bespritzten endlich die Obstkulturen gegen Schädlinge und düngten die Anlagen sachgemäß, soweit beides die Ersatzmittel einigermaßen zuließen, die man jetzt bekam; denn noch hieß es auch hier sich nach einer recht knappen Decke strecken.

Mit besonderer Liebe war Michel eines Tages an das kleine, mißhandelte Brunnenbecken herangegangen, damit er es wieder in seinen alten, guten Zustand zurückversetze. Er mußte es regelrecht entrümpeln, denn die Hausparteien hatten es in ihrer, für Michel unfaßlichen, Roheit zu einer Art Mistgrube, einem wüsten Abfallhaufen degradiert. Er ertappte auch wirklich noch einmal die junge, verschlampte Tochter der Tenschert dabei, in diesem Zerstörungswerk gedankenlos fortzufahren. Aber da setzte er sich so energisch, laut und temperamentvoll zur Wehr, daß der Unfug damit endlich ein für allemal abgestellt war. Michel reinigte nun das Becken, und wenn sich auch die winzige Fontäne noch nicht erneuern ließ, so spiegelte sein reines, helles Wasserauge jetzt doch wieder Umwelt und Himmel in der gewohnten Weise, auch hatte Michel ersten Grünwuchs und zwei Zierfische eingesetzt.

Seinen Antrag jedoch, im bescheidensten Umfang mit einer Kaninchenzucht zu beginnen und so das im Garten anfallende Frischfutter auszuwerten, wie Löwenzahn, Milchdisteln, Bärenklau, wilde Zichorie, lehnte Elisabeth für den eigenen Bedarf ab. Sie bestimmte aber, daß den Kleintierzüchtern aus dem Gesindehaus, deren Kindern versuchsweise zu gestatten sei, sich von Wegen, Beeten, Umfassungen, Bleichwiese und Obstanger die zur Verfütterung geeigneten Wildpflanzen auszustechen, wenn sie sich bei Michel ansagten und mit der Umgebung schonend umgingen. Michel empfand wenig Freude über diese Entscheidung, fügte sich aber ohne Widerspruch.

Den Geräteschuppen deckte er neu mit Dachpappe. Auch wurden über seinen Vorschlag einige dringliche Anschaffungen gemacht. Er bekam zwei neue, praktische Spaten, einen Karst, eine Grabegabel, zwei Gießkannen verschiedener Form und Größe, eine Pflanzenspritze, die auf dem Rücken zu tragen war, eine kleine Wegewalze, eine Gartenschere, zweischneidig, eine Baumsäge mit stellbarem Blatt. Meister Kronik hatte alles vermittelt und besorgt. Als Stephan Michel das erbetene Werkzeug übergab, strahlte dieser, als werde er weihnachtlich beschenkt, und zwar in eigener Person. –

An einem Samstagabend war das gesamte Pumpenhaus, waren Elisabeth, Monika, der Pfarrer in die Doktorswohnung eingeladen. Stephan und der Arzt hatten aufs neue ihre Konzertstunden – Cello und Klavier – aufgenommen und waren nun wieder so weit, zum erstenmal ein wenig auch für andere spielen zu dürfen, wie sie bescheiden sagten.

In weiser Beschränkung, in demütiger Selbsterkenntnis begnügten sie sich mit einigen einfachen Stücken alter Meister, mit Stücken, die nicht zu große Schwierigkeiten boten, die sie aber voll und würdig zur Geltung bringen konnten.

Besonders wie Stephan dem Spiel seine Seele lieh, wie er dem Cello mitunter sein eigenes Leid und Bekennen anvertraute, machte auf die Zuhörer den denkbar tiefsten Eindruck; vor allem auf Elisabeth, die sein Spiel manchmal zu heimlichen Tränen rührte, ja leicht erzittern ließ.

Der Pfarrer, der mit Stephan nun schon etwas näher bekannt geworden war, bog sich einmal besorgt-aufmerksam dem Spieler entgegen. Seine Blässe gefiel ihm nicht. Auch war dem Pfarrer nicht entgangen, wie Stephan in einer Pause sich unwillig – wie einen verschuldeten Schwächeanfall – den Schweiß der Erschöpfung von der Stirne wischte.

Der Doktor begleitete mit großer Genauigkeit, mit sichtlichem Ernst. Ab und zu blickte er überdies wie erschrocken auf, wenn Stephan eine Spur zu subjektiv interpretierte oder, abweichend von seiner Auffassung in den Übungsstunden, nun ein paarmal die Akzente merkbar verschob. Um so eindringlicher freilich, um so persönlicher wurde auch sein eigenes Spiel, um so nachhaltiger die Wirkung auf die Gäste.

Für Michel, Dominik, Monika war es so gut wie Neuland, das ihre Seelen erst zögernd betraten. Sie sahen einander mehrmals fragend an, sich wie um Hilfe nach einander um. Sie wehrten sich noch etwas, schwach und schwächer, und ergaben sich dann dem Wohllaut wie einem angenehmen Tod, schmolzen hin und ließen sich von dem dunklen Elemente, das sie nun liebten, fort ins Grenzenlose tragen.

In Albert weckte die Hausmusik Erinnerungen an glückliche Jugendtage bündischer Geselligkeit, unbeschwerte, gelassenere. Er genoß nur und lehnte sich weit und tief in seinem Stuhl zurück, die Augen meist geschlossen oder mit den Händen bedeckt.

Elisabeth empfand alles wie Aussprache, Ansprache. Das, was sie gegenständlich hörte, war ihr bald nicht mehr so wichtig, ja wurde für sie, hinhorchend auf das Dahinter, zur bloßen Chiffre. Deren Entschlüsselung war für sie bald viel bedeutsamer als alles sonst. Nicht dem Spiel, dem Spieler galt mehr und mehr ihre mitbangende Anteilnahme. Sie lebte, bebte mit. – Lag auch sonst etwas in der Luft?

Nach dem Konzert rückten alle um den Tisch zu einem einfachen Abendbrot zusammen, schweigsam erst, obwohl Stephan und der Doktor mit einem anmutig gelösten, streckenweise sogar heiter beschwingten Tonstück geendet hatten. Trotzdem, es stand irgendeine Wolke über ihnen, wie eine Ahnung von Abschied, ein dunkel Gefühltes.

Der Arzt kämpfte eine Weile mit sich selbst, ob er nachher seine jüngsten Befürchtungen laut werden lassen oder sie besser unterdrücken solle. Da die Nachricht aber die, welche es anging, auch sonst bald erreichen müßte, vielleicht entstellt, aufgebauscht, als Gerücht, machte er lieber gleich selber ein paar – verbürgte – Andeutungen. Es waren abermals Reihenuntersuchungen im Lager angeordnet worden (von einer Art, die auf Abbruch schließen ließ, was er nicht aussprach). Auch war das Arbeitsamt angewiesen worden, in Hinkunft von dort heraus niemanden mehr zu vermitteln; Neubeschäftigungen waren untersagt. Wenn auch die Folgerungen nicht ausdrücklich erwähnt wurden, dachten doch alle gleichzeitig dasselbe, daß nämlich über kurz oder lang die Flüchtlinge wohl endgültig weggeschafft werden sollten, heimatlos, staatenlos, noch einmal obdachlos, arbeitslos, immer wieder weiter fort.

Dominik und Monika ließen etwas die Köpfe hängen. Monika war in den letzten Wochen überhaupt ein wenig anders geworden, sanfter, einsilbiger.

Es gebe aber Notwege, Auswege, tröstete der Doktor und sah Dominik wie prüfend an.

Michel tröstete auf seine Art. Als Monika so neben ihm saß, leicht vorgeneigt, die eine Hand noch halb auf dem Tische ruhend, legte er vor allen andern, zum erstenmal offen und ohne jede Scheu, seine Hand wie schützend auf die ihre. Monika errötete leicht, ließ sich aber diese Geste der Verbundenheit gefallen, ja nahm sie als ein Treueversprechen mit einem dankbaren Blicke an.

Es war nun eigentlich Albert, welcher der etwas stickig gewordenen Situation und sich selber ein Ventil verschaffte. »Die Entwurzelung so vieler wertvoller Menschen des eigenen wie fremden Volkstums gehört zu den unverzeihlichsten Hauptsünden des abgetretenen Regimes«, begann er, und da e r es sagte, kam seinen Worten doppeltes Gewicht zu, so daß Stephan sich aus seiner Versunkenheit aufrichtete.

»Ja, ja«, setzte Albert fort, sich unmittelbar an Stephan wendend, »ich habe gerade darum meinem Irrtum von gestern abgeschworen. Andere aus anderen Gründen. Ich eben aus diesem Grund. Wer einst auszog just zur Bewahrung von Heim und Herd, Boden und Familie und dann so hundertprozentig sich selber widerlegte und verriet, mußte stürzen. Es war beschämend für uns, zu sehen, wie die von sich selber Abgefallenen diese ihre Erzschuld auf die Dynamik der entfesselten Ereignisse abzuwälzen versuchten, die sie vorgeblich nicht mehr hätten meistern können, statt die Ursache ihres Versagens zu suchen und zu finden bei der eigenen Hysterie. Diese hektische Zick-Zack-Politik ohne Maß, ohne Beständigkeit hat Zustände und eine Not geschaffen, wofür es kein Beispiel gibt in der Geschichte. Ist es nicht einfach furchtbar, kommt einem nicht das Schaudern bei dem Gedanken, daß, als wir Kriegsgefangenen Anfang März dort oben unsere Wellblechbuden und Erdlöcher verließen, in denen wir bei noch weiterer Anhaltung buchstäblich zugrunde gegangen wären, daß trotz alledem auf unseren Auszug bereits begierig die Ostflüchtlinge warteten wie auf – Luxusquartiere? Und wird diese Vorstellung nicht noch grauenhafter, wenn man weiß, daß selbst kleine Kinder dort, nach uns, hineingekommen sind? Wird da nicht die ganze propagandistisch aufgebauschte Sozialnot des – mit welchem Recht eigentlich – so verrufenen neunzehnten Jahrhunderts und einer bestimmten Klasse von dieser neuzeitigen Not weit in den Schatten gestellt? Von den Windeln aus Zeitungspapier, von der Nahrung aus –? Schweigen wir darüber!«

Stephan dankte Albert für sein Bekenntnis, stumm, dankte ihm mit einem Nicken der Zustimmung.

»Unser Staat aber, wenn er sich frei entscheiden dürfte, könnte nichts Klügeres tun«, schloß Albert, »als möglichst viele solcher Unglücklicher, aber unserer Wirtschaft Erwünschter bei sich aufzunehmen, so Rechtschaffener, so Lebenstapferer, warum soll ich das nicht sagen, wie es die beiden Freunde da sind, unser Dominik, unsere Monika.«

»Die behalten wir sowieso hier; trotz ihren vielen Fehlern«, stellte Stephan lächelnd fest. »Wir geben sie nicht her«, sagte er, aber ohne sich über das Wie näher zu äußern. Dem heute ziemlich gehemmten Dominik, der ihn etwas gar zu verwundert anstarrte, schnitt er die sich vorbereitende Frage, die der Bursche schon auf der Zunge hatte, kurzweg ab mit einem: »Ich habe es gesagt, und dabei bleibt es!« Stephan tauschte einen kurzen Blick des Einvernehmens mit dem Arzt.

»Wir wurden in der Kriegsgefangenschaft aus restlichen Wehrmachtbeständen verpflegt«, fuhr Albert nun doch fort, um abzulenken. »Bestimmte Feldbäckereien arbeiteten übrigens für uns weiter. Trotzdem war das Brot, bis wir es erhielten, oft viele Monate alt, wie uns der Datumsstempel verriet. Doch dagegen sei nichts gesagt. Es war im Verhältnis gut, aber infolge der großen Boden- und Luftfeuchtigkeit sowie ungeeigneter Aufspeicherung meistens grün verschimmelt. Wir haben es in den Fourierkammern mit Drahtbürsten abgekratzt. Die Magenleidenden mußten es entrinden. Allein, diese schimmelbedeckten Rindenstücke konnten wir nicht etwa wegwerfen, verbrennen oder sonstwie vernichten, nein. Sie wurden uns von Jugendlichen abgebettelt. Ganz zu schweigen von den Kartoffelschalen. Sie waren ein begehrter Leckerbissen. Rudelweise standen die Kinder in der Nähe der Lagerküchen herum, ach, mit welcher Gier, mit wieviel Ausdauer, und streckten ihre Hände danach aus.«

»Von solcher Not hat man hier keine Vorstellung«, sagte Elisabeth. »Nur in den großen Städten allenfalls.«

»Ja. Und an den Landesgrenzen«, ergänzte der Pfarrer. »Durch die Schilderungen der immer noch einsickernden Flüchtlinge, die schwarz und auf Schleichwegen sich von überall her zu uns herüber durchschlagen, sind ähnliche und noch schlimmere Dinge bekannt geworden. In der Summe läßt sich schon heute sagen, daß die Menschheit wieder nichts aus den Torheiten der jüngsten Vergangenheit, aus den so verhängnisvollen Scheußlichkeiten gegen die Juden etwa gelernt hat. An die Kriegsverbrechen reihen sich dreist und dumm die Nachkriegsverbrechen, ganz so, als ob unser Herrgott schlafe. Aber er schläft nicht. Wir werden es alle miteinander noch erfahren. Nicht er wird, wir werden eines Tages furchtbar aufwachen.«

»Und dann die Not der Frauen«, meinte Albert, »die potenzierte, zumal der jungen. Eines Tages, wir lagen bereits in kleinen Bauerndörfern im – wie sag' ich's? – im Quartier, da suchte uns, halb verhungert, ein weiblicher Flüchtling in Männerhosen auf. Sie war, ein Stück Menschenbeute, aus einem der kleineren Siegerstaaten, einem dortigen Lager für kriegsgefangene Wehrmachtshelferinnen ausgebrochen und nach unsäglichen Strapazen und unter tödlichen Gefahren über die Demarkationslinie gewischt, stieß aber nun hier überall auf kompakte Ablehnung, vermochte sich auf keine Weise irgendwelche Nahrung, irgendeinen Unterschlupf zu verschaffen. Da probierte sie es zuletzt bei uns Ärmsten, den noch kriegsgefangenen Exsoldaten. Es war Winter, und es blieb ihr keine Wahl. Wahrscheinlich gedachte sie sich zu verkaufen. In uns aber sträubte sich auch alles gegen sie. Eine Wand des Mißtrauens und übelster Erfahrungen stand zwischen uns und ihr. Aber sie draußen verrecken lassen, ging auch nicht an. So blieb sie einige Tage, bis wir selber wieder von dort verlegt wurden, aß und schlief mit uns, nähte und wusch für uns. Angerührt hat sie keiner. Wir mochten sie nicht. Was sie berichtete, glaubten wir lange nicht alles. Aber wenn nur ein Zehntel davon stimmte, und das billigten wir ihr zu, war es schrecklich genug gewesen, kam sie aus der Hölle.«

Da wurde der Erzähler unterbrochen. Es klopfte heftig an der Tür. Der Arzt erhob sich, diese zu öffnen. Ein Briefträger mit Fahrrad stand davor und fragte, hieher verwiesen, nach Herrn Albert Föderer.

Ja, der sei zugegen, antwortete der Doktor.

Was es denn gebe, wollte Albert wissen.

»Ein Telegramm«, sagte der Bote, händigte es ihm aus, empfahl sich und fuhr wieder weiter.

Albert legte es langsam vor sich hin auf den Tisch. Nach einer kleinen Weile erst machte er es auf, sehr gefaßt. Er las es. Dann sagte er leise: »Meine Mutter ist ... vom barmherzigen Tod ... erlöst worden. Ich sollte sie also, von einer inneren Stimme gewarnt, nicht mehr wie mein Bruder in ihrem Jammerdasein besuchen, sondern werde sie nun befriedet in ihrem Sarge sehen. Ich bitte dich, Stephan, um drei Tage Urlaub.«

Stephan reichte dem Freund bewegt die Hand. Die Gäste erhoben sich und brachen auf.

*

Müßten denn Hausleute unbedingt wie Hund und Katze g e g e n einander leben? Wer sagt das? Wo steht das geschrieben? Sie habe nie daran geglaubt. Wer sie nun hörte, bekam leicht die Vorstellung, der mächtige Bau am Rande des

Marktes sei unter der Hand ein Turteltaubenschlag geworden.

Die alte Füchsin, die Kleinrentnerin, die zur ebenen Erde wohnte, gab, was ihr Mundwerk betraf, der Tenschert im ersten Stock gewiß recht wenig nach. Aber sie war es jetzt eigentlich, die den Ruhm der Familie Schmidt von Tür zu Tür ausbreiten ging rundum im Ort. Mit dem gleichen Eifer, mit dem sie sie einstens in Verruf gebracht hatte. Sie steckte groß um und zog zur Abwechslung eine ganz neue Flagge auf.

Was doch der junge Herr für ein lieber, bescheidener, anspruchsloser, zuvorkommender Mann sei! An ihrem letzten Waschtag habe er ihr Wasser tragen geholfen mit einer Selbstverständlichkeit, die sie geniert hätte, richtig geniert, aber sie habe es nicht verhindern können.

Mit ihm bekomme das gnädige Fräulein einen Mann, schon so einen Mann! Ein wahrer Glücksfall, den es sich wohl selber nicht träumen ließ: alle fünf Nummern gesetzt und pünktlich herausgekommen! Das Fräulein sei übrigens wie ausgewechselt. Man müsse sich förmlich beeilen mit dem Gruß, sonst werde man noch von ihm zuerst gegrüßt. Das ganze Haus sehe jetzt erst, was für ein prächtiges Mädchen es sei (und alle begännen schon damit, es auf den Händen zu tragen). So freundlich sei es jetzt, so umgänglich. Leutselig sei ja vielleicht noch zuviel gesagt. Daran merke man wieder, was ein geliebter Mann zum Bessern ausrichten kann, so sanft sei es nun, so gefügig, ein Lämmchen, und über und über weiß wie Schnee. (Von irgendwo her wird Elisabeth, dachte sie, die fromme Nachrede ja doch erfahren!)

Welche Arznei er aber der Alten eingegeben habe, möchte sie für ihr Leben gerne wissen; denn die Kur habe das reinste Wunder gewirkt. Die wilde Hummel wohne jetzt zahm im

Stock. Die Alte sei so weich und mürbe geworden wie ein auf beiden Seiten durchgeklopftes Fleisch und so gut verdaulich und verträglich. Ja, so einen Umschlag gäb's eben nur unten auf einer Männerhose! Ihr, der Füchsin, mache jedenfalls keiner mehr weis, daß man nicht doch auch selbst eine Windmühle mit einem Blasebalg treiben kann. Er kann's.

Und sie selber (sie kenne sich, sie nehme sich erst gar nicht aus), habe sie noch e i n Haar auf den Zähnen? Wohne sie nicht friedlich wie ein Piepmatz im Bauer? Aufgesessen sei sie auf der Stange und fresse ihm den Hanf aus der Hand.

*

Die Tage rückten immer weiter ins Gleichmaß. Schritt für Schritt ging es dem Sommer entgegen.

Die Rinder, die man, als Stephan und seine Freunde gekommen waren, täglich schon ein wenig Bewegung im Hofe hatte machen lassen, um sie bei milder Witterung langsam an die freie, frische Luft zu gewöhnen, und deren Futter man allmählich Grünfutter beigemischt hatte zum Übergang, die Rinder waren jetzt tagsüber längst nicht mehr zu Hause. Es war ihnen ein nahe gelegener umfriedeter Platz zugewiesen worden. Frühmorgens wurden sie ausgetrieben auf die Weide, und abends erst kehrten sie heim.

Ein paar Kühe hatten unterdessen aufgenommen, um im nächsten Jänner zu kalben. Auch die Schweine hatten nun ihre Paarungszeit hinter sich. Zuvor hatte man sie eine Zeitlang auf die Brache gelassen und auf einigen Äckern heuer auch mit dem Rindvieh gepfercht. Der Kunstdünger war rar und schwer zu beschaffen.

Fast das gesamte Geflügel hatte damals im März eben mit seiner Hauptlegezeit begonnen. Der Hühnerhof bevölkerte sich seither mit den Frühbruten. Schon wuchsen gute

Winterleger für das kommende Jahr heran. Auch die Spätbrüter wurden jetzt nach und nach brutig. Die Leger hatten ihre fleißigsten Wochen erreicht.

Daß Stephan dieses Jahr so sehr darauf gedrungen hatte, daß die Tiere auf die Weide, in den Pferch gingen, hatte seine besonderen Gründe. Er war sich der Vorzüge einer vollkommenen Stallfütterung zwar durchaus bewußt. Die Tiere sollten aber heuer durch den Wiederaufbau nicht zu arg in Mitleidenschaft gezogen werden. So groß der Hof war und der Abstand, kam doch schon durch das Sägewerk, vor allem wenn die Kreissäge anging, unvermeidlich etwas Beunruhigung über die Tiere. Nun aber so unmittelbar neben ihnen die Mauerarbeiten im Gange waren, hätten sie ihm anders richtig leid getan.

Die vorgeschlagenen Transaktionen waren nämlich beschleunigt durchgeführt worden. Der Bürgermeister, die Gemeinde hatten sich beeilt, damit zum Zuge zu kommen, in der Sorge, das Angebot könne in letzter Stunde bereut und vielleicht gar noch einmal zurückgenommen werden. Die Übergabe war erfolgt, die Belegschaft zwischen der öffentlichen und der privaten Hand aufgeteilt worden. Die erzielten Gelder jedoch wurden von Stephan sogleich mit eiserner Folgerichtigkeit den angestrebten Zwecken zugeführt. Schon wuchs das Stallgebäude in neuer Stattlichkeit der Dachgleiche entgegen, und auch drinnen im Markt war mit den Vorarbeiten zum Wiederaufbau des Handelshauses begonnen worden.

Bei der Entlassung des überzähligen Personals hatten sich übrigens recht merkwürdige Dinge begeben. Nun es Ernst wurde mit dem Abschied, ging es manchen Dienstleuten wie Liebesleuten, die zwar im Affekt auseinanderlaufen, aber in der leisen Vorahnung, es komme vielleicht kaum etwas Besseres nach. Nun man die »Herrschaft« nämlich loswurde, was man ja oft recht heftig gewollt hatte, sah man bald – mit den Augen der Vernunft – Vorteil und Nachteil in einem neuen Licht, und es setzte ein nicht gelinder Sturm auf Stephan ein, doch weiterhin beim stark verkleinerten Restgut verbleiben zu dürfen.

Allein, Stephan hatte einen Abbauschlüssel von so bezwingender Gerechtigkeit vorbereitet, von einer alles abwägenden sozialen Bedachtsamkeit, daß dagegen niemand ankonnte, und so wurde im Verein mit den Betriebsräten und unbestechlich danach verfahren.

Stephan übernahm die kinderreichsten Familienväter, ferner zwei Witwen nach gefallenen Soldaten des letzten Krieges, endlich aus der Gruppe der Ledigen einen Jungknecht, der wie Michel Vollwaise war und sich in besonderem Maße an Dominik angeschlossen hatte. Die restlichen Arbeitskräfte wurden der Gemeindewirtschaft überstellt.

Die Verabschiedung aber war mit einem kleinen Fest verbunden gewesen, zu dem auch der Bürgermeister und Gemeinderäte aller politischen Parteien erschienen waren. Es wurde ein richtiges Fest des Friedens, der Eintracht, der Begegnung im Menschlichen, zusammengehalten durch die freie, unabhängige Persönlichkeit des Gastgebers Stephan Schmidt. Wie dieser den Arbeitern, allen, dankte für die seiner Familie geleisteten Dienste in schwerer und schwerster Zeit, und wie hinwiederum einer der Arbeiter ihm dankte für das ihnen entgegengebrachte Verständnis und für seine, durch die Tat bezeugte, Brüderlichkeit, das schuf eine Atmosphäre allgemeinen Vertrauens, das den etwa noch vorhandenen Rest an Vorbehalten auf beiden Seiten hinwegtilgte, und bereitete so den Boden für die aufsehenerregende Schlußansprache des Bürgermeisters vor, der offen bekannte, in den letzten Wochen Entscheidendes zugelernt zu haben und sich mit Stephan Schmidt heute in einem sehr wichtigen Punkte zu treffen. In der Erkenntnis nämlich, daß alle sozialpolitischen Programme und Reformen von links wie rechts auf Rechnungen beruhten, die an sich als Rechnungen stimmen mochten (und er, der Bürgermeister, sei von seiner eigenen Ansicht und Rechnung nach wie vor fest überzeugt, daß sie stimme, tatsächlich stimme), doch – auch das große Aber sei ihm nunmehr aufgegangen: daß diese Rechnungen alles miteinander eben Rechnungen seien, außerdem Rechnungen – ohne den Wirt. Damit wolle er sagen: ohne die Hauptsache genügend zu berücksichtigen, daß der Weg von der Rechnung zur Wirklichkeit, zur Verwirklichung unabdingabr über den Menschen führe. Hier aber, hier liege der eigentliche Schlüssel für Gelingen und Versagen einer jeden Rechnung verborgen, nicht in der Rechnung an und für sich. In ihren Ansichten nun über den Menschen selbst, seine Stellung, sein Wesen, seine Aufgabe, gingen sie zwar völlig auseinander, er, der Bürgermeister, und Stephan Schmidt, der beinahe absolute Christ. Aber die Einsicht verbinde sie, daß letzten Endes hier, in der Tiefe, die Differenz liege, hier und nicht so sehr dort in der Rechnung, an der Oberfläche. Und gerade das sei ein fruchtbarer Ansatzpunkt für weiteres gemeinsames Nachdenken. Er danke Stephan Schmidt für die unbedingte Achtung, die dieser seiner weltanschaulichen Position jederzeit entgegengebracht habe, und versichere ihm ungekehrt, daß er seinerseits die Position des Gegners achte. Es sei ferner bemerkenswert, und er werde auch das festhalten, daß klare und ganze Gegner rascher miteinander übereinkämen, als unklare und halbe. Er wisse überdies, daß die Anordnungen, die Stephan Schmidt für den Weiterbestand des restlichen Gutes getroffen habe, das nun ein privatwirtschaftlicher Mittelbetrieb geworden sei, und etwa noch treffen werde, sich in manchem nicht mit Stephan Schmidts eigentlichen Anliegen decke, und er schätze das Gesinnungsopfer richtig ein, das – im Grundsätzlichen – sein Gegner für die Familie bringe, der er, auch hierin selbstlos, dienen will und muß; und zwar in Form ehrbarer Kompromisse, da selbstverständlich auch seine Rechnung und seine Gegebenheiten voneinander abwichen. Trotz allem aber: die öffentliche Hand wünsche der privaten in guter Nachbarschaft Gedeihen im Interesse des allgemeinen Wohls. Unter stürmischem Beifall gingen die beiden Männer aufeinander zu und reichten einander die Hände.

Zudem war das Fest von der Natur in großartiger Weise unterstützt worden. Es war ein Tag gegen Ende Mai gewesen und von der strahlendsten Lieblichkeit.

Nach dem noch etwas förmlichen, amtlichen Teil hatte der ungezwungene, angenehmere begonnen mit Schmaus, Musik und Tanz. Damit aber trat Stephan sogleich unscheinbar in den Hintergrund zurück, um bald diesen Bekannten zu begrüßen, bald jenen, oder mit einer ganzen Gruppe zu sprechen. Elisabeth, die Herrin, rückte nunmehr zur Festkönigin auf, und es war der Bürgermeister, der sie, damit sie den Tanz eröffneten, um die Ehrenrunde bat.

Seit langem war es das erstemal, daß Elisabeth, gar nach dem abgelaufenen Jahr des Schreckens und der Trauer, in einem hellen Kleid ausging und, aufgeräumter, aufgeschlossener als sonst, an einer Lustbarkeit teilnahm, woran übrigens während der bisherigen Nachkriegszeit im Markte durchaus kein Mangel gewesen war, sodaß die Vergnügungswut der Jungen sehr oft bei den Alten Anstoß erregt hatte. Elisabeth tanzte noch einige Male, mit dem, mit jenem Ehrengast, und immer wieder von Albert mit einem freundschaftlichen Blick dazu ermuntert. Selbst Martin Just glückte es heute, an die gestrenge Domina heranzukommen, doch wurde er hernach an seine junge Frau verwiesen, ja ihr mit

Scherzworten entgegengeführt. Bloß Michel und Monika kannten keinen Abwechsel. Sie tanzten jede Runde unzertrennlich miteinander.

Nur Frau Marianne saß einsam in ihrem Zimmer. Sie saß am offenen Fenster und las. Das heißt, sie wollte lesen. Doch selbst dazu war sie diesen Tag zu schwach. Immer wieder schloß sie die Augen. Der Wind wehte ihr manchmal ein Stück Tanzweise von der Festwiese her. Sie hatte es nicht anmerken lassen, wie es um sie stand und wie ihr zumute war; denn sie wollte ihretwegen niemanden zurückhalten. Aber als nun sehr leise die Tür ging und – Stephan eintrat, um sie für eine Weile zu besuchen, war sie doch froh. Er setzte sich auf einem Schemel zu ihr und bedeckte ihre Hände mit Küssen. Sie fuhr ihm, zitternd vor Freude und Schwäche, über das Haar. Im Anfang sprachen sie nichts miteinander.

»Ja«, meinte sie dann, »wir zwei beide. Wir haben's hinter uns. Ich vom Leben her. Du im Geiste.«

»Sag' das nicht!« wehrte Stephan ab. »In mir geht es um wie ein Mühlrad.«

»Das wird sich geben, Stephan. Das wird sich legen. Wer andern den Frieden brachte – und mir hast du ihn gebracht; bevor du kamst, war ich noch voller Hochmut und Rachegier gewesen und voll der anderen Dummheiten – warum sollte er ihn nicht selber finden?«

»Vielleicht«, resignierte Stephan. »Hoffentlich.«

»Und mehr ist dem Christen hier wohl nicht bestimmt. Das Glück gibt er hin, er muß es hingeben für den Frieden der Seele. Ich weiß es heute – durch dich, Stephan –, spät, sehr spät, am Ende des Lebens, am Rande der Welt, was dieser bedeutet. Der Preis ist hoch. Aber er ist nicht zu hoch. Ich habe es erfahren.«

»Ja, und nun hast du – mich getröstet. Statt umgekehrt.

Ich war gekommen, um deine Verlassenheit mit der meinen zu teilen. Aber du bist gar nicht verlassen. Ich bin es nur. Doch ich werde es bald auch nicht mehr sein, wenn mich die Gnade findet. Auch kam ich noch mit einer recht irdischen Sorge, Mutter Marianne. Zürnst du mir gerade heute nicht doch ein wenig – wegen des Kaiserschnittes? Was habe ich angerichtet?«

»Du hast recht getan. Aus dem Gestrüpp der Selbsttäuschung und dem Dickicht konventioneller Lügen hast du für Elisabeth den Weg ins Offene, Freie, Wahre gebahnt. Das hast du getan. Es ist wie mit einer Wohnung, die für unsere geänderten Verhältnisse viel zu groß geworden ist und die wir uns nur der Repräsentation wegen noch halten, eine Talmiwelt der Verstellung und des Scheins. Nichts Klügeres gibt es da zu tun, als sich einzuschränken, auf Zimmer und Kabinett zu verziehen, diese jedoch uns einzurichten gemäß unserer Möglichkeiten, zu unserem richtig verstandenen Wohl und zu unserer wahren und echten Freude. Es ist einfach toll und verdreht, Stephan, daß ich, statt du mir, heute dir das sagen muß. So sehr haben wir unsere Rollen vertauscht.«

»Dann ist es gut. Dann freilich ist alles gut«, sagte Stephan. »Aber übrig bleibt von mir doch nur ... dein dummer Junge.«

»Nein, nein, Stephan«, entgegnete Frau Marianne. »Es ist schon der Apollofalter. Oh, gewiß! Gerade so in seiner ganzen Pracht. Niemals sind wir wirklich stark, wenn wir nicht auch einmal richtig schwach sein können. Doch nun, bitte, geh wieder zu den andern! Sie brauchen dich auch.«

Stephan zögerte. »Muß ich?«

»Du weißt es selber: ja.«

»Schade«, sagte er. Aber er ging.

Auf dem Festplatz war er schon ein wenig vermißt

worden. Elisabeth hatte ihn gesucht. Nun er wieder auftauchte im immer entbundeneren Gewühl, mit Martin Just und seiner Frau etwas schäkerte, die ihn dankbar anstrahlte, stand sie auf einmal neben ihm, und Albert an ihrer Seite.

»Willst du nicht mit uns ein paar Minuten hinten hinaus ins Freie gehen, Stephan?« lud sie ihn ein. »Mir wird der Trubel fast schon ein bißchen zuviel.«

Von dem kreisrunden bretternen Kirtag-Tanzboden, den sie sich ausgeborgt hatten für diesen Tag, stiegen immer wieder kleine Staubsäulen auf und glitzerten im Licht. Die Gesichter der Musiker glänzten heiß vom Wein und von der Sonne. »Gern«, sagte Stephan. »Wenn nur nicht etwa Albert dieser Gang zuviel wird.«

Albert hatte, seitdem er, seine Mutter zu begraben, in die Hauptstadt gefahren war, sich von dort her die Prothese mitgebracht, aber mit ihr noch die üblichen Anfangsschwierigkeiten. Er behauptete jedoch, einen besonders guten Tag zu haben. Es mache ihm nichts aus. Und wie sehr er, gerade er auf Volksversammlungen erpicht sei, wisse Stephan ja.

Sie gingen zu dritt einen Feldweg hin. Das junge Getreide stand schön, reichte ihnen bis über die Hüfte.

»Dein, Elisabeth!« sagte Stephan. Er zeigte in die Runde. »Jetzt erst wirklich dein! Denn nicht wahr, Albert, wir sind über den Berg?«

»Ja, Stephan«, antwortete Albert. »Beinahe. Wir kommen über den Berg. Sei ohne Sorge! Ich hoffe, nach der Ernte die letzten bedrohlichen Fälligkeiten pünktlich abdecken zu können, und zwar ohne deswegen die Gelder anzugreifen, die wir für den gesamten Wiederaufbau, den Maschinen- und Wagenankauf, die Auffüllung des Viehstandes und verschiedene Erneuerungen und Verbesserungen flüssig halten müssen.«

»Wie mich das freut!« sagte Stephan. »Für dich, Elisabeth,

und uns alle. Von der Arbeit her – und dem Gebet – werden wir und die Welt schrittweise doch wieder heil. Allein, die Welt im großen kann nicht eher gesunden und gedeihen, solange nicht die im kleinen damit beginnt. Wir müssen eben wirklich bei uns sofort anfangen, im eigenen, wenn schon begrenzten, beschränkten, aber darum auch überschaubaren Bereich.«

»Ja, und unseren Vorvätern vor fast dreihundert Jahren ist es nach dem großen Krieg ähnlich ergangen mit der Aufgabe, die Wildnis und ihre Dämonen wieder zurückzudrängen, die von Natur und Mensch Besitz ergriffen hatten«, fügte Albert hinzu.

»Komm, Elisabeth!« sagte Stephan, faßte ihre Hand und wies Albert an, ihre andere zu nehmen, »wir müssen dich heute den Fluren zeigen und ihren guten Kräften, den helfenden, den dienenden, damit sie dich erkennen als auch ihre Domina! Ja, nun erst Domina!«

»Jawohl, jetzt erst«, bestätigte ihm Elisabeth, »aber in einem noch anderen Sinn. Weil ich nämlich selber unterdessen erst das – Dienen lernte. Von euch, Freunde! An eurer Seite. Heute darf ich's sagen, muß ich euch dafür danken, euch zwei Einsiedlern, als eure Simplicissima.«

Da lachten sie alle drei.

»Oh, es war nicht immer leicht«, fuhr sie ernshaft fort, »sich so sehr zu überwinden, immer wieder sich zu überwinden. Ohne euer tagtägliches Vorbild hätte ich es nicht vermocht. Aber es steckte mich an. Und nicht nur mich allein. Ihr seid hier schon manchem zum Kompaß geworden. Nein, ohne euer lebendiges Beispiel wäre es mir nicht möglich gewesen, so im Kampf mit mir selber etwa allein gelassen, im Kampf gegen Anlage, Trieb, Instinkt, gegen eine irrige Erziehung, diese Umwelt und ... allerlei Verdrängtes. Was war ich eine enge, dumpfe Bürgerin!«

»Du gehst viel zu weit, Elisabeth«, wehrte Stephan ab, »und vor allem mit deinen Komplimenten. Wir haben dir höchstens ein wenig Mut zu dir selbst gemacht.«

»So ist es, Domina!« bekräftigte Albert. »Wie hätten wir Ihnen und dem Ihrigen etwas Grundstürzendes, ja gar etwas vom Wesen selber so von außen her hinzugeben können? Was wir sind und werden, wächst in der Hauptsache aus dem tief in uns beschlossenen Keim.«

»In der Hauptsache, gut«, spottete Elisabeth. »Nun, so wart ihr eben die Sonne, der Regen, ihr nebensächlichen Dickköpfe! Das aber bestreitet ihr mir kaum: euch beide hat wohl auch nicht der Zufall zusammengeführt.«

»Da haben Sie recht, Domina!« Das ließ Albert gelten. »Und es war sehr wahrscheinlich auch kein Zufall, der uns hiehergeführt hat. Gibt es Zufall überhaupt? Ich werde allmählich irre.«

»Irre?« warf Elisabeth ein.

»Das freut mich, Albert, daß du das sagst!« bekannte Stephan. »Und mit der Frage schon hast du dir darauf selbst die Antwort gegeben.«

Die drei kehrten langsam um. Nun hatten sie den Ort vor sich liegen im Schmuck der blühenden Bäume. Zwischendurch blinkte ihnen schon da und dort wieder ein neues Haus- oder Scheunendach neben den Brandruinen entgegen. Vom Festplatz her schwoll die Musik immer lauter an, je mehr sie sich ihm näherten, Händeklatschen, Rundgesang, Gläserklirren, das dumpfe Rollen der Kugeln auf der Kegelbahn und das helle Knattern vom getroffenen Holz.

»Ein Frühling ist das heuer!« sagte Elisabeth. »Ich habe noch keinen Mai von solcher Pracht hier erlebt. Vielleicht ist's überhaupt schon der Sommer. Ich kenne mich nicht mehr aus.«

Die Liedraketen der Lerchen stiegen links und rechts von

ihnen aus den Feldern auf, nun sich der Tag zum Abend neigte.

Elisabeth, da sie sich wieder zeigte, wurde noch vor der Festwiese von spielenden Kindern umringt und stürmisch entführt. Albert setzte sich gerne wieder verrastend auf seinen Platz. Stephan aber zwängte sich durch das Gewühl, um jetzt ein wenig nach Dominik zu sehen. Er fand ihn nirgends. Auch Michel und Monika konnten keine Auskunft geben. Vor einer Stunde etwa sei er noch hier gewesen und habe den Tanzenden zugeschaut. Stephan befiel plötzlich eine schwarze Angst, die sein Herz klopfen machte.

Er verließ den Festplatz, die Gastwirtschaft, wandte sich zum nahen Gehöft zurück, durchquerte den äußeren Hof, fragte vorm Gesindehaus vergebens nach ihm ein altes Mütterchen, das heute hier zurückgeblieben war und in der Sonne heraußen saß, er kam in den inneren Hof, traf Dominik auch hier nicht an, auch nicht im Stall, wo diesen Tag das Vieh daheim behalten worden war und auf die Abendfütterung wartete. Die Schweizerin, welche diese vorbereitete, hatte ihn auch nicht gesehen. Noch nicht, wie sie sagte; denn er habe ihr versprochen, am Abend eine halbe Stunde auszuhelfen, um ihren Mann zu vertreten, der heute eben auch einmal freihaben und beim Fest bleiben wolle. Stephan atmete erleichtert auf und – fand Dominik im Pumpenhaus, auf seinem Bett ausgestreckt und in einem der Bücher lesend, die Stephan für sie alle an- oder wenigstens herbeigeschafft hatte und die auf einem schmalen Bord zwischen den Spinden aneinandergereiht standen. Eine neue Leidenschaft war über den Jungen gekommen, die Lesewut, der Hunger nach Welten, die ihm bisher verschlossen gewesen waren. Stephan war etwas überrascht, ohne es sich anmerken zu lassen, ja er trat anscheindend gleichmütig mit einem »Grüß Gott, Dominik! Na?« an seinen Spind heran, um bei dieser

Gelegenheit gleich etwas daraus zu entnehmen, das er vorhin vermißt hatte.

»Schon genug von dem ganzen Rummel, wie?« fragte Stephan.

Der Bursche nickte.

»Ziemlich kindisch geht's drüben schon zu, das muß ich selber sagen«, fuhr Stephan fort. »Der Mai, der Wein, die liebe Liebe und sämtliches Drumherum. Eine Weile ist's ja ganz interessant und einmal etwas anderes, zur Abwechslung. Eine Weile eben. Dann hat ein ernsthafter Mensch es satt, das kann ich gut verstehen. Ich selbst muß halt noch drüben sein, Dominik. Hausherrenpflichten. Du Glücklicher, du konntest dich verdrücken. Ich tät's am liebsten auch.«

»Glaub' dir's«, sagte Dominik. »Ich frag' mich, was mit mir los ist, Stephan. Für das eine, hörst du, bin ich noch zu jung. Das weiß ich heute, das alles war ein mordsmäßiger Unsinn. Nun, du merkst schon, was ich meine und wen ich meine. Aber für vieles andere dort bin ich doch wieder zu alt. Und so – bin ich zum Melken und Füttern heimgegangen, wie ich es versprochen habe. Aber es ist noch ein bißchen Zeit.«

»Und da wolltest du inzwischen etwas weiterschmökern. Das ist auch wirklich das Vernünftigste.«

»Auch bin ich jetzt ab und zu ganz gern einmal mit mir allein«, sagte Dominik. »Hast du was dagegen?«

»Aber woher denn! Lies nur ruhig weiter! Ein paar Stunden noch, dann ist der Trubel drüben ohnehin vorbei. Kommst du noch einmal hinüber nach dem Füttern?«

»Ich glaube nicht«, meinte Dominik.

»Dann auf Wiedersehen!« sagte Stephan und ging zum Festplatz zurück, befreit von einer schweren Sorgenlast, ja recht eigentlich beglückt.

Es war das Schönste gewesen, das jener Tag ihm hatte bescheren könne, damals, vor ein paar Wochen, gegen Ende Mai.

*

Nun aber hatte der Sommer regelrecht, auch dem Kalender nach, begonnen.

Erst wurde, als die meisten Gräser in Blüte gestanden waren, bei anhaltendem Schönwetter die Heuernte eingebracht und hernach die Wiesen schnell wieder bewässert, gründlich berieselt. Dann kam der überwinterte Samenklee an die Reihe, einiger Futterklee, hierauf der Raps, als sich die Schoten bräunten.

Auch die letzten Gemüseaussaaten noch im Hausgarten zeigten jetzt schon kräftige Pflanzen und wurden versetzt. Michel hatte, zumal er drei Halbtage als Lehrling in den Betrieb seines Meisters arbeiten gehen mußte, beide Hände voll zu tun mit Hacken, Jäten, Düngen und Wässern. Dauernd mit dem Wässern, das Jahr war trocken, sehr trocken, und er kämpfte mit ganzer Kraft dagegen an. Die herunterhängenden Weinranken waren anzubinden, die unfruchtbaren Seitentriebe abzuschneiden, die Obstbäume fleißig zu bespritzen. (Die Bienen hatten geschwärmt.) Seine Gemüsebeete, vor allem die mit frühem Kraut und Kohl, mit Kohlrabi und Sellerie bestandenen, begoß Michel eifrig mit verdünnter Jauche. Alles gedieh; ihm selber freilich oft zu langsam. Aber die Küche bekam es dankbar zu spüren. Im Spargelbeet pflanzte er nach. Bereits abgeräumte Beete richtete er schon jetzt im voraus wieder her, für den Winterkohl, für den späten Spinat. Die Erdbeeren wurden entrankt. Die Johannis- und Stachelbeerhecken konnten auch schon beschnitten werden. Immer wieder einmal war ja da und dort frühes Obst und Gemüse mit viel Freude und Stolz geerntet worden. (Und von Michel überdies großes Lob.)

Auf den Rübenfeldern draußen war gejätet, vereinzelt, nachgepflanzt, die Kartoffeln waren gehäufelt worden. Der Schnitt der Wintergerste begann. Der Roggen folgte.

Das Weidevieh blieb an den heißesten Tagen ganz daheim oder wurde erst gegen Abend und in den Morgenstunden aus dem Stall gelassen. Die Unruhe nebenan legte sich. Schon begannen die Zimmerleute den Dachstuhl aufzusetzen. Die freigewordenen Bauarbeiter mauerten bereits drinnen im Markt. Die Schweine wurden nun überhaupt nicht mehr ausgetrieben. Ein Teil der Gänse wurde jetzt gerupft. Manche Hennen hörten schon mit dem Legen auf; andere ließen nach. –

Die Gemeinschaft der vier Freunde im Pumpenhaus fing allmählich an, sich zu lockern. Die Bande zwischen ihnen wurden schwächer. Das in der Vergangenheit von ihnen vereint Getragene rückte mit jedem Tag Gegenwart natürlicherweise ein wenig weiter in die Ferne. Stephan hatte es so kommen sehen. Es machte ihn nicht traurig. Aber es stimmte ihn ernst.

Albert hatte sich, als erste Anschaffung und um wieder zu eigenen Möbeln zu kommen, eine Bettbank bauen lassen und sich damit und mit einer gut dazu passenden Lese-Stehlampe drüben in seiner Schreibkammer eine private Ecke für sich eingerichtet. Es kam vor, daß er dort einen Teil des Abends allein zubrachte oder auch ein paar Stunden am Sonntag in seiner Kanzlei verblieb. Aber noch schlief er im Pumpenhaus.

Michel hatte wirklich gehäuft viel Arbeit. Außerdem seine Liebe, und diese entführte auch ihn manchmal. Kam er dann heim, war er freilich doppelt bemüht, sich einzufügen, sich so zu geben, als ob ohnedies alles beim alten geblieben wäre. Doch es kostete ihn etwas Selbstzwang, einige Überwindung. Stephan fühlte, daß ihm der Bursche sachte entglitt.

Es war jetzt Dominik, der sich Stephan am engsten anschloß und in einer neuen Dankbarkeit. Dieser hatte es erwirkt, daß dem Jungen, mochte nun auch eines Tages das Lager geräumt werden, die Aufenthaltsbewilligung unter allen Umständen weiter verblieb, als landwirtschaftlichem Arbeiter, und weil Stephan und obendrein der Doktor amtlich die Bürgschaft für seinen Unterhalt – im Notfall – übernommen hatten. Und sollte auch das nicht hinreichen, hatte sich der Arzt bereit erklärt, Dominik zu adoptieren und ihm so in weiterer Folge die Staatsangehörigkeit zu erschließen. Der Bursche fühlte sich nun gesichert und beheimatet, und seine Eltern freuten sich mit, daß wenigstens er Anker geworfen hatte, wenn sie irgendwohin ins Trost- und Hoffnunglose ziehen mußten.

Und noch etwas verdient festgehalten zu werden. Die Arbeiter, die aus seinen Diensten geschieden waren, aber weiter hier wohnen blieben, begegneten Stephan jetzt erst recht mit großem, fast scheuem Respekt. Dennoch: nun sie einander eigentlich nichts mehr angingen, sprach bald einmal einer im Pumpenhaus vor, auf Besuch sozusagen, holte sich einen Rat, schüttete sein Herz aus oder verplauderte einfach zehn Minuten mit dem seltsamen Manne, der das lebte, wozu er sich bekannte.

»Ja, wenn alle so wären!« war ein geflügeltes Wort über ihn geworden. Es faßte kurz und bündig zusammen, was als die allgemeine Meinung, die sie von ihm hatten, gelten durfte. Wer aber umgekehrt einmal ihm einen Dienst erweisen konnte, tat es gern und sichtlich mit Freude. Daß der Wiederaufbau des Stallgebäudes so erstaunlich rasch, so ungewöhnlich zügig fortgeschritten war, daran hatte mancher der früheren Gutsarbeiter seinen kleinen Verdienstanteil, dir endlich die Wasser scheiden. Zum Guten, zum Bösen, aber endlich scheiden. Wenn sie nämlich noch lange so stehen, stehen sie ab, sumpfig und faulig. Es wird Zeit, Hugo, daß du dich entscheidest. So oder so.«

»Ja, es wird Zeit«, hatte er kleinlaut zugegeben. Allein, mehr war aus ihm doch nicht herauszubringen gewesen.

Nun aber war er da. Monika richtete an und trug auf. Hugo aß. Alle sprachen erst noch Unverfängliches, Beiläufiges mit ihm, von der Reise, vom Befinden.

Wie jeden Sonntagnachmittag machte sich Dominik auf den Weg ins Lager, um seine Eltern zu besuchen, und Georg begleitete ihn heute dorthin, wie sie es vereinbart hatten. Elisabeth zog sich nach oben, zu ihrer Mutter zurück. Monika begann mit dem Geschirrabwaschen. Michel erklärte, er wolle ihr dabei helfen. Dagegen erhob Stephan diesmal Einspruch. Er lege Wert darauf, daß Michel mitkomme. (Und er wußte, warum; und wozu dies von Nutzen sein könne.)

Nachdem also Hugo zu Ende gegessen hatte, gingen Albert, Stephan und Michel mit dem Gast zunächst in den Garten hinaus. Sie nahmen in der Laube Platz. Hugo begann:

»Ich bin ein Egoist. Ich weiß es, und ich bekenne mich dazu. Und doch muß ich Sie bitten, Herr Schmidt, nicht etwa das Gefühl zu haben, von mir jetzt als Notnagel mißbraucht zu werden. In diesem Fall würde ich gar nicht erst auspacken. Ich war ein Umtreiber. Ich weiß es, und ich bekenne mich dazu. Und doch befindet sich in einem der beiden Koffer dort obenauf ein blauer Arbeitsanzug. Ein Schlosseranzug, wenn Sie wollen. Er ist noch ganz neu. Wie mein Vorsatz, festzustehen. Ich hielt es viel mit den Weibern. Ich weiß es, und ich bekenne mich dazu. Doch gerade darum hab' ich das Tollste hinter mir. Übrigens – nicht ohne das meiste heute zu bereuen.«

»Sie sind kaum ganz von allein umgekehrt. Was also veranlaßte Sie jetzt dazu?« fragte Stephan dazwischen. »Jedenfalls aber, Hugo, danke ich Ihnen für Ihr Vertrauen. Vertrauen erweckt Vertrauen. Vertrauen«, sagte Stephan und faßte dabei – Michel fest ins Auge, »ist immer noch das Beste, wenn wir an einem Scheideweg stehen. Wer den Mut dazu in sich hinschwinden läßt, der vermindert sich selbst.«

Michel horchte wohl bei diesen Worten auf, blickte aber weiter hartnäckig zu Boden.

»Sie meinen, ... was mich veranlaßte?« wiederholte Hugo Stephans Frage, ein wenig zögernd noch, etwas unsicher. »Nun, da hilft kein Ausweichen!« enschied er sich. »Schon gar nicht nach Ihrem Exkurs. Mich hat – wie sag' ich euch das? – die Justizmaschine gestreift. Ich war ihr mit einem Ärmel zu sehr in die Nähe geraten. Mit dem Ärmel nur, zum Glück. Nicht mit dem Arm.«

»Soso«, warf Albert ein. »Also doch. Und bist noch einmal mit heiler Haut davongekommen?«

»Ja. Es betraf eine an sich ziemlich unbedeutende Gelegenheitssache, noch dazu am Rande meiner etwas grauen Handelstätigkeit. Ich war – im beträchtlichen Abstand von dem Hauptangeklagten – mitbeschuldigt worden, wurde aber freigesprochen, aus Mangel an Beweisen.«

»Da hat«, faßte Stephan zusammen, »der drohende Verlust der bürgerlichen Ehre nun aber doch einigen Eindruck auf Sie gemacht.«

»Jawohl; und mich davon überzeugt, daß mir für jene Laufbahn im Ernstfall denn doch etliche Grundvoraussetzungen fehlen. So großen, so heilsamen Eindruck gemacht, Herr Schmidt, daß ich mich entschlossen habe, mein Leben zu ändern. Bedenklich spät, ich weiß. Aber doch nicht zu spät, wenn ich Ihre Nachsicht erlange. Sie nämlich wollte ich als ersten aufsuchen, mit Ihnen in aller

Irrfahrer und Weltumsegler einmal noch ganz gern in ihre stille Bucht einlaufen werde.

»Stephan«, fuhr Albert fort, »halte dich fest! Ich glaube, unser Verein bekommt Zuwachs, wie du es voraussahst, und wenn dir noch daran liegt.«

Es klopfte, und Hugo trat ein, blasser, schmächtiger, verbeugte sich vor Elisabeth und ging dann, etwas verwirrt und keineswegs mehr so selbstsicher wie einst, auf Stephan zu mit der Bitte um Entschuldigung, wenn er störe.

Stephan aber bot ihm sogleich freundlich die Hand: »Nichts davon, Hugo! Auch wollen wir uns, bitte, gar nicht erst lang an Konventionen verausgaben. Kommen Sie! Dies ist Alberts Bruder, Elisabeth!« stellte er vor. »Legen Sie ab! Setzen Sie sich! Monika, stell auf den Tisch, was du eben noch hast!«

Nun begrüßte Albert seinen Bruder, und Michel kam heran, der ihn auch schon kannte. Die andern waren gleichfalls sofort im Bild. Seit Alberts Fahrt zum Begräbnis der Mutter, bei dem die Brüder einander zum letztenmal gesehen hatten, war von Hugo des öfteren die Rede gewesen.

Schon damals war Albert an Hugo eine gewisse Veränderung aufgefallen. Der Bruder war gegen seine Gewohnheit einsilbig, ja schweigsam geworden. So schien es fürs erste. Doch dann wechselte er sprunghaft in das Gegenteil hinüber und schlug aus einem Nichts eine Menge Schaum – für reichlich viel Windbäckerei. Dann brütete er wieder eine Weile stumm vor sich hin, befangen und unfrei. Aber ebenso unmotiviert begann er darauf wieder zu fragen, und zwar nach dem und jenem Belanglosen durcheinander zu fragen. Albert antwortete ihm. Jedoch, bald danach fragte Hugo trotzdem, bedrückt und zerstreut, abermals nach haargenau denselben Dingen, die Albert ihm soeben erst auseinandergesetzt hatte. Er war mit seinen Gedanken irgendwo anders gewesen. Das alles aber paßte gar nicht zu ihm.

Albert führte das sonderbare Verhalten des Bruders zum Teil auf den traurigen Anlaß zurück, der sie zusammengebracht hatte. Doch bloß zum Teil. Unausgesprochen lag noch irgendein anderer Schatten über dieser Begegnung. Plötzlich nämlich wieder ganz Ohr und angespannte Aufmerksamkeit, erkundigte sich Huge jetzt genauestens nach Alberts Leben und Arbeit, und dieser berichtete mit Absicht breit und eingehend; einladend, hätte man fast sagen können.

»Mach mir ja nicht die Zähne lang!«. war Hugo dabei in seine alte Tonart hineingeraten. »Sie könnten mir sonst ausfallen«, setzte er hinzu und: »Du weißt nicht, was du tust. Mir wässert richtig der Mund.«

Einmal deutete er durch das Kaffeehausfenster auf die belebte Straße hinaus, stach mit dem Zeigefinger unmittelbar in die Richtung einer – Schutzinsel und bemerkte: »Sahst du die Kleine soeben? Ein Sprung im letzten Augenblick. Sinnvolle Einrichtung das, zwischen zwei Gleisen!«

»Du sprichst heute hintergründiger als sonst und noch mehr in Symbolen als gewöhnlich«, hatte Albert erwidert. »Möchtest du nicht schlicht und einfach vor mir auspacken? Es ist etwas los mit dir!« Und dann war er zum Sturmangriff übergegangen: »Du legst es also wirklich darauf an, daß ich dich im – Landesgericht besuchen muß?«

Da war nun Hugo doch etwas zusammengezuckt. Aber er bog ab: »Wie kommst du darauf! Im Spital hättest du die Kleine besuchen müssen.«

»Oh, du borstiges Unkraut, so schweig eben, wenn du nicht reden willst!« hatte Albert ihn angeknurrt. »An den Natternkopf erinnerst du mich: garstig im Kraut und blüht doch schön blau! Auf das warte ich immer noch, daß sich in indem er sich zu der oder jener Hilfeleistung selber angeboten hatte. Aber obwohl sie natürlich dafür entlohnt wurden, hatten sie es doch nicht allein darum getan. Er, der nun ihr »Herr« in keinem Sinne mehr war, hätte trotzdem alles von ihnen haben können.

Die Kinder aber gingen mit ihm um wie mit jemandem, den man verehrt und liebt zugleich, dem man sich aufschließt, ganz (weil er sich aufschließt), doch ohne sich deswegen etwas herauszunehmen. Sie gingen mit ihm um etwa wie mit einem Vater, dessen Güte und Strenge gleichermaßen feststand, aber so wohltemperiert die eine wie die andere, daß sie angenehm wirkten, beide. Es lief ihrer keines am Pumpenhaus vorbei, ohne nicht wenigstens einen kleinen vertraulichen Gruß hineinzunicken, zumal die Schiebetür in der schönen Jahreszeit und gar in den Stunden, da das Sägewerk stillschwieg, ohnedies fast immer weit offen stand.

Auch der Jungknecht Georg fand sich am Abend nach der Arbeit gerne ein, um Dominik, seinen Freund, zu besuchen. Aber das war nur die eine Hälfte seiner Absicht, so innig sich die beiden Burschen zusammengeschlossen hatten. In Wahrheit hing er überdies Stephan an wie ein Page seinem Ritter, seinem so sehr gerechten und doch niemals selbstgerechten Herrn. Früh verwaist, wie Stephan auch, und viel herumgeschoben, tat es ihm unendlich wohl, von diesem ernst genommen zu werden bis hinab in die kleinste, feinste Wurzel seiner Existenz. Wenn daher Albert einmal für sich in der Schreibkammer saß und las, und wenn Michel außen noch etwas herumzigeunerte, blieb dafür Georg etwas länger da; und selbst wenn sie manchmal auch nur Karten spielten zu dritt, was Dominik sich gelegentlich wünschte, für Georg wurde auch das ein kleines Fest, da mit ihm, dem Waisenbankert, noch niemand so, gleich zu gleich, verkehrt hatte. –

Das Jahr rückte weiter vor. Bald wurde auch der Weizen eingeführt, die Sommergerste kam daran, endlich der Hafer. Die neue Mähmaschine hatte sich gut bewährt und durfte es wohl, so sündteuer war sie gewesen. Die Dreschmaschine summte bienenfleißig vom frühen Morgen bis zum späten Abend. Die Strohschober wuchsen mächtig und mächtiger an. Die Stoppelfelder wurden unterdessen gepflügt, die Stoppeln abgeeggt, schon war die Nachfrucht, Buchweizen und weiße Rüben, ausgesät, eingeeggt, gewalzt.

Michel zog bereits die Gartenbohnen aus, räumte die Zuckererbsenbeete der zweiten Aussaat ab, brachte die Melonen zur Nachreife in den kühlen Keller und schnitt die abgeernteten Himbeersträucher aus.

Elisabeth und Monika waren immer wieder viele Tage mit dem Einlegen und Einkochen beschäftigt, wenn es auch gleich schwierig war, den nötigen Essig aufzutreiben wie den wenigen Zucker zu strecken oder gar den fehlenden anderweitig zu ersetzen.

In kleine Handkästen säte Michel vorausdenkend Stiefmütterchen und Vergißmeinnicht, Rittersporn und Akelei. Die Buchsbaumeinfassungen waren zu beschneiden. Die abgeblühtren Blumenbeete erhielten Begonien und Astern zum Ersatz. –

Und eines Tages war plötzlich Hugo da!

Gut gekleidet, in jeder Hand einen Koffer, stand er an einem Sonntag zu Mittag auf dem Flur vor der Küchentür, als Elisabeth und Stephan, Albert und Michel, Dominik und Monika (und seit einiger Zeit als der Siebente auch Georg) gerade mit dem Essen fertig geworden waren.

Albert, welcher der Tür gegenübersaß und durch die Glasscheibe oben hindurchblickte, hatte zuerst sein Nähertreten bemerkt. »Nanu?« sagte er und erhob sich, überrascht und doch auch wieder nicht, weil er längst ahnte, daß dieser

Offenheit darüber reden, Sie fragen, ob Sie es trotzdem mit mir versuchen würden. Aber davon abgesehen, es ging mir plötzlich sehr um Ihr Urteil, wie immer dieses ausfallen mochte.«

»Ich maße mir keines an. Schon gar nicht dort, wo nicht einmal der zuständige Richter auf Schuld erkannte. Aber, Hugo, es würde mich glücklich machen, wenn Sie Ihr, sagen wir, Marketender-Nachspiel wirklich als abgeschlossen betrachten könnten. Es steht einem Haudegen wie Ihnen nicht zu Gesicht. Dieses Gewerbe überlassen Sie besser Marodeuren und sonstigen Nachzüglern. Daß der Übergang ins Arbeitszivil manchem Exsoldaten Schwierigkeiten bereitet, ist all- und altbekannt. Die Hauptsache wäre für mich, zu erfahren, daß Sie die Brücken zum Nein und Nichts, hinüber in die Negation, Sie verstehen mich, endgültig und gründlich abgebrochen hätten.«

Hugo nickte heftig dazu.

»Aber auch dann noch freilich«, fuhr Stephan fort, »haben wir zwei die Meinung Ihres Bruders zu berücksichtigen. Ich selber nehme Sie gern bei mir auf. Doch nur mit seiner Zustimmung.«

»Dann lasse ich wohl am besten gleich jede Hoffnung fahren«, erwiderte Hugo und machte Miene, sich zu erheben.

»Das mußt du nicht«, bestimmte Albert. »Aber eine Probezeit lege ich dir auf. Das bin ich dem Hause Schmidt, mir selbst und unseren Eltern schuldig. Und im übrigen kommst du ins Pumpenhaus und für eine Zeitlang an die Kandare. Ich selber, Stephan, übersiedle, wenn du gestattest, in die Schreibkammer. Meine paar Sachen bringe ich leicht in einem der Büroschränke unter, und meine Schlaf- und Wohnecke ist bald ergänzt.«

»Dann sind wir uns einig«, sagte Stephan. »Hugo, ich

heiße Sie hier willkommen. Ihre künftige Werkstätte ist bereits im Aufbau und bis zum Herbst unter Dach. Aber schon jetzt erwartet Sie hier eine Menge Reparaturarbeit. Auch den Kaufladen drinnen bringen Sie mir, bitte, in etwas größere Ordnung und – es geht mir dort zu pomadig zu – ein wenig in Schwung. Nun, Sie werden ja noch heute alles besehen können. Kommen Sie!«

Die vier brachen auf. Unterwegs durch den Garten hielt Stephan einmal inne und wandte sich an den Gast: »Sehen Sie sich hier ein wenig um, Hugo! Es lohnt sich. In diesem Garten da, dem Feld seiner zivilen Ehre, hat unser Kamerad Michel in erstaunlich rascher Zeit ganz Außerordentliches geleistet. Ich stehe sehr in seiner Schuld. Er hatte den Garten übernommen in einem bedenklichen Zustand fortschreitender Verrottung. Aber was hat er binnen kurzem daraus gemacht? Sie sehen es selbst. Ich bin ihm sehr zu Dank verpflichtet«, sagte er. »Wenn es mir auch vielleicht mißlang, sein volles Vertrauen zu gewinnen«, fügte er leise, wie zu sich selber, hinzu.

In seiner Verwirrung wurde Michel über und über rot.

Hugo mußte lächeln. »Ja, die Gärtner!« spöttelte er. »Und die Kindermädchen ... Alle Achtung! Hier wurde richtig Gas gegeben! Aber statt nun einfach stolz zu sein, geht unser Freund bloß still versonnen daneben hin.«

»Ach, laßt mich aus!« knurrte Michel. »Mir hat es Freude gemacht. Das ist alles.« Er schloß des Pförtchen auf. Sie betraten den Wirtschaftshof, gingen ins Pumpenhaus.

Jetzt war es Hugo, der ein wenig stutzte.

»Ja, ja, Herr Ingenieur«, meinte nun Michel mit gelinder Schadenfreude. »Hier lebt sich's einfach. Noch ziemlich à la Barras, wie? Sie werden auch nur das Notdürftigste auspacken können, Herr Nachbar. Das Übrige lassen Sie am besten in den Koffern. Treten Sie immerhin näher! Sie sind

Martin Just und Albert mit ihrem ganzen Wissen und Können Elisabeth zur Seite stehen werden, war für Stephan ohnedies ausgemacht. Das alles aber beruhigte ihn heute, war tröstlich für ihn, im voraus, wenn er einmal (noch ahnten sie nichts davon), wenn er einmal, um seinen Weg fortzusetzen, den – Umweg beendete, zu dem das Schicksal ihn und zu dem er selbst sich befohlen hatte.

Der Nachglanz dieses festlichen Tages machte noch die nächsten Arbeitswochen hell.

Bald aber gab es, an einem der folgenden Sonntage, ein richtiges kleines Fest: die Hochzeit von Michel und Monika. Zwei Frauen aus dem Hause halfen aus und hatten in der Küche den großen, ausgezogenen Tisch für das Mahl vorbereitet. Das junge Paar und die Gäste mußten jeden Augenblick kommen. Die Kirchenglocken schwiegen bereits. Da fuhren auch schon die drei Kutschen vor, herausgeputzt wie die Pferde auch, und von Dominik und Georg und Stephan gelenkt.

Monika hatte von Frau Marianne ein hellgraues Seidenkleid zum Geschenk bekommen und Michel, der ihr besonders ans Herz gewachsen war, einen neuen schwarzen Anzug. Das ließ sie sich nicht nehmen, nachdem sie den beiden jungen Leuten furchtbar, wie sie sich ausdrückte, den Kopf gewaschen hatte. Das Paar stieg also fürs erste zu Frau Marianne hoch, um sich bei ihr als Neuvermählte zu melden.

Frau Marianne konnte das Bett nicht mehr verlassen, und so war auch der Doktor gleich mitgekommen.

»Dinge gehen da vor unter meinem Dache, nicht wahr, Doktor!« scherzte sie. »Ja, das kommt davon, wenn man einmal so hinfällig ist und nicht mehr hinter jedem Grünzeug mit der Haue her sein kann! Da stehen sie nun da, nach dem Sündenfall, und schauen mich unschuldig an, diese Dickhäuter!«

»Ich möchte als deren Verteidiger von Amts wegen das Hohe Gericht immerhin auf zwei mildernde Umstände aufmerksam machen, bevor wir die beiden Angeklagten vielleicht trotzdem hinrichten«, meinte der Doktor. »Da ist einmal ihre übergroße Jugend, diese ‚Trunkenheit ohne Wein', getreu nach Goethe, der auch ein Liedchen davon zu singen wußte, und dann die sprichwörtliche Familienfruchtbarkeit der Wiegele überhaupt, sodaß Michels Schuld- oder Verdienstanteil, je nachdem, wie Sie das Geschehen nun einmal betrachten wollen, so groß gar nicht ist, wie Sie denken. Es hätte wahrscheinlich fast genügt, Monika einmal herzhaft anzusehen, und es wäre sowieso schon passiert gewesen.«

»Nun gut, so will ich denn die beiden begnadigen«, ging Frau Marianne darauf ein, räusperte sich und sagte feierlich: »Das Urteil lautet ein für allemal und unwiderruflich: Lebenslänglich!« Dann fügte sie nach einer Pause lächelnd hinzu: »Und nun: Kehrt um, marsch! und hinab mit euch in den Kotter, ihr unausstehlichen Fratzen!« Die Bösewichte waren entlassen und trollten sich.

Der Arzt beugte sich flüsternd über die Kranke: »Und wie geht es heute?«

»Gar nicht mehr«, sagte diese leise. »Aber beunruhigen Sie, bitte, niemanden! Es genügt, wenn wir zwei es wissen. Gehen Sie zu den andern! Unterhaltet euch gut!«

Da zog auch der Arzt sich mit großem Ernst zurück und mit dem Selbstvorwurf, diese Frau, ihren innersten Kern, sehr oft nicht ganz erkannt, ja verkannt, zu obenhin beurteilt und verurteilt zu haben. Nun dieser Kern sich immer hüllenloser zeigte, erwies er sich als viel süßer, denn irgendwer gedacht, durchaus nicht als nur die Bittermandel, wie man vermutet hatte. O Mensch, du ewiges Rätsel und Geheimnis! mußte der Doktor denken. Nicht zu entziffern, zu reden. Das mußt du auch ein bißchen begreifen. Und dann, um dir meine Scheu zu begründen, ganz –«

»Und dann?«

»– befürchtete ich, frei heraus gesagt, eine Predigt.«

»Das war voreilig.«

»Ich stellte mir das so vor. Und in dem Punkt ... ich konnte nicht anders. Auch –«

»Auch?«

»Da nun schon heute, scheint's, ein Tag der Eröffnungen ist: auch bist du mir manchmal, sei mir nicht böse, Stephan, um eine Spur zu salbungsvoll. Aber –«

»Aber?«

»Das war dumm von mir«, sagte Michel und lachte befreit. »Gar keinen Fehler sollst du haben?«

*

Der zweite Schnitt Klee und das Grummet waren eingefahren. Die Rinder wurden an schönen Tagen auf die Wiesen zur Nachweide gebracht. Blieben sie im Stall, wurde mit der Fütterung des Grünmaises begonnen im Gemenge mit Klee, später mit Runkelrübenblättern. Der erste Herbst hatte angefangen. Der Körnermais wurde heuer früher reif und konnte schon abgeerntet werden. Einige Äcker waren zur Saat vorzubereiten. Der Roggen, der Weizen wurde bestellt. Martin Just betrieb alles mit der alten Umsicht. Elisabeth konnte sich wieder unbedingt auf ihn verlassen. Oft arbeitete er draußen mit wie ein Knecht. Seine Frau war guter Hoffnung.

Im Garten kam die Obsternte in vollen Gang. Die Beete wurden mehr und mehr leer. Hie und da entfachte Michel ein Feuerchen, und die Kohlstrünke wurden verbrannt oder das Kraut der Frühkartoffeln.

Elisabeth, Stephan, der Adjunkt, Albert und Hugo fuhren eines Tages in die Hauptstadt zur Herbstmesse, um sich dort, auf der Ausstellung, nach Zuchtvieh, nach Düngemitteln, nach neuen und neuesten landwirtschaftlichen Maschinen umzuschauen und etwa schon Lieferbares, Traktoren insbesondere und Lastwagen, zu bestellen.

Es war für die fünf erhebend, zu sehen, wie das kleine, verarmte, entgüterte Land mit allen Kräften seiner Hände und des Geistes sich wiederaufzurichten strebte, mit welchem Ernst und Eifer es daranging, die ärgsten bisherigen Schäden auszubessern und vielleicht noch mögliche weitere zu verhindern. Außer den vielen sichtbaren Fahnen, die bunt und froh das von einer milden, freundlichen Sonne beglänzte Gelände im Winde überflatterten, wehte raunend ihnen zu Häupten eine unsichtbare: die des wiedererstandenen Glaubens ihres Vaterlandes an sich selbst, des Vertrauens in die eigene, zuvor wankelmütig oder leichtfertig unterschätzte Kraft.

Für Stephan war dieser Tag noch aus anderen Gründen erhebend. Stephan hielt sich an diesem Tag mit Absicht im Hintergrund. Als Nichtfachmann, wie er sagte, der sich dem Urteil und den Entschlüssen der anderen unterzuordnen habe.

Stephan wollte sich überhaupt von jetzt an jeden Tag ein kleines, kaum merkbares Stück zurücknehmen. Er war entschlossen, sich fortan wohlweislich und vorsorglich immer überflüssiger und entbehrlicher zu machen. Wie lange noch, und es mußte ohne ihn gehen!

So erfüllte es ihn nun mit Staunen und Dankbarkeit, zu erleben, wie Elisabeth, jetzt wirklich ihre Domina, mit wachsender Sicherheit die Zügel der Regentschaft selber in die Hand nahm; wie sehr aber auch Hugo, der Neue, sichtlich mehr und mehr an seinen Aufgaben Gefallen fand. Daß ja, scheint's, ein bißchen deprimiert wie . . . wie ein Kindermädchen auf Ausfahrt, das daheim die Milchflasche vergessen hat, nicht?«

Hugo aber biß bereits beherzt in den sauren Apfel. Auch ging er auf den angeschlagenen Ton bereitwillig ein; zumal er sich sagen mußte, ihn durch seinen Zynismus ja selbst herausgefordert zu haben. In Zukunft aber werde er sich diesen doch lieber abgewöhnen, nahm er sich vor.

Albert war schon dabei, seine Spindhälfte freizumachen.

»Komm her, Albert!« sagte Michel. »Ich helfe dir hinüberräumen.« Er packte die Sachen auf und ging mit Albert über den Hof in die Kanzlei.

»Ja, Hugo«, meinte Stephan, »und doch haben wir Freunde von hier aus diese kleine Welt recht merklich aus den Angeln gehoben. Lassen Sie sich nicht entmutigen! Es ist ein Übergang. Michel hat recht. Packen Sie nur das Nötigste aus! Hier unten liege ich und dort Sie, oben Michel und Dominik, der Flüchtlingsjunge, der vorhin zu seinen Eltern ins Lager ging. So, legen Sie ab! Und nun wollen wir gleich Albert drüben besuchen, damit Sie fürs erste rundherum Bescheid wissen.«

Am Nachmittag besichtigten sie den Bauplatz drinnen im Markt. Das nur ebenerdige, aber stattliche Gebäude war in der Anlage schon zu überblicken. Durch die breite Toreinfahrt wurde seine Straßenfront halbiert. Linker Hand würde sich das Kaufmannsgeschäft wiedererheben, neben und dahinter die Wohnung; rechter Hand die Reparaturwerkstätte und, von der Einfahrt her erreichbar, das Handelskontor. Der geräumige Hof, in dem jetzt die Notbaracke stand, die man nachher so rasch wie möglich abtragen wolle, werde von einem Stall, einem Magazin, einem Maschinenschuppen und Personalkammern begrenzt, ein Teil des Hofes wieder wie ehedem als Garten angelegt werden.

Für Hugo eröffneten sich hier eine Menge Möglichkeiten. Es war nur natürlich, daß er auf dem Rückweg mit seinem Bruder darüber in ein eifriges Gespräch geriet. Stephan hielt sich mit Michel absichtlich ein wenig zurück und überließ die beiden vorn gern ihrer angeregten Debatte. Nun aber waren endlich auch sie zwei unter sich, und da Stephan beharrlich, aber wie in Erwartung schwieg, war es jetzt Michel, der die Gelegenheit benützte, dem Freunde Rede zu stehen.

»Es ist wahr, ich habe mich in letzter Zeit etwas abseits gehalten. Du nennst das Mangel an Vertrauen. Kurz und einfach: ich schämte mich. Monika und ich, wir –«

»Nun, was ist mit euch?«

»Wir sind intim geworden.«

Stephan gab es einen kleinen Ruck. »Mit Folgen?«

»Wahrscheinlich ja. Ganz sicher läßt sich das noch nicht sagen. So. Jetzt ist's heraußen. Und nun schmeißt du uns wohl hinaus.«

»Das hast du im Ernst von mir geglaubt, Michel?«

»Ja, was denn sonst soll geschehen?«

»Du wirst sie heiraten.«

»Ich bin noch minderjährig.«

»Eben darum schreibe ich heute noch selber an deinen Vormund in die Stadt.«

»Ja, wenn du das so aufnimmst!«

»Natürlich fliegst du am Tag deiner Trauung hinaus. Nämlich aus dem Pumpenhaus. Monikas Kammer wird eben vervollständigt und etwas umgestellt, Dummkopf. Wenigstens weiß man gleich die Hochzeitsgeschenke.«

»Dann hätte ich freilich schon früher sprechen können und dir nicht auszuweichen brauchen. Ich hatte ein schlechtes Gewissen, und Monika hatte Angst. Es ist gar nicht so selbstverständlich, wie du glaubst, mit dir über solche Dinge verriegelt, versiegelt! Nein, bis zum Ende schließen wir einander hier mit keinem Schlüssel auf!

Unten in der Küche aber hatten sie mittlerweile Platz genommen: die jungen Hochzeiter, die sich jetzt, nach der letzten großen Mohrenwäsche, wie Michel sagte, bereits freier und ungezwungener gaben; Stephan und Elisabeth, diese etwas in gedrückter Stimmung und nervös; Albert und Hugo, das ungleiche Brüderpaar, das sich jedoch schon recht gut, zumindest friedlich-schiedlich miteinander abgefunden hatte; Dominik und Georg, die beiden unzertrennlichen Freunde und Jungknechte, die inzwischen zusammen mit Stephan die Wagen weggebracht und die Pferde ausgeschirrt hatten; ferner als Gäste Monikas Eltern, leider um gleichzeitig Abschied zu nehmen, aber doch glücklich darüber, daß nach dem Sohn nun auch die Tochter wieder eine Heimat, ein Vaterland zurückerhalten hatte; der Pfarrer; endlich der Arzt, auf den man noch gewartet hatte und der das Dutzend vollmachte. Auch er setzte sich, und die Frauen trugen auf.

Die festliche Tafel mit Speise und Trank war Elisabeths Hochzeitsgabe (wie Stephan die Ergänzung des Hausrates von Monikas Kammer übernommen hatte). Das Mahl, der Wein waren für diese Zeit so erlesen, daß Hugo, Genießer und Kenner, in immer neues Entzücken geriet und die Domina feierte, die beste und einfallsreichste, liebenswerteste und charmanteste Herrin, die sie sich wünschen könnten. Er wisse noch manche Anlässe und ähnliche passende Gelegenheiten für Wiederholungen so solenner Art.

Sie auch, wehrte Elisabeth ab. Doch die Gegenwart verschütte immer mehr die alten Bräuche. Und darum hätten sie dies – alles in einem – gleich als Ernte- und Dreschermahl anzunehmen. Mehr davon mache schon im Hinblick auf die allgemeine Not leicht böses Blut.

Aber der Doktor unterstützte Hugo und warf ein, ihre Gastgeberin sei bloß geschickt ausgewichen, und er sehe mit Staunen, daß sie das könne, gewandt wie irgendeine Frau. Doch – keine Bange, er werde sie in Ruhe lassen, und es sei nur sinnvoll, daß man heute und hier auf noch ganz andere Bräuche verzichtet habe, und das komme schließlich fast ihnen allen zugute: in erster Linie natürlich dem Bräutigam und der Braut, die diesmal überhaupt sehr glimpflich durchrutschten ohne Schreck und Scherz und Schabernack, aber auch dem Brautführer, nicht zu vergessen, und der Frau Brautmutter, die gewiß nicht zum Spaßen aufgelegt sei, den Beiständen und selbst noch dem Herrn Pfarrer. Auch wäre heute Musik und Tanz nicht sehr am Platz gewesen; denn man begehe zugleich einen Abschied.

Die Brauteltern blickten besorgt und traurig vor sich hin. Dominik rückte auf seinem Stuhl.

Der Arzt fuhr fort: Und so sei, quod erat demonstrandum, eben doch das Feingefühl der Herrin dieses gastlichen Hauses wieder einmal schlagend bewiesen und Hugo, der Scharwenzel und Tausendsasssa, habe also nicht immer und in allen Punkten unrecht, sondern gleiche einem närrischen Huhn, das auch einmal sein Körnchen Wahrheit finde. Ihm selber aber verzeihe man diesen zeitgemäß ungediegenen Schwefel! Denn auch das Dünnbier, das sie heute dank dem Entgegenkommen und Verständnis ihrer unvergleichlichen Domina eben n i c h t zu trinken bekämen, wäre sonst zeitgemäß schlecht gewesen, und der gesetzte stehe hier für den wirklichen Fall, Reinfall, ergänzte er auf der Stelle. Er proste mit diesem edlen Wein, der ihn nun endlich zum Schweigen verpflichte, restlos auf alle, die es angehe, als dieses Hauses alter Schwede, der, wenn er auch schon wunderlich daherschwatze wie ein hochbejahrtes Weib, trotzdem bei weitem nicht alles gesagt habe, was er sich denke.

Gläser und Lachen klangen in eins zusammen. Stephan dankte dem Doktor mit einem langen Blick, daß er eine Situation, die leicht hätte heikel werden können, erkannt, ergriffen, sie nicht etwa einfach zur Seite geschoben, sondern gerade so viel »besprochen« hatte, daß sie nun guttat.

Die allgemeine Teilnahme aber wandte sich jetzt ernsthaft den Eltern Wiegele zu.

Jawohl, am Ende der kommenden Woche sei es so weit, müßten sie endgültig fort. Dagegen sei nun nichts mehr zu machen. Alle müßten sie fort, wer nicht wie Dominik und Monika durch Annahme oder Heirat die Einbürgerung erlangt habe. Selbst die wenigen jungen Leute, die befristete Arbeitsbewilligungen in Händen gehabt hätten, auch sie seien ins Lager zurückberufen worden für den Abtransport. Ihnen selber sei es ja leider nicht vergönnt gewesen, hier auf Bauernhöfe in den Taglohn gehen zu dürfen, wie sie es oft genug angestrebt hätten. Es sei ihnen immer abgeschlagen worden, weil es nicht mehr dafürstünde. Doch wären sie jetzt schon mit dem Ertrag ihrer Heimarbeit für die Dauer zufrieden gewesen. Nun aber sehe man aus allem, daß ihr Lageraufenthalt hier von vornherein wirklich nur als Zwischenlösung gedacht war. Und somit würden die Volksdeutschen repatriiert in ein Land, das seit Jahrhunderten gar nicht mehr ihr Vaterland gewesen sei. Etwas Mut und Hoffnung gebe ihnen freilich der gute Ruf der Gegend, in die sie kämen; daß man dort nämlich nicht allzu hart mit den begreiflicherweise sonst nicht sehr erwünschten Neubürgern umspringe, ja landwirtschaftliche Arbeiter sogar verhältnismäßig gern aufnehme, weil man sie benötige.

Die Tage wurden bereits merklich kürzer, stellte man fest. Die Trauung war nachmittags gewesen. Nun saß man knappe zwei Stunden bei Tisch, und schon begann es zu dämmern. Die Gäste brachen auf.

Elisabeth empfahl sich gleichfalls; sie müsse sich nun sofort wieder um die kranke Mutter kümmern. Die Freunde saßen noch eine Weile mit dem jungen Paar zusammen. Dann zog sich auch Albert in seine Schreibstube zurück. Hugo nahm er zu einer Besprechung mit. Die Eröffnung der Reparaturwerkstätte begann in greifbare Nähe zu rücken, und damit waren schon für den Anfang mindestens zwei Facharbeiter neu einzustellen. Es gab zwischen den Brüdern auch sonst einiges Geschäftliche abzureden, wozu sie während der Woche vielleicht nicht die Zeit fänden, das aber Albert für unaufschiebbar erklärte.

Stephan kam nicht mit. Alles, was mit den Finanzen zu tun hatte, überließ er jetzt Albert allein. Zu diesem, erklärte er, wolle er auch in Hinkunft jeden weiterschicken, der sich in einer solchen Angelegenheit gewohnheitsgemäß etwa noch an ihn selber wenden sollte. Stephan ging mit Dominik heim ins Pumpenhaus. Georg schloß sich ihnen an.

Die beiden Burschen bettelten Stephan für den Rest des Abends ein Kartenspiel ab. »Meinetwegen«, sagte Stephan. Dazu fand er sich bereit.

Im Pumpenhaus war nun ein Bett leer geworden; abgeräumt, abgedeckt sah es her. Georg drückte eine Weile herum, bis er den Mut zur Frage fand, ob er nicht aus seiner Stallecke drüben ausziehen und hieherkommen dürfe. Allein, Stephan schlug es aus. Nein, das lohne sich nicht mehr, sagte er. In zwei, drei Wochen werde auch Hugo bereits hinein in den Markt übersiedeln können. Unterdessen würden die Nächte immer kühler, und sie müßten sich also alle miteinander bald um eine andere Bleibe umschauen. Das Pumpenhaus sei kein Aufenthalt für die kalte Jahreszeit. Es sei überhaupt grundsätzlich nur ein Durchgang gewesen. Georg möge sich noch eine kurze Frist gedulden. Es sei alles Nötige vorgekehrt. Wenn die ersten

Frostnächte einfielen, dann hieße es eben um die Ecke weitersehen. Auch müßten sie bis dahin die ausgeborgten Betten und Spinde ins Lager zurückstellen. Doch wie gesagt, er habe seine Vorbereitungen getroffen. Er legte schmunzelnd einen Schlüssel auf den Tisch, steckte ihn aber sogleich wieder ein. –

Der Oktober kam. Die Wintersaat wurde fortgesetzt. Auch ein Teil der Felder für die nächste Sommersaat konnte bereits jetzt überackert werden. Die Kartoffeln wurden geerntet und eingemietet, die Rüben, endlich der Buchweizen eingebracht.

Auch in der Landwirtschaft ordnete Stephan nichts mehr an. Er sei hier nur ein Arbeiter wie jeder andere. Er wies die Dienstleute an den Adjunkten.

Die Wiesen wurden wiederum mit scharfen, schweren Eggen überfahren. Das Vieh blieb eingestellt, zu Hause. Der kleinere Stall füllte sich schon ziemlich auf. Der größere, neu errichtete wurde unterdessen innen ausgebaut und sollte vom nächsten Frühjahr an zusätzlich in Verwendung genommen werden. Der Heuboden darüber war es bereits. Im Geflügelhof dauerte die Mauser noch fort; mit der Gänsemast wurde begonnen. Im Hausgarten verpflanzte Michel den Wintersalat. Die leeren Beete wurden gestürzt, zum Teil rigolt; die Obstbäume, die Weinstöcke beschnitten und gedüngt; die Baumstämme von der zu dicken Borke gesäubert.

Das Handelsgebäude im Markt kam allmählich unter Dach. Schon arbeiteten die Handwerker im Innern. Das Kaufmannsgeschäft werde in vierzehn Tagen umziehen können, schätzten sie. (Dann trug man die Nothütte ab.) Die Ladnerin wollte man beibehalten wie bisher, als Angestellte unter Alberts Buchführung, und Hugo würde sie nebenbei beraten. Dieser hatte den Handel um einige freie

Waren erweitert. Viel gab es da noch nicht zu bestellen. Aber ganz lasse die Katze das Mausen nicht, meinte Albert zu Elisabeth. Im übrigen hatten sie beschlossen, den Vieh-, Frucht- und Maschinenhandel für mindestens zwei Jahre noch zurückzustellen und abzuwarten, welche Wege die Wirtschaftsgesetzgebung weiterhin einschlagen werde. Vielleicht verkaufte man dann die Konzessionen überhaupt.

Hugo hatte sich, was ihn selbst betraf, eindeutig für das Aktuellste, für die Reparaturwerkstätte entschieden. Nach dieser griff er allerdings ganz. Er wolle sie auf eigene Rechnung führen. Stephan schickte ihn mit seinem Vorhaben zu Elisabeth. Elisabeth gab sie ihm, nachdem sie sich mit Albert beraten hatte, für ein Probejahr in Pacht. Die Ausrüstung war mit viel Mühe beschafft worden, dank Hugos Verbindungen von früher her. Die Reparaturgrube war also bereits ausgehoben und wartete auf den ersten Wagen. Schon gab es davon Anmeldungen in Menge, und solche von landwirtschaftlichen Maschinen. Schon war Hugo weitum bekannt. Gleich nach Allerheiligen, so hatte er es abgemacht, traten zwei Schlosser bei ihm ein.

Am Samstag davor zog Hugo, der sich den Kontorraum als Wohnung aus eigenen Mitteln eingerichtet hatte, in den Markt hinein und verließ das Pumpenhaus.

»Sie gehen wohl gern, Hugo?« fragte Stephan ihn beim Abschied.

»Ja und – nein«, antwortete Hugo, zögerte und machte Miene, Stephan das eine wie das andere erklären zu wollen.

»Oh, das genügt dann!« rief Stephan erfreut und reichte Hugo kurzweg die Hand. »Wir selber liquidieren heute das Pumpenhaus, nämlich äußerlich; in einer Stunde schaffen wir die Leihstücke von hier zurück ins Lager. Nebel und Frost rücken an, und wir rücken aus. Nicht wahr, Dominik?«

»Du sagst es, und also wird es so sein«, erwiderte dieser, nun doch überrumpelt.

Hugo reichte auch ihm die Hand und ging mit seinen Koffern davon. Stephan und Dominik sahen ihm eine Weile nach. Dann sagte Stephan zu Dominik (und eine leise Erregung schwang immerhin in seiner Stimme): »Hol Georg herüber! Er weiß es noch nicht.«

Georg kam und machte verwunderte Augen.

»Es ist so weit, Dominik und Georg«, sagte Stephan. »Kommt mir nach, Burschen!« Er ging auf das neue Stallgebäude zu, auf den streng verschlossenen Raum an der Ecke, hinter dessen Fensterläden die einen eine Futterschneidekammer, andere wieder einen kleinen Schüttboden oder ähnliches vermuteten, den aber Stephan als Knechtstube für die ledigen Burschen ausersehen und auf seine Kosten eingerichtet hatte, ganz im geheimen. (Nur Elisabeth und Albert wußten darum.) Er zog den Schlüssel aus der Tasche, sperrte auf, trat ein, stieß rasch das große breite Fenster auf, wandte sich herum, klinkte die Tür hinter ihnen zu und legte Georg, dem lebenslang von einem Winkel in den anderen Geschobenen, die Hand auf die Schulter. »Nun begreifst du wohl, mein Junge, daß es sich für die kurze Zeit wirklich nicht mehr auszahlte, noch ins Pumpenhaus zu ziehen. Mit Sack und Pack nämlich. Sonst gehörtest du ja ohnehin dazu.«

Die beiden Burschen standen überwältigt. Dann aber passierte etwas, das Stephan nicht vorausgesehen hatte, Georgs Kinn begann zu zucken, er beugte halb das Knie, und ohne daß es Stephan noch verhindern konnte, küßte er ihm die Hand. Stephan hob ihn alsogleich auf und war auf das peinlichste überrascht. »Nun gut, setzt euch, bitte!« sagte er. »Laßt es euch erklären!«

»Ich kam im März aus der Kriegsgefangenschaft hieher,

um meiner Tante und Cousine ein wenig beizustehen«, begann Stephan.

»Ein wenig?« entrüstete sich Dominik. »Das kann ich nicht gelten lassen.«

»Ich habe hier gearbeitet«, fuhr Stephan fort, »wie ihr auch, und Albert führte mich als Hilfsarbeiter auf seiner Liste. Ich bekam meinen Lohn wie jeder andere, ließ ihn aber stehen, da ich doch Wohnung, Kleidung und mein Essen umsonst hatte und darüber hinaus nichts benötigte. Mein Arbeitslohn ist nach und nach zu einem runden Sümmchen angewachsen. Ich sagte mir, es werde sich schon einmal ein Verwendungszweck dafür finden lassen. Erst kaufte ich uns ein paar Bücher. Dann, als Michel heiratete, kam etwas auch ihm zustatten. Mit dem Übrigen aber hatte ich seit längerem vor, den Jungknechten unseres Hofes für die Zukunft eine anständige Bleibe einzurichten. Werden sie doch sonst überall in der Welt gern hin und her geschummelt; für sie tut's bald ein Fußtritt, und noch das letzte Mauseloch muß ihnen recht sein. ‚Lernjahre sind keine Herrnjahre!' heißt es für sie oft. Alles schön und gut! Daß es etwa hier auch so sei, eben das wollte ich verhüten. Wenn wir schon früher so viel Wald und Holz besaßen, sagte ich mir, soll es zum Schluß noch etwas Extragutes werden, das focht ich mir aus, und der Tischler sollte einmal nicht zu sparen oder zu schludern brauchen. Und so ist ganz in der Stille diese unsere Knechtstube entstanden. Unlängst zur Nachtzeit rückte sie ein. Sie soll euch und noch manchem nach euch etwas Freude machen. Und nun seht euch erst einmal richtig um!«

Die Stube war nach alten, echten Bauernmöbeln entworfen und verfertigt worden: die ausgetäfelte Sitzecke hier mit den Bänken, den Stühlen, dem mächtigen Tisch, mit dem Herrgottswinkel, aber auch mit einem Büchersims, einem schmalen Bord für Radio, einem Wandkästlein; die drei Schränke dort (im Unterteil waren sie eigentlich Truhen), die drei Betten, die Waschnische, der Kachelofen.

Die Burschen prüften alles scharfäugig und mit den Händen, außen und innen. Ihnen machte man nichts vor. Sie beklopften, zerlegten, wendeten, zogen die Laden heraus, schoben sie zurück, knipsten die Lichter an und aus, drehten die Hähne auf und zu, sie wiegten zufrieden den Kopf.

»So kann es losgehen!« entschied Stephan. »Kommt! Wir übersiedeln. Aber, den Geist der Freundschaft, Burschen, den nehmen wir mit herüber aus dem alten Pumpenhaus! Ja?«

Vier Augen gaben ihm stumme Antwort.

Dann holten sich die drei ihr Zeug und richteten sich ein. Als sie damit fertig waren, räumten sie aus dem Pumpenhaus die Aufstockbetten, die Militärspinde, den Tisch und die Hocker heraus und luden alles auf einen Wagen, damit sie es später in das Lager schafften. Was dem Hof selbst gehörte, stellten sie auch heraus, um es nachher ins Herrenhaus zurückzutragen. Sie fegten hierauf die Wagenhütte rein, die irgendeinmal vielleicht doch wieder wenigstens eine größere Handdruckpumpe aufnehmen mochte. Endlich zogen sie die Schiebetür vor, und Stephan sperrte diese ab. Seine Hand zitterte leicht dabei, bemerkte Dominik. Dann lief Dominik um Elisabeth, und Georg holte Albert herbei, hinüber in ihre Stube, und es wurde ein kurzer Einstand gefeiert. Was das Wandkästlein hiefür barg, wurde bei diesem Anlaß auch gleich zum erstenmal offenbar.

*

Es war bald nach Allerseelen. Noch leuchteten die Farben der Blumen frisch in den beiden großen Grabkränzen, die Michel und Monika mit besonderer Sorgfalt für die Gruft von Elisabeths Vater gewunden hatten, und in den zwei kleinen Kränzen unterhalb der Gedenktafeln für ihre in weiter Ferne gefallenen Brüder. Nun aber war es bitterkalt geworden über Nacht, von den Herbstbäumen rieselten die welken Blätter in einem fort herab wie ein unablässiger Regen.

Als Elisabeth frühmorgens das Zimmer der Mutter betrat, fand sie diese entseelt in ihrem Bette auf. Ohne eigentlichen Todeskampf, meinte der Doktor, sei sie einfach hinübergeschlafen. Ein unsäglicher Friede lag auf ihrem Antlitz und ein leiser Zug von Verwunderung, als ob sie sich beim Überschreiten der Schwelle selber noch hätte fragen wollen, ob dies nun auch wirklich alles gewesen sei.

Stephan stand Elisabeth sogleich zur Seite. Es war ihm jetzt unmöglich gemacht, sie so bald zu verlassen. Er beschloß, noch eine angemessene Frist hierzubleiben. Doch Elisabeth zeigte sich viel stärker und gefaßter, als Stephan ursprünglich angenommen hatte. So sehr war der Heimgang ihrer Mutter vorbereitet gewesen, daß sie ruhig und beherrscht alle Anordnungen traf, im Verein mit Stephan und allen anderen Freunden, die sie voller Rücksicht umgaben.

Das Begräbnis aber wurde nun richtig ein später Triumph der Toten. Die Beteiligung war ungewöhnlich groß, als ob viele sich bestrebten, ihren inneren Widerstand gegen die schwer genug geprüfte Familie jetzt endlich abzulegen und aufzugeben. Die der verwaisten Elisabeth sich zuwendende Anteilnahme war aufrichtig, und ein etwa da und dort noch vorhandener Bitterrest von Voreingenommenheit löste sich ihr gegenüber in Erbarmnis auf. Daß der Volksmund sie bereits mit Stephan zusammengab, lag nahe. Allein, Stephan ging nicht an ihrer Seite. Er diente mit Michel, Dominik und Georg als Sargträger. Der Doktor führte Elisabeth, gefolgt von Albert und Hugo und dem Gesinde. Monika hütete das Haus.

Die Testamentseröffnung bot keine sonderliche Überraschung. Elisabeth war darin zur Universalerbin bestimmt, was sich von selbst verstand. Daran knüpfte sich bloß der mütterliche Rat an die Tochter, sich vorderhand noch nicht zu vermählen, sich damit überhaupt nicht zu übereilen, sondern lieber zu warten, warten und noch einmal zu warten, sich endlich aber nicht eher zu binden, bevor sie sich nicht mit Stephan, ihrem Vetter, beraten und diesem den Mann ihrer Wahl zugeführt hätte; mit Stephan, der ihr getreuester und uneigennützigster Freund sei und bleiben werde und den dieses Testament nur deshalb nicht bedenke, weil es so sein ausdrücklicher Wunsch gewesen sei; aus Gründen, die unbedingt zu respektieren waren, aus Gründen nämlich nicht von dieser Welt.

Nachher saßen Elisabeth und Stephan einander gegenüber, sie waren allein und hielten sich leicht an den Händen. Jedoch, Elisabeth bezwang die in ihr aufquellenden Tränen und begann: »Das will heißen, Stephan: du kehrst zurück zur Theologie.«

»Ja, Elisabeth«, bekannte Stephan leise. »Wie – in ein Vaterhaus«, fügte er hinzu.

»Es überrascht mich nicht«, sagte sie tapfer, »Merkwürdig, ich wußte es schon an dem Tage, da du kamst. Nur nachher wurde ich manchmal unsicher.«

»Ich auch«, gestand Stephan. »Einen Weg haben, das bedeutet ja nicht, daß wir ihn nicht für eine Zeitlang verlieren können; und sei es auch nur innerlich.« Er drückte sanft ihre Hand.

Elisabeth atmete hörbarer. »Du auch?« wiederholte sie, ganz in Gedanken.

»Klarheit steigt auf aus Kämpfen, Elisabeth, wie aus Nebeln die Sonne. Ich bin ein Mensch wie du.«

»Und die Gnade ließ ihn dich wiederfinden?«

»Ja, und die Weisheit deiner Mutter, die weiter-, die schon hinübersah; und die nur der im Grunde kannte, der sie nach dem wilden Spiel ihres Lebens zuletzt, nach dem Abschminken, hinter der Bühne aufsuchen durfte. Sie wußte nun um ihre Schuld. Doch wer ist davon frei?«

»Stephan, ich danke dir für dieses gute Wort«, sagte Elisabeth. »Ich danke dir. Ich danke dir. Ich habe die Mutter während der letzten Monate auch oft nicht wiedererkannt, nach so viel Maskerade. Aber mein Gefühl erfaßte das Dahinter wohl schon immer, vielleicht besser als sie selbst.«

»Darf ich mir etwas ausbitten zur Erinnerung, ein Einziges?« fragte Stephan. »Ja? Dann schenk' mir ihr uraltes, von ihrer Großmutter ererbtes Gebetbuch! Es enthält eine Abendandacht, die uns beiden, ihr und mir, viel geholfen hat.«

»Nimm es sofort an dich, Stephan!« sagte Elisabeth, erhob sich und holte das Buch aus der Lade. «Noch war es gleich zur Hand. Wann willst du uns eigentlich verlassen?«

»Ich werde jetzt natürlich noch einige Wochen bleiben, bis gerichtlich alles geordnet ist und du einigermaßen zur Ruhe gekommen bist. Knapp vor Weihnachten werde ich dann in das Seminar zurückkehren. (Unter uns gesagt: da ich bis dorthin hier längst nicht mehr ernstlich abgehen werde.) Aber nur du und der Doktor sollen vorher davon wissen. Ich liebe nämlich dieses Fest und fürchte es zugleich. Ich war hiefür etwas zu früh allein in der Welt. Es überschwemmt mich immer zu sehr mit Gefühlen und Erinnerungen. Du wirst es hier im Kreis der Freunde feiern und dabei so gut sein, diesen meine schon vorbereiteten Geschenke, es handelt sich diesmal ausschließlich um Buchgeschenke, zu übergeben und ihnen zu erklären, wohin ich meine Zuflucht nahm. Ich selber begehe nämlich dieses Fest am besten bereits in der Einsamkeit meiner Zelle und in der Gemeinsamkeit unserer Kapelle. Ich weiß das aus Erfahrung. Doch wird mein Fortgang keineswegs ein dauernder und endgültiger sein, Elisabeth. Das täte nicht allen Leuten hier gut, und wir dürfen die Zügel nicht schleifen lassen. Meine Oberen sind darauf vorbereitet und damit einverstanden, daß ich von Zeit zu Zeit für ein paar Tage hier auftauche. Mit Absicht wählte ich gerade dieses Bild. Darum bitte ich dich auch, daß mein Bett und Schrank in der Knechtstube drüben für mich aufbewahrt bleiben. (Und den kleinen Georg soll das sogar trösten.) Jedenfalls soll hier niemand das Gefühl haben, ich sei etwa für immer fortgegangen und bekümmere mich nicht mehr um die Dinge hier, was ganz und gar nicht zutrifft. Am besten, sie nehmen mich als Zugvogel. Sie sollen mein Schwalbennest immer vor Augen haben. Bald wird es eben besetzt sein und bald wieder leer.«

»Stephan, und ich wollte dir demnächst vorschlagen, dieses nach dem Tod der Mutter freigewordene Zimmer für dich einrichten zu dürfen.«

»Ich danke dir, Elisabeth. Aber das verwende für dich! Die beiden kleinen Räume hier, die sollen nun endlich ganz unserer Domina gehören. Mein selbstgewählter Platz ist dort, in der Knechtsstube; grundsätzlich dort. Du begreifst ja wohl, daß es dabei um viel mehr geht als etwa um eine Laune.«

»Ich verstehe dich durchaus. Daß aber so viel Selbstvergessenheit die andern manchmal wie Härte trifft und wie Kälte anweht, das muß ich dir auch einmal sagen.«

»O ja, das weiß ich, Elisabeth; und daß es einen Hochmut der Demut gibt. Ich werde jedoch alles tun, um ihm nicht zu verfallen.« Er küßte ihr die Hand. »Du entschuldigst mich jetzt. Ich habe Michel und Monika für heute einen kleinen Besuch versprochen«, sagte er und ging, Elisabeths Ergriffenheit schonend, die nach Einsamkeit verlangte, still aus dem Raum und zu dem jungen Ehepaar hinab.

Monika hatte ohne viel Aufwand einen Jausentisch für vier Personen vorbereitet; denn auch ihren Bruder hatte sie eingeladen. Dominik saß bereits hier, dem Ungewohnten gegenüber noch etwas mit Vorbehalt, aber breitschulterig und mit starken, fest ineinander verschränkten Händen, dem Aussehen nach ein junger Mann, den Jahren nach immer noch ein Knabe.

Seine Schwester war stolz und glücklich in ihrer winzigen eigenen Häuslichkeit. Sie hatte den Tisch mit selbsterworbenem Geschirr gedeckt, wie man es schlecht und recht und mit viel Mühe und teuer zur Zeit bekam, mit einfachsten, aber wenigstens in Farbe und Form ansprechenden Schalen, Tassen und Tellern aus Steingut, mit Löffelchen aus einem Leichtmetall, das nicht sicher und eindeutig zu bestimmen war. (Blech wollte man aus Höflichkeit nicht dazu sagen.) Stephan anerkannte innerlich ihren lobens- und liebenswerten Ehrgeiz, und daß sie sich nicht mit fremden Federn schmücken wollte. Es wäre Monika ein Leichtes gewesen, es hätte sie nur ein paar Schritte in die Küche hinaus gekostet, und sie hätte Porzellan und Silber zur Verfügung gehabt. Aber dafür hatte sie hervorragend gekocht und gebacken, sie verstand sich wirklich darauf. Den Vieren wurde es bald behaglich.

Zudem war die erste, offene, Karte von ihren Leuten eingetroffen, wohl nur ein paar nichtssagende Zeilen, hastig hingeschrieben gleich nach der Ankunft. aber man wußte die Angehörigen wieder an einem Ziel, besaß ihre Adresse – und hätte das Schreiben mehr gesagt und anderes, etwa schon irgendwelche Zustandsschilderungen enthalten, wäre es kaum schon eingelangt gewesen, hin über so viele Hürden der in dieser Hinsicht doppelt empfindlichen Zensur. Zwar hatten seinerzeit die ausreisenden Eltern und Geschwister von der Grenze her ein erstes Lebenszeichen gegeben, und diese Nachricht hatte Monika freilich verhältnismäßig bald in Händen gehabt. Seither aber waren Wochen bitteren Wartens vergangen. Doch gottlob, nunmehr waren sie zu Ende gegangen. Auch das hob nicht wenig die Stimmung.

Stephan empfand die meiste Freude aber über Michel, der in seinem Vertrauen zu ihm jetzt wieder der alte war, blank und offen. Im besonderen mochte der Wandel vom bloßen Verhältnis zur gültigen Ehe den religiösen Menschen in Michel, sein bedrücktes Gewissen erheblich entlastet haben. Er sprach und bewegte sich freier. Auch sonst hatte die Liebeserfüllung ihn weiter zu sich selbst gebracht. Er war eine deutliche Spur männlicher, sicherer geworden, entschiedener im Willen.

Michel eröffnete dem älteren Freund, daß er die stilleren Wintermonate, in denen es für ihn bedeutend weniger zu tun gab, zum Weiterstudium benützen werde, zumal die paar Stunden gewerblichen Unterrichtes ihm nicht besonders viel zu bieten hätten. Er habe daher in die Hauptstadt an eine private Abendlehranstalt, an eine Maturaschule geschrieben, die einen schriftlichen Fernkursus in Form von Lernbriefen in Lieferungen unterhalte. Jene Schule habe ihm gestern sein erstes Pensum zugesandt und er habe sich gleich darübergemacht. Er zeigte es Stephan. So werde er vielleicht doch irgendeinmal, er habe ja genügend Zeit vor sich, sein begonnenes Mittelschulstudium zum Abschluß bringen können. Er verfolgte freilich damit nur den Zweck, nicht ganz einzurosten, keineswegs aber den, etwa das geistige Proletariat um einen weiteren hoffnungslosen Fall zu vermehren. Jedoch, er habe nun einmal A gesagt und wolle vor dem B nicht zurückschrecken.

»Das ist mir sehr recht, Michel«, stimmte Stephan ihm zu. »Das kommt mir entgegen; denn ich habe gleichfalls verschiedenes vor für die nächste, an Arbeit etwas ärmere Zeit.

Es wird euch aufgefallen sein, besonders auch dir, Dominik, daß ich die Sitzecke in unserer Knechtsstube viel geräumiger angelegt habe als nur für uns drei. Wir wollen nämlich dort unsere Leseabende abhalten, häufiger jetzt, regelmäßiger, freilich ganz zwanglos. Wer Lust hat, nimmt daran teil. Platz, wie gesagt, ist reichlich vorhanden. Die Hausmusikabende beim Doktor setzen wir ebenfalls fort. Er ist gern damit einverstanden. Dazu kommt noch, daß wir den Radioapparat drüben in unserer Stube fortan planmäßig verwenden wollen. Er ist zwar durchaus nicht neu – wo gibt es das gegenwärtig schon? – aber vergleichsweise wirklich nicht schlecht für diese Zeiten. Wir auf dem Lande haben im Sommerhalbjahr ohnehin gar nichts oder nur selten etwas vom Rundfunk, und es ist doch durch ihn, wenn man nur das Programm verständig auswertet, so viel Schönes und Wissenswertes von überall her zu hören. Solche Stunden bringen uns jedoch auch als Menschen wieder näher zusammen, während ansonsten heute die Gemüter und Herzen allzu oft fremd und fahrig auseinanderstreben. Aus der Bindung in die Wirrnis ohne Zusammenhang, in der wir bald unser kleines Ich zu vergötzen beginnen. Das aber führt uns dann unaufhaltbar hinein in die absolute Nacht, in der uns kein anderer Stern mehr leuchten kann.«

Die Freunde waren einverstanden mit dem Plan, ja freuten sich darauf. Stephan und Dominik verabschiedeten sich nun von Michel und Monika, von dieser mit herzlichem Dank, und kehrten gemeinsam heim in ihre Stube. Georg hatte noch kein Licht, aber unterdessen im Kachelofen Feuer angemacht, und dessen Glutauge empfing sie im Dämmern wohltuend mit Wärme. –

Das Jahr rückte weiter vor. Eine verspätete Herbstsaat wurde nachgeholt, ein Brachfeld, solange es die Witterung noch erlaubte, als Vorbereitung für die Frühjahrssaat, geackert, aufgelockert und gedüngt. Der Rest der vorgeschriebenen Getreidekontingente wurde nach dem letzten Nachdrusch auftragsgemäß abgeliefert. Als der Frost zunahm, wurden die Rüben- und Kartoffelmieten durch angemessene Verstärkung der Erddecken noch besser geschützt. Die Pflüge, Eggen, Walzen, Drillmaschinen wurden, bevor man sie im Schuppen zur Winterruhe einstellte, von Hugo und seinen Männern gründlich durchgemustert und überholt. Im Stall war die Schweine- und Geflügelmast in vollem Gange. Die Junghennen der Winterleger taten ihr Möglichstes.

Michel arbeitete im Hausgarten bei günstigem Wetter seinen Komposthaufen um. Die noch besetzten Gemüsebeete verhüllte er ganz mit trockenem Laub. Den Wintersalat im Mistbeet konnte er an wärmeren Tagen durchlüften. Im Keller mußte fleißig nachgesehen werden. Die Zimmerpflanzen verlangten ihre Pflege. Die Obstbäume befreite er von den dürren und unnützen Ästen. Die einzelnen Weinstöcke wurden niedergelegt, festgepflöckt und mit Erde geschützt. Die Stammrosen waren längst umgebogen, flach auf den Boden gelegt, gleichfalls mit Erde und überdies mit Fichtenreisig und Dachpappe bedeckt worden.

Dann fiel der Schnee, und es ging dem Advent und immer mehr dem Weihnachtsfest entgegen.

Kurze Zeit vorher reiste Stephan ab. Aber nun doch nicht ganz ohne Abschied, wie er es sich ursprünglich vorgenommen hatte. Auch Elisabeth wünschte es so. Er besuchte also am Vortag die Freunde, einzeln, reihum. Er versuchte, ihnen seinen Entschluß in die einem jeden gemäße Sprache zu übersetzen. Das war mühevoll. Er stieß, außer bei Albert, zuerst auf große Betroffenheit; allmählich freilich auf wachsendes Verständnis. Indem er von Anfang an das

Hauptgewicht auf das Immerwiederkommen legte, tröstete er sie schließlich aber doch.

Stephan wollte den Frühzug benützen. Da dieser sehr zeitig ging, bat er die Freunde, seinetwegen nicht auf den Bahnhof mitzukommen. Mit genauer Not hielt er auch Elisabeth davon ab. Allein, er fühlte es ingeheim, daß sich zu seiner Verabschiedung dennoch jemand einfinden würde, dem er das nicht verwehren konnte und durfte, und dem er voraussichtlich noch werde Rede stehen müssen, endlich, auch wenn es ihm schwer genug fiel und er es darum immer wieder hinausgeschoben hatte.

Als sich Stephan dem Bahnhofsgebäude näherte, ging davor der alte Arzt bereits hin und her. Trotz der frühen Stunde so entwaffnend selbstverständlich, daß es Stephan unmöglich war, dagegen auch nur mit der kleinsten Silbe Einspruch zu erheben. Er verneigte sich aber wortlos, tief.

»Das zu tun, wäre eigentlich an mir«, meinte der Arzt zu Stephan, der ihn sogleich verstand. »Du hast nämlich, lieber Stephan, hier ganz Außerordentliches geleistet. Das will, das muß ich dir heute abschließend sagen.«

»Anfänge, Onkel Doktor!« schwächte Stephan ab. »Ansätze. Hoffentlich entwickeln sie sich zum Guten. Wenn nicht, müßte auch das getragen werden. Selbst wenn wir in diesem Fall mit kleinem Menschenverstand keinen Sinn dahinter fänden. Ach, ich schwankte oft, ob ich auf dem richtigen Wege sei; ich bin ja weder Volks- noch Landwirt. Da stärkte es mich dann, daß Sie, der treueste Freund unseres Hauses, mir nicht ein einziges Mal in den Arm fielen. Daß ich also wohl Ihre stillschweigende Billigung fand.«

»Ja, Stephan, die fandest du. Und manchmal geradezu das Ei des Kolumbus. Du warst fleißig. Doch erst die Gnade trug dein Werk aus. Diese aber mitzuerleben, machte mich zugleich fromm und stumm.«

»Oh, das ist zu viel! Sagen Sie das, bitte, nicht! Ich bin dessen gar nicht sicher. Aber ich halte ebenfalls das Wagnis für ein klein wenig gerechtfertigt. Darin stimmen wir überein. Und vielleicht darf ich jetzt meinen Weg fortsetzen. Nach diesem Umweg. Selber auch ein ganz klein wenig gerechtfertigt«, fügte er hinzu und geriet in wachsende Erregung. »Ich weiß es«, stieß er hervor, »daß Sie gekommen sind, um heute mehr hierüber zu erfahren.«

»Ja, Stephan. Ich bin zwar nicht nur darum, aber auch darum gekommen. Es ist so, wie du sagst. Ich wollte dich nun wirklich um den Schlüssel zu dem Ganzen bitten.«

Stephan löste vorerst seine Fahrkarte. Dann gingen die beiden Männer den Bahnsteig entlang auf und ab.

»Sie kennen gewiß aus Ihrer Jugendzeit«, begann Stephan zögernd, »die Methoden der Priestererziehung von einst. Sie werden jedoch längst bemerkt haben, daß man heute hierin andere, neue anwendet.«

»Jawohl. Natürlichere; was ich begrüße.«

»Nun gut. Ich habe daher schon die Jahre meiner Kriegsdienstleistung, sosehr sie mein Studium verzögerten, und trotz allem Schweren und Niederziehenden, das sie mir aufbürdeten, nicht beklagt, sondern sie als notwendige Lehr- und Wanderjahre willig angenommen. Ich durfte meine Zeit- und Menschenkenntnis erweitern, vertiefen. Das ist viel. Allein, der Kommiß ist im Grunde doch nur ein schemenhaftes Treiben und Getriebenwerden; vor allem für uns. Hier aber ... meine Dienstleistung hier brachte mich endlich wenigstens ausschnittweise in willkommene Berührung mit einigen wirklichen Lebens- und Wirtschaftsbedingungen der heutigen Welt; und da ich Landpriester werden möchte, mußte ich diese vortreffliche Gelegenheit, zuzulernen, mit beiden Händen ergreifen. Ich durfte sie mir nicht engehen lassen.«

Stephan schwieg; in der Hoffnung, der väterliche Freund werde sich damit begnügen.

»Das ist ein stichhältiger Grund, lieber Stephan, und er leuchtet mir ein«, erwiderte der Arzt. »Er mag auch für deine Vorgesetzten der bestimmende Beweggrund gewesen sein, in deinen Umweg, wie du sagtest, einzuwilligen. Aber es muß da, für dich selber, noch irgendeinen anderen, mitbestimmenden gegeben haben. Du verbirgst mir nämlich noch etwas. Immer noch, obwohl du selber mir schon einmal etwas von ‚Sühne' andeutetest. Ich kenne deine skrupellose Art und gebe mich daher nicht so leicht zufrieden, wie du es dir wohl wünschtest. Ich will auch noch den Nebenschlüssel haben zu dem, scheint es, mehrfach verschlossenen Tor.«

Da sah Stephan ein, daß jede weitere Zurückhaltung vergeblich war. »Ich habe da einmal ... eine Schuld auf mich geladen«, begann er. »Eine bloße Gedankenschuld, werden Sie einschränken wollen. Und doch, es war eine der schwersten, die es überhaupt gibt. Der besonderen Umstände wegen.« Er hielt noch etwas inne. Dann fuhr er hastig zu berichten fort: »Ich kam als Wehrmachtshäftling seinerzeit zu einer berüchtigten Schinderabteilung. Es dürfte Ihnen ja bekannt sein, daß schon der normale Rekrutenschliff die Leute recht gewalttätig zurechthobelte. Sie können sich also denken, was erst uns erwartete und wie grausam wir hergenommen wurden. Das Äußerste leistete sich jener unserer ‚Ausbilder' (als wenn wir nicht längst ausgebildet gewesen wären: alles alte Soldaten!), der allgemein kurzweg die ‚Bestie' hieß. Es tut mir leid, diesen Schimpfnamen aussprechen, nachsprechen zu müssen. Aber Sie würden das Folgende nicht verstehen. Nach einem grauenhaften Tag der ausgesuchtesten Qualen, am Ende meiner Kraft, doch noch nicht am Ende der Peinigungen, da mir und einigen Kameraden noch eine ‚Sonderlektion' gegeben wurde, habe ich ihm, ich, ein werdender Priester, in meiner letzten Not und Erniedrigung – die Seele abgesprochen. Ein künftiger Seelsorger die Seele, begreifen Sie? Das war ein Nein zu den Fundamenten!«

Stephan holte tief Atem. »Sie werden einwenden, mich entschuldige der Affekt, mein Ingrimm, mein gerechter Zorn, wie immer Sie meine Verfassung nennen wollen. Und jeden andern würde allein die Schwäche entschuldigt haben. In meinem Mund, mit meinem Wort aber ging es schlechthin um den Abspruch des Menschenantlitzes überhaupt, der metaphysischen Existenz. Und ungefähr so war es in diesem schwärzesten Augenblick meines Lebens wohl auch gemeint gewesen. Da gab es nichts abzuschwächen. Das Böse war geschehen, obschon von dem Betroffenen gar nicht, von den andern kaum gehört und bemerkt. Ich wußte auf der Stelle, daß ich damit völlig aus der Ordnung gefallen war. Ich wußte ferner, daß ich über den Geschmähten hinweg den Schöpfer, seinen und meinen, beleidigt hatte. Gott hat mich auch bald darauf furchtbar gestraft. Es war ein drückend heißer Sonntagnachmittag, und die andern hatten wenigstens diese paar Stunden Ruhe. Mich aber ließ jener Peiniger in seine Barackenstube holen, die er noch mit einem zweiten teilte, der aber nicht zugegen war. Jener Wüterich hatte kurz vorher (nehmen wir an: unachtsam, meine Kameraden wollten nämlich selbst darin eine Absicht sehen) das volle Tintenfaß vom Tisch hinuntergefegt, und nun war auf dem Fußboden eine große, schwarze Pfütze entstanden. Er gab mir den Befehl, diese zu beseitigen. Mit nichts bekleidet, als mit meiner Schwimmhose, mit nichts anderem ausgerüstet, als mit einer alten Rasierklinge, hatte ich kniend den versudelten Fußboden so reinzuschaben, daß nicht die geringste Spur zurückblieb. Leicht gesagt, schwer getan. Wer das nur hört und liest, kann sich keine Vorstellung davon machen. Wer das aber ganz fassen will, der versuche diese Prozedur! Ich hatte also für Stunden meine Beschäftigung. Aber nicht diese Plage war meine Strafe, die mir von oben verhängte Strafe, nein. Sondern etwas ganz anderes. Während dieser Zeit kam mein Peiniger nämlich einmal in die Stube herein, nahm eine kleine, grün gestrichene Brausekanne zur Hand, ging um Wasser, kehrte wieder und – begoß den von der Hitze etwas flügellahm gewordenen Fuchsienstock, der auf einem der beiden Nachtkästchen stand. Er verrichtete das, mir so zugekehrt, daß ich in sein Gesicht sehen konnte. Es war ein menschliches Gesicht. Trotz allem. Und eben dies war meine Strafe. Ich bog mich denn auch blutübergossen wieder zu meiner Arbeit hinab.«

Nach einer Pause fuhr Stephan fort: »Wie hing, wie ging das zusammen? Nun, dieser Zwiespalt der Natur war so groß nicht, wie Sie vielleicht annehmen. Die Blume gehörte nämlich gar nicht ihm. Das zuerst Unfaßbare klärte sich nachher ins Verständliche auf. Die Blume gehörte seinem Stubengenossen. Wir nannten diesen ‚Janus'. Er hatte in der Tat ein Doppelgesicht. Er war der beliebteste und mildeste unserer ‚Ausbilder'. Warum wir ihn ‚Janus' nannten? Nun, wenn er Dienst hatte, und es kam ein Vorgesetzter in unsere Nähe, so verwandelte er sich in einen bärbeißigen Schinder, wie sie es alle dort waren. Aber er tat nur so, er war es nur für diesen Augenblick. Nachher war er wieder der andere. Nicht gerade freundlich. Aber doch einsichtig und korrekt. Wir lohnten es ihm damit, daß wir uns just unter seinem Befehl, wenn Gefahr im Verzuge war, ganz besonders zusammenrissen, damit er mit seinen Oberen keine Schwierigkeiten hatte. Diesem ‚Janus' gehörte der Blumenstock. Er war damals eben auf Urlaub, war in seine Heimat gefahren. Und der andere begoß den Stock nur, weil er das dummerweise versprochen hatte; und so etwas hielt er dann, eisern. Immerhin, mir genügte es. Ich erfaßte den vollen Umfang, das ganze Gewicht meiner Schuld; denn jede andere dieser Art ist kleiner. Ich wußte von der Stunde an, daß ich, wenn ich auch freikäme, unmöglich so ohne weiteres in meinen Beruf zurückkehren durfte. So, als wäre nichts geschehen. Das ging nicht, ohne nicht vorher – auch darum also bin ich hiehergekommen! – durch einen besonderen Akt der Selbstentäußerung einigermaßen gesühnt zu haben. Allerdings, wie ich das anstellen sollte, verbarg sich mir noch. Als mich dann jedoch, in der Kriegsgefangenschaft, Elisabeths Brief erreichte, war es mir klar, daß mir damit ein Auftrag gegeben, eine Aufgabe gestellt worden war. Und schließlich galt es hier ganz einfach zu helfen! Wir dürfen, wenn wir heutigentags eine Tat der Nächstenliebe setzen wollen, nicht erst lange nach irgendeinem Nächsten Ausschau halten, sondern müssen gleich mit dem Allernächsten beginnen. Es gilt auch dafür heute das Wort vom Sperling in der Hand. Darum, Onkel Doktor, sehen Sie, selbstverständlich auch darum bin ich zuerst hiehergekommen.«

Stephan schwieg. Auch der Arzt schwieg. Einmal hatte dieser wohl mitten in jenes Bekenntnis hinein eine beschwichtigende Einwendung machen wollen. Doch er hatte es wieder unterlassen. Es war sinnlos, hintennach auf mildernde Umstände hinzuweisen. Müssen wir schon ein jeder restlos für unser Tun und Lassen einstehen, für Kraut und Unkraut in unserem Garten, so mußte es Stephan erst recht und rigoros. Er hatte recht. Es gab da kein Kompromiß.

»Und nun erst kehrst du also heim, Stephan«, sagte der Doktor nur. »Richtig heim.«

»Jawohl«, bestätigte ihm Stephan. »Zum Dienst; jetzt zum unmittelbaren Dienst an dem Herrn.«

Die beiden reichten einander, Abschied nehmend, die Hände. Der Zug fuhr ein. Stephan bestieg ihn. Und obwohl es Winter und fast noch finster war, bog sich Stephan bald darauf aus dem sogleich wieder abfahrenden Zug, aus einem rasch geöffneten Fenster noch einmal heraus und grüßte nach dem spärlich erleuchteten Bahnsteig zurück. Der Doktor sah und winkte dem Zug, der den Schnee besprenkelte, so lange nach, bis die letzte Lichtspur erloschen war. Dann wandte sich der alte Arzt herum und machte sich auf den Heimweg, randvoll von Trauer und Glück.

»An dem Herrn«, sprach er leise vor sich hin und mußte, was er dachte, zu Ende denken: der das Leid, das Opfer und noch die Schuld gefürstet hatte und selbst ein Schmerzenskönig gewesen war vor seiner Glorie.

*

12W/ 0,5-3x / € 3.--